Zum Buch:

Elisabeth träumt von der wahren Liebe und denkt gar nicht daran, sich in ein Korsett zwängen zu lassen oder einem Herzog schöne Augen zu machen – zum Leidwesen ihrer Mutter, die sie so schnell wie möglich verheiraten möchte. So sehr sich Elisabeth auch gegen die gesellschaftlichen Erwartungen wehrt, so leidet sie unter dem fehlenden Verständnis ihrer Familie. Also verspricht sie, sich bei dem bevorstehenden Treffen mit der kaiserlichen Familie in Bad Ischl von ihrer besten Seite zu zeigen. Als sie Franz begegnet, verliebt sie sich Hals über Kopf in ihn. Und auch der junge Kaiser hegt Gefühle für die wagemutige, lebenslustige Frau, die immer genau das sagt, was sie denkt. Doch Elisabeth muss um ihren Platz am Hof genauso kämpfen wie für ihre Freiheit.

Zur Autorin:

Gigi Griffis schreibt historische Romane über starke, eigensinnige Frauen und ihre oft noch viel zu wenig bekannten Geschichten. Sie lebt mit ihrem Yorkie-Mix Luna in Europa. In ihrer Freizeit wandert sie in den Alpen, radelt durch kleine Dörfer und isst so viel französisches Essen, wie sie in die Finger bekommt. Ihre Arbeiten wurden unter anderem im *WestJet* und im *Get Lost Magazine* veröffentlicht und in zahlreiche Sprachen übersetzt. »Die Kaiserin« ist ihr Debüt in der Erwachsenenunterhaltung.

Gigi Griffis

Die Kaiserin

Aus dem amerikanischen Englisch von
Edith Beleites

HarperCollins

Die Originalausgabe erschien 2022 unter dem Titel
The Empress bei Zando Projects, New York.

1. Auflage 2022

Inspiriert von der Netflix-Serie *Die Kaiserin*
Deutsche Erstausgabe

Published by arrangement with
Zando Projects, New York
Umschlaggestaltung von bürosüd, München
Umschlagabbildung von OlgaKorneeva, channarongsds, val_iva /Adobe
Gesetzt aus der Stempel Garamond
von GGP Media GmbH, Pößneck
Druck und Bindung von CPI books GmbH, Leck
Printed in Germany
ISBN 978-3-365-00244-5
www.harpercollins.de

Klimaneutral
Druckprodukt
ClimatePartner.com/15109-2009-1001

MIX
Papier
FSC FSC® C083411

Für meine leiblichen und Wahlschwestern:
RJ, Natalia und David

Und auf der Nordsee wilden Wogen,
Geliebter, lagst du hingestreckt;
Mit tausend Fasern eingesogen
Hab' ich dich, salz- und schaumbedeckt.

AUS DEM TAGEBUCH DER
PRINZESSIN ELISABETH IN BAYERN

TEIL I

EINS

Außer sich und mit fliegenden Röcken wirbelte Elisabeths Mutter durchs Haus und zog eine Alkoholfahne hinter sich her.

»Sisi!«

Elisabeth hasste diesen Namen, und ihre Mutter wusste es. Es war der Kosename eines Kinds, aber ihre Mutter behandelte sie ohnehin wie eins.

»Sisi, wo steckst du denn?« Die Stimme ihrer Mutter war jetzt näher.

Elisabeth verbarg sich hinter einem himmelblauen Vorhang, der bis zum Fußboden reichte und auf die Blautöne der Plüschsessel des Wohnzimmers abgestimmt war. Diese wiederum passten hervorragend zu dem walnussfarbenen Holzfußboden. Und alles zusammen entsprach dem Geschmack ihrer Mutter. Das ganze Haus war davon geprägt: hellblaue Bogengänge und Türrahmen, Tagesdecken und Überwürfe in allen Farben von Edelsteinen, Fußböden in warmen Holztönen, dicke Teppiche und überall üppige Blumen- und Rankenmuster.

Verschwörerisch schlüpfte Elisabeths achtjährige Schwester, genannt Spatz, neben ihr hinter den Vorhang. Elisabeth sah ihre kleine Schwester beschwörend an und drückte sich einen Finger auf die Lippen. Spatz machte große Augen, wusste aber selbst, dass sie still sein musste, denn das Spiel »Vor Mutter verstecken« kannte sie längst. Alle Schwestern kannten es. Nur Helene war in letzter Zeit furchtbar ernst geworden und spielte nicht mehr mit.

Bei dem Gedanken daran schloss Elisabeth die Augen. Erst gestern hatte ihre große Schwester mit ihr geschimpft und gesagt, sie solle endlich erwachsen werden. »Du redest wie unser Hauslehrer«, hatte Elisabeth erwidert und konnte ihre Enttäuschung nicht verbergen. Heute hatte Helene noch gar nicht mit ihr gesprochen.

»Si-si!«, rief ihre Mutter noch einmal, dieses Mal von weiter entfernt, und betonte beide Silben gleich stark, als könnte sie ihre widerspenstige Tochter auf diese Weise aus ihrem Versteck locken.

Elisabeth wusste, dass ihre Mutter sie frisieren wollte, und konnte sich die nächsten zwei Stunden ihres Lebens ganz genau vorstellen: Sitz still, Sisi! Zappel nicht herum, Sisi! Wir reißen deinen Kopf jetzt in alle Richtungen und pieksen dich mit Haarnadeln, Sisi! Auch wenn sie tat, was ihre Mutter verlangte, war es niemals gut genug. Jeder Atemzug zählte als Zappelei. Jedes unbeabsichtigte Wimmern als Protest. Elisabeth hatte sich Mühe gegeben – wirklich *große* Mühe –, als erst kürzlich wieder irgendein Herzog zu Besuch gekommen war und um ihre Hand angehalten hatte, aber es hatte geendet wie jedes Mal: Ihre Mutter war wütend, der Herzog abgereist und Elisabeth immer noch entschlossen, nur aus Liebe zu heiraten.

Heute würde sie in ihrem Versteck bleiben.

Sie fuhr mit dem Daumen über den dicken seidigen Vorhang. Ein kleiner Windstoß vom offenen Fenster hinter ihr strich ihr über den Nacken. Unzählige Male hatten alle drei Schwestern beim Versteckspielen – oder wenn sie schnell die Flucht ergreifen wollten – dieses Fenster als Ausgang benutzt. Aber bestimmt würde sich Helene heute nicht mehr dazu herablassen, über das Spalier auf den Rasen hinunterzuklettern. Sie hatte keine Lust mehr herumzutoben, seit ausgemacht war, dass sie den Kaiser heiraten sollte.

Noch schlimmer war, dass Helene nicht nur langweilig und vornehm sein würde, sondern vor allem *weg*. Den Kaiser zu heiraten, bedeutete, nach Wien zu ziehen. Und Elisabeth allein zu lassen, mit nichts als …

»Wo steckst du?«, rief ihre Mutter und stieß einen wütenden, beinahe animalischen Schrei aus. Es war so erschreckend und kam von so nahe, dass Elisabeth zusammenzuckte und Spatz sich die Hand vor den Mund schlug, damit man ihr Kichern nicht hörte. Keine von beiden hatte bemerkt, dass ihre Mutter ins Zimmer zurückgekommen war, was ziemlich erstaunlich war, weil sie eigentlich einen schweren Gang hatte.

Elisabeth fasste sich und zwinkerte ihrer Schwester zu.

»Um Himmels willen, Sisi! Der Herzog muss jede Minute hier sein.«

Der Herzog. Die größte Hoffnung ihrer Mutter, die Zukunft ihrer mittleren Tochter betreffend, und der aufgeblasenste Kerl, den sie kannte. Ihre Mutter hoffte, er würde heute um ihre Hand anhalten. Elisabeth hingegen hoffte, er würde unterwegs vom Pferd fallen.

Jemand anders kam schnellen Schrittes ins Zimmer. Bestimmt eine Zofe. Helene hatte sich abgewöhnt, schnell zu gehen.

»Sie ist noch nicht einmal angezogen? Das kann doch nicht wahr sein!«, sagte die Mutter.

Elisabeth verdrehte die Augen. Ihre Mutter übertrieb mal wieder maßlos. Der Herzog würde erst in mehreren Stunden ankommen. Elisabeth grinste ihre Schwester an. Tatsächlich war keine von ihnen auch nur annähernd *angezogen*, beide trugen noch ihre weißen Nachthemden, waren barfuß und ungekämmt.

Neugierig lugten die Schwestern hinter dem Vorhang hervor. Die Zofe hatte das Kleid gebracht, das Elisabeth heute tragen sollte. Es war wunderschön, reich gerüscht und bebändert, hatte aber ein eng geschnürtes Korsett und war so steif, dass es aussah, als könnte es in Form bleiben, wenn man es auf den Fußboden stellte. Vielleicht wäre das die Lösung für diesen schrecklichen Tag: Man könnte dem Herzog das Kleid vorstellen, ohne dass Elisabeth darin steckte. Wahrscheinlich würde der Herzog es nicht einmal bemerken. Womöglich wäre es ihm sogar lieber.

Die Schwestern sahen, wie ihre Mutter theatralisch die Hände in die Hüften stemmte und sich auf die arme Zofe stützte, die ja nichts dafür konnte und ihr Bestes tat, sowohl ihre aufgebrachte Herrin als auch das steife Kleid zu halten.

Obwohl ihre Nerven blank lagen, bot ihre Mutter einen makellosen Anblick, wie üblich. Ihr Kleid war von einem satten Grün, mit tief ausgeschnittenem Dekolleté und Puffärmeln. Eine Kette mit Blütenmotiven lenkte die Aufmerksamkeit auf ihren immer noch ansehnlichen Hals. Ihre Haare waren honigfarben, und alles an ihr war vornehm und gepflegt, ganz im Gegensatz zu den dunklen Locken und verspielten Gesichtern von Elisabeth und Spatz. Helene jedoch hatte die goldenen Farbtöne und graziösen Bewegungen ihrer Mutter geerbt, und mittlerweile verströmte sie genauso viel Anstand und Würde wie sie.

Aus Angst, ihre Mutter könnte sich umdrehen und sie erwischen, schlüpften Elisabeth und Spatz wieder hinter den Vorhang. Als die älteren Frauen in ein anderes Zimmer gingen und ihr Gespräch dort fortsetzten, baute sich Elisabeth vor Spatz auf und stemmte die Hände genauso theatralisch in die Hüften wie ihre Mutter. »Dieses Kind bringt mich noch um. Bring mir einen Schnaps!«

Spatz kicherte und hielt sich wieder die Hand vor den Mund.

Aus der Ferne konnten sie immer noch die schrille Stimme ihrer Mutter hören, aber dieses Mal redete sie auf Helene ein, die offenbar ausgerechnet in diesem unglücklichen Moment aus ihrem Zimmer gekommen war. »Ich werde nicht dulden, dass etwas schiefgeht, nicht schon wieder. Nicht im letzten Moment.«

Das jedoch war genau das Problem: Der Herzog hatte vom ersten Moment an schiefgelegen, und Elisabeth waren seine Absichten schon zuwider gewesen, bevor er zur Tür hereingekommen war. Aber egal, wie höflich Elisabeth das zum Ausdruck gebracht hatte – niemand schien es zu hören.

Spatz warf ihrer großen Schwester einen fragenden Blick zu. »Mutter sagt, er will dir einen Antrag machen.«

»Soll er's doch versuchen!« Elisabeth beugte sich verschwörerisch vor. »Ich jedenfalls will ihn nicht.«

Sie lächelte schief und fuhr Spatz durch die braunen Haare. Spatz sah aus wie Elisabeth in diesem Alter: eine fein geschwungene Nase, blasse Haut, aber die Wangen vor lauter Abenteuerlust gerötet. Nur ihre Augen waren anders: Elisabeths hatten eine geheimnisvolle Farbe, irgendwo zwischen Blau und Grün, während die von Spatz an das glänzende Braun eines Waldbodens nach dem Regen erinnerten.

»Aber warum denn nicht?«

Elisabeth stupste ihre Schwester an und flüsterte mit gespieltem Entsetzen: »Hast du denn nicht gesehen, wie er sich anzieht?«

Bei ihrer ersten Begegnung anlässlich eines furchtbar peinlichen Diners hatte der Herzog einen so stark gerüschten Kragen getragen, dass er wie ein Truthahn aussah. Schlimmer noch war, dass er während des gesamten Essens immerzu über sich selbst gesprochen und dann auch noch unter dem Tisch besitzergreifend eine Hand auf Elisabeths Knie gelegt hatte. Letzteres brauchte Spatz aber nicht zu wissen. Seine Kleidung war der jüngsten Herzogstochter bestimmt in Erinnerung geblieben.

Spatz verdrehte die Augen, als sie daran dachte.

Dann wurde Elisabeth ernst und strich ihrer Schwester eine lockere Strähne aus der Stirn. »Ich liebe ihn nicht und will mir keinen Mann aufdrängen lassen.«

Spatz nickte ebenso ernst. Aber bevor sie die nächste Frage stellen konnte, verriet ein Geräusch vor dem offenen Fenster hinter ihnen, dass eine Kutsche über den Schotterweg der Einfahrt fuhr. Überrascht hob Elisabeth die Augenbrauen. Sie hatte gedacht, ihre Mutter hätte übertrieben, als sie *jede Minute* sagte. Wie so oft. Aber jetzt war der Herzog schon da und stieg aus der Kutsche. Durch die Bäume zwischen Fenster und Einfahrt konnte Elisabeth etwas von dem Mann sehen, den sie heiraten sollte: seine blasse Haut, seinen lockigen Bart, seine wichtigtuerische Pose, die umso lächerlicher war, als er den ausladendsten Federhut trug, den Elisabeth je gesehen hatte. Sie schaute ihm nach, bis er um die Hausecke bog.

Sie wandte sich vom Fenster ab, nahm das Gesicht ihrer kleinen Schwester in die Hände, beugte sich zu ihr hinunter und schaute ihr direkt in die vor Neugier aufgerissenen Augen. »Ich will einen Mann, der meine Seele satt macht. Kannst du das verstehen?«

Spatz nickte, dann schüttelte sie den Kopf und kicherte.

»Dir wünsche ich eines Tages das Gleiche.« Elisabeth küsste ihre Schwester auf die Stirn mit der warmen, weichen Haut, die nach ihrer mit Honigtee parfümierten Seife duftete.

»Sisi!« Die Stimme ihrer Mutter war wieder ganz nah. Zu nah.

Bevor ihre Mutter sie finden und ins Verderben führen würde, raffte sie ihr Nachthemd, kletterte auf die Fensterbank und ließ sich auf den kalten, von Tau getränkten Rasen fallen.

Als sie ums Haus lief, hörte sie ihre Mutter kreischen. »Wo steckt sie nur?«

Und Spatz, die liebe kleine Spatz, erwiderte ganz ernst: »Sie sagt, sie will einen Mann, der ihre Seele satt macht.«

Ja, kleine Schwester. Elisabeth würde die große Liebe finden oder gar keinen Mann nehmen. Das stand für sie fest.

ZWEI

Franz liebte alles am Fechten: den kalten Luftzug am Hals, die wie eine Bogensehne gespannte Schultermuskulatur, den süßlichen Duft des feuchten Rasens und dass die Welt plötzlich ganz klein wurde, bis man nur noch die eigenen Bewegungen und die des Gegners wahrnahm. Nur beim Fechten fühlte er sich wohl und selbstsicher. Nur beim Fechten war er nicht von Leuten umgeben, die ihm diese oder jene Allianz, diesen oder jenen Adligen als Berater, diese oder jene jugendliche Schönheit als fügsame Kaiserin aufschwatzen wollten. Alle wollten etwas von ihm, und Franz war es leid.

Beim Fechten konnte er all das vergessen und wenigstens für einige Minuten einfach nur Franz sein. Nicht der Kaiser. Nicht der Habsburger. Nicht der Garant für Geld, Allianzen und Thronerben. Nur ein Mann mit Degen, der seine Geschicklichkeit unter Beweis stellte und die königlichen Gärten genoss – die hohen Bäume und weiß gepflasterten Wege. Ganz allein, abgesehen von seinem Trainingspartner, dem Kammerdiener Theo.

»Ah-ha!«, rief der triumphierend und stieß in die Lücke

vor, die Franz ihm bot. Doch wie üblich war diese Lücke vorgetäuscht, und Franz parierte den Hieb mit voller Wucht.

»Selber ah-ha!«, gab er zurück und war sich sicher, dass sein Degen treffen würde.

Aber nein. Der andere wehrte den Hieb mühelos ab und griff seinerseits an. »Und jetzt?« Eine vertraute Stimme drang durch seine Maske. »Du kannst nicht jedes Mal gewinnen.«

Irritiert hielt Franz inne. Er glaubte, mit seinem Kammerdiener zu trainieren. Dass sie dabei nicht miteinander gesprochen hatten, war Routine, seit Franz darum gebeten hatte, bei diesen friedvollen Stunden auf jegliche Formalitäten zu verzichten. Aber die Stimme war nicht die von Theo. Sie war zu hoch und Theo würde ihn niemals duzen, auch nicht beim Fechttraining. Nein, es musste sein jüngerer Bruder Max sein.

Doch seit wann war Max im Palast zurück? Der lebenslustige Habsburger-Spross war monatelang mit irgendwelchen Leuten sonst wo gewesen, um was auch immer zu unternehmen. Franz hatte ihn zur Inspektion seiner Truppen nach Italien geschickt, aber wieder einmal hatte er sich von unterwegs nicht gemeldet, sodass man nicht wissen konnte, wo er sich tatsächlich herumgetrieben hatte.

Franz reckte das Kinn vor. Es war typisch, dass Max ihn in einem Moment aufsuchte, wenn er nichts anderes wollte als sich entspannen. Überhaupt tauchte Max oft in den unvermutetsten Situationen auf. Und gerade heute brauchte Franz Ruhe, denn ihm stand noch einiges bevor.

Fast ohne seinen Bruder vorzuwarnen, setzte er sich in Bewegung und attackierte. Max würde sich unerträglich aufführen, wenn er diesen Kampf gewänne. Zu gewinnen war Franz plötzlich wichtiger, als die Form zu wahren.

Klirrend schlugen die Degen aneinander, und die Brüder verhakten sich in einem komplizierten Tanz: zwei Schritte vor, zwei zurück, vor, zurück. Franz machte einen Vorstoß, attackierte und kam beinahe ins Stolpern. Und dann ...

Er hatte ihn. Endlich fand Franz' Klinge den Punkt über Max' Herz, und ihre abgerundete Spitze dellte den Stoff auf der Brust des Bruders.

»Das war's.« Franz trat einen Schritt zurück, keuchte und nahm die Maske ab.

Max ließ die Schultern hängen, seine Maske fiel auf den Rasen, und er fuhr sich lässig mit der Hand durch die blonden Haare. Er schien vollkommen unbeeindruckt zu sein, und Franz wünschte, er selbst könnte sich so sorglos geben. Hätte er Max nicht besser gekannt, hätte er glauben können, die Niederlage machte ihm nichts aus. Aber so war es nicht, ganz und gar nicht, niemals. Beide wollten immer gewinnen. Als jungen Männern lag ihnen der Wettbewerb im Blut. Davon war zumindest ihre Mutter überzeugt, und in diesem Geist hatte sie die beiden erzogen, sodass keiner eine Niederlage ertragen konnte.

»Du hast dein Training also nicht vernachlässigt, Bruder.« Max lächelte, aber seine Augen lächelten nicht mit. »Offenbar sind die Gerüchte über dein drohendes Ableben übertrieben.«

»Du machst dir Sorgen um meine Gesundheit? Warum kommst du dann erst jetzt?« Es war eine giftige Bemerkung. Franz wusste, dass er nicht gekränkt sein sollte, denn die Sorglosigkeit seines Bruders war ihm nur zu vertraut. Aber er *war* gekränkt. Immerhin hatte er mit dem Tod gerungen, und sein Bruder war nicht heimgekommen.

Max machte eine wegwerfende Handbewegung. »Nun,

ich war verhindert. Außerdem bist du ja davongekommen und im Nu wieder auferstanden wie Phoenix aus der Asche. Mir war klar, dass es so kommen würde.«

Das stimmte. Die Ärzte hatten die erstaunlich rasche Genesung kaum fassen können. Ein Messerstich in den Hals – und doch war er aufgestanden, herumgelaufen, hatte trainiert und die Regierungsgeschäfte wieder aufgenommen, lange bevor die Ärzte es für möglich gehalten hatten.

Er war dazu gezwungen gewesen. Hätte er das Krankenbett nicht verlassen, wäre er zugrunde gegangen. Die Halswunde heilte wie von selbst, aber der Schock saß tief. Ein Geräusch, ein Geruch, ein Lichtreflex – und die Hölle brach in ihm los. Tag für Tag spürte er erneut, wie die Klinge in ihn eindrang und das Leben aus ihm wich. Spürte den Hass, der hinter dem Anschlag steckte. Das Einzige, was half, war, ständig in Bewegung zu bleiben, zu handeln, alles unter Kontrolle zu halten.

Franz lockerte die Schultern, um diese Gedanken zu vertreiben. Gerade heute durfte er nicht ins Grübeln geraten. Er hoffte, dass es aussah, als mache er nur eine Dehnungsübung nach dem Kampf. Max sollte auf keinen Fall den Eindruck bekommen, dass er schwächelte.

»Es ist Zeit, Eure Majestät.«

Franz drehte sich zu Theo um, seinem Kammerdiener und seit einigen Monaten engsten Vertrauten. Er war der Einzige im Palast, der seine Geheimnisse kannte und über seine Witze lachte. Es reichte schon, wenn sie einander kurz zunickten, um Franz Kraft zu geben. Franz wusste nicht, wie er die letzten Monate ohne Theo durchgestanden hätte.

Franz ließ den Blick hinter Theo Richtung Palast schweifen. Im frühen Morgenlicht leuchtete die weiße Fassade golden, doch hinter dieser wunderbaren Fassade steckte etwas Kaltes, Harsches. Franz ballte die Faust.

Max beobachtete ihn, deswegen lockerte er noch einmal die Schultern und versuchte zu lächeln. Es fühlte sich falsch an, seine Gesichtsmuskeln hatten das Lächeln verlernt.

Max hob seine Maske auf und folgte Theo den sacht ansteigenden Hang hinauf. Franz ging kurz hinter ihnen – langsam und widerstrebend. Je weiter er sich vom Garten entfernte, desto schneller raste sein Herz, und Angst machte sich in ihm breit. Er streckte die Hand nach einer Rose aus und strich über die seidigen Blütenblätter, um sich zu vergewissern, wo er sich befand und dass er hier und jetzt nichts zu befürchten hatte.

Nicht du wirst sterben, Franz. Du bist nicht in Gefahr. Du wirst lediglich einer Hinrichtung beiwohnen.

DREI

Jetzt zeigte Elisabeth so viel Temperament wie vorher ihre Mutter. Ihr ungestümes Pferd, Puck, wurde immer schneller und raste schließlich im Galopp dahin. Ihr Nachthemd flatterte und ihre Haare flogen im Takt der Pferdehufe auf und ab. Beim Reiten gewann sie Distanz von selbstverliebten Herzögen und Müttern, die sie kleinmachen und ihre Seele einschnüren wollten, wie in ein Korsett. Aber sie würde sich nicht kleinmachen lassen, von niemandem.

Sie wusste, dass sie sich eines Tages verlieben würde, und diese Liebe würde ihre Welt größer machen, nicht kleiner. Darüber hatte sie Gedichte geschrieben, und ihre Lieblingszeilen hatten sich in ihre Seele gegraben. Während sie mit Puck durch den Wald galoppierte und über gewundene Flüsse sprang, sprach sie einige davon vor sich hin:

Bald in tiefen Felsenschluchten,
Bald in weinumkränzten Buchten,
Sucht die Seele stets nur ihn.

Nur *ihn*. Aus tiefstem Herzen glaubte sie daran, dass sie ihn erkennen würde, sobald er vor ihr stünde. Ihre Seele würde sich auf der Stelle mit seiner verbinden. Und *er* – das war nie und nimmer der pompöse Herzog. Also ritt sie weiter. Weiter und weiter. Wie der Wind, ein Sturm, ein Gewitter. Die Hügel hinauf, wo sich der Blick in alle Richtungen über Bäume und Büsche, Wiesen und Felder, spiegelglatte Seen und in der Ferne zum Hochgebirge weitete.

Sie wünschte, Helene käme mit ihr hierher und würde wieder sie selbst. Sie könnten Beeren ernten und ihre Kleidersäume im Tau tränken. Nachts unter dem Sternenhimmel schlafen. Leben, atmen und aufhören, sich zu verbiegen. Wozu auch? Nichts war es wert, sich selbst zu verlieren: nicht die Wünsche ihrer Mutter, nicht einmal ein Kaiser. Genau das hatte sie letzte Woche zu ihrer Schwester gesagt, als Helene bei einer Lektion über Hofetikette die verschiedenen Gabeln des Silberbestecks falsch zugeordnet hatte. »Wenn er dich nicht um deiner selbst willen liebt, verdient er dich nicht.« Wenn sie immerzu brav und sittsam sein und alle Gabeln korrekt benennen musste … würde sie dann nicht in der Schublade ersticken, in die man sie steckte?

Außerdem hatte Elisabeth die Gerüchte gehört. Jemand hatte ein Attentat auf den Kaiser verübt. Helene verdiente einen mitfühlenden, bescheidenen Mann – keinen stets um seine Vormachtstellung ringenden Herrscher, der seine Familie wer weiß welchen Gefahren aussetzte. Sie verdiente die wahre Liebe – kein politisches Arrangement, um das Image des Kaisers aufzupolieren. Bei diesem Gedanken zog sich Elisabeths Herz zusammen.

Sie versuchte, an etwas anderes zu denken, straffte die Zügel und trieb Puck weiter an. Sie war ein Wildfang, so unbezähmbar wie Sturm oder Feuer. Niemals würde sie werden, wie ihre Mutter es wollte: eine junge Frau ohne Hoffnung, ohne Träume, ohne Liebe. Sie würde die große Liebe finden, und dann würden sie und er zusammen unbezähmbar sein. Sollte sie nicht die große Liebe finden – wozu sollte sie dann überhaupt heiraten? Sie würde auch allein bestens zurechtkommen.

Heute war Puck der Einzige, der sie verstand. Nur ihr geliebtes Pferd kannte sie wirklich, nur das Pferd wusste, was Freiheit bedeutete. Ein zärtliches Gefühl durchflutete sie, als sie den Gipfel eines Hügels erklommen, und sie drosselte das Tempo. Sie befand sich jetzt auf der Bergkuppe, ein schmaler Grat mit steil abfallenden Felsen zu beiden Seiten. Die Sonne stand als rosa-gelber Ball am Himmel.

Sie schloss die Augen, genoss den Kitzel von Sonne auf ihrer Haut, den Duft des Kiefernwalds und die Kraft des Pferds unter ihr. Sie wünschte, alles im Leben fühlte sich so an – so lebendig, so real.

Doch dann schien die Welt plötzlich zu kippen. Puck buckelte, Elisabeth flog durch die Luft und landete unsanft auf dem Rücken. Sie keuchte, ihre Knie brannten, und sie griff ins Gras, als könnten die zarten Halme ihr Halt geben.

Als sie aufschaute, sah sie Puck über den Grat galoppieren, immer noch in Panik vor dem, was ihn ursprünglich erschreckt hatte.

Dann sah sie es: Eine Schlange wand sich im Gras. Keine giftige, aber das wusste Puck nicht. Er hasste Schlangen ebenso sehr wie sie Herzöge. Beide zogen es vor, die Flucht zu ergreifen, bevor der Gegner zuschlagen konnte.

»Puck!«, rief Elisabeth, aber es klang ziemlich lahm. Das Pferd hatte sich schon zu weit entfernt. Hauptsache, keiner hatte sich verletzt. Sie würde Puck wiederfinden, und alles wäre wieder gut. Besser sogar. Denn jetzt hatte sie eine Ausrede für ihre Abwesenheit beim Besuch des Herzogs.

»Alles wird gut«, sagte sie leise zu sich selbst und folgte dem Pferd den Hügel hinab. Irgendwann sah sie ihn an einem Seeufer stehen, und sein kastanienbraunes Fell leuchtete in der Sonne. Wie schön er war! Wie sehr sie ihn liebte!

Doch dann drehte er sich um – und nichts war gut. Nur widerstrebend und langsamen Schrittes ließ er sich von Elisabeth in den heimischen Stall zurückführen.

Ihr Vater schlief noch, als sie in sein Schlafzimmer kam – allerdings nicht allein. Nicht eine, sondern *zwei* Frauen lagen neben ihm, und keine davon war Elisabeths Mutter. Das Zimmer war vornehm eingerichtet, wie jedes, bei dessen Möblierung ihre Mutter die Finger im Spiel gehabt hatte, aber Zigarrenqualm hing in der Luft, und überall lagen Weingläser und leere Flaschen herum. Elisabeth ging in das dunkle Zimmer und stieg vorsichtig über die Kleidungsstücke, die die Frauen eigentlich am Leib tragen sollten. Ihr Vater lag zwischen Armen, Beinen und Brüsten – alle nackt. Die Hügel und Kurven, die ihrem Vater Trost spendeten, waren andere als die von Elisabeth bevorzugten.

Es roch nach Sex, schalem Wein und Rauch. Elisabeth rümpfte die Nase, als sie ans Fußende des Betts trat und plötzlich die Brüste einer dritten Frau sah, die sie noch gar nicht bemerkt hatte.

Genau das war der Grund, warum Elisabeth nur und ausschließlich aus Liebe heiraten würde. Sie wollte nicht so leben wie ihre Mutter und so tun, als wisse sie nicht, dass sich ihr Mann mit anderen Frauen unter ihrem eigenen Dach amüsierte. Sie wollte auch nicht wie ihr Vater leben und ständig außerhalb der Ehe nach Geborgenheit suchen. Sie wusste, dass ihr Vater ihre Mutter niemals geliebt hatte.

Ihr ging es dabei nicht um Sex. Sie selbst war noch nie mit einem Mann zusammen gewesen, aber das Draufgängertum ihres Vaters hatte sie einiges gelehrt. Sie war nicht prüde und hatte keine Angst. Schlimm am Sex war für sie nur, dass er die Lieblosigkeit der elterlichen Ehe unterstrich. Zuallererst sollten die beiden doch einander lieben!

Aber heute Morgen hatte Elisabeth keine Zeit zum Grübeln. Es war nicht das erste Mal, dass sie ihren Vater so vorfand, und sie wusste, dass es nicht das letzte Mal sein würde. Außerdem hatte Puck sich verletzt, und es galt, keine Zeit zu verlieren.

In die Dunkelheit hinein sagte sie: »Vater? Ich brauche deine Hilfe.«

Etwas benommen schlug er die Augen auf. Wie üblich blickte er forsch und keineswegs verlegen drein. Ganz der Draufgänger.

»Puck hat sich verletzt«, flüsterte Elisabeth.

Ihr Vater sagte nichts, setzte sich nur auf und befreite sich aus den Gliedmaßen, die ihn umschlangen. Elisabeth drehte sich weg. Sie hatte genug gesehen.

Als sich ihr Vater in ihr Blickfeld bewegte, war er angekleidet und hielt in der einen Hand eine Zigarre, in der anderen sein Gewehr – beides hatte er fast immer bei sich. Mit einer Kopfbewegung gab er seiner Tochter zu verstehen, dass sie ihm den Weg zeigen sollte.

»Was ist passiert?«, fragte er, als sie aus dem Haus traten.

»Sein Bein. Wahrscheinlich ist es nur verstaucht.« Erleichtert stellte sie fest, dass ihre Stimme nicht zitterte, sondern selbstsicher klang.

»Dann schauen wir uns das mal an.« Ihr Vater schritt kräftig voran, aber als ihm plötzlich klar wurde, welcher Tag es war, blieb er stehen und drehte sich grinsend zu seiner mittleren Tochter um. »Ich dachte, du wolltest dich heute Vormittag verloben. Warten der Herzog und deine Mutter nicht auf dich?«

Elisabeth sah ihn verstohlen von der Seite an.

»Ich bin gespannt, wie er sich heute wieder herausgeputzt hat.« Ihr Vater zog eine Grimasse, und sie musste lachen, wenn auch etwas kläglich. Ihr Vater war ein unberechenbarer und unsteter Verbündeter, aber wenigstens erkannte er, wie lächerlich ihre Verehrer waren.

»Du könntest dem ein Ende bereiten«, erwiderte Elisabeth. »Du könntest diese Kerle einfach wegschicken.«

Er machte eine wegwerfende Handbewegung. »Du weißt doch, dass deine Mutter sich um diese Angelegenheiten kümmert. Ich habe damit nichts zu tun.« Die gleiche Antwort wie immer. Ihr Vater brachte den Töchtern das Reiten bei und konnte herzlich über ihre Eskapaden lachen. Aber wenn es darauf ankam, unternahm er nichts. Elisabeth wusste selbst nicht, warum sie immer noch auf eine andere Reaktion hoffte.

Im Stall angekommen stand Puck da, ohne das verletzte Bein aufzusetzen. Er atmete schwer, seine Brust zitterte, sein Blick war ganz panisch. Die Wunde war schlimmer, als Elisabeth auf den ersten Blick erkannt hatte. Sie schaute zu ihrem Vater auf. Er kniff die Augen zusammen und senkte die Mundwinkel. Sie bekam Herzklopfen. Es war ihre Schuld.

Sie war mit Puck ausgeritten, um sich frei zu fühlen und den Wind im Gesicht zu spüren, und nun …

Der blöde Herzog hatte ihnen beiden den Rest gegeben.

Ihr Vater trat an Puck heran und untersuchte sein Bein. Dabei schimpfte er auf Elisabeth ein.

»Kein Tag ohne Ärger! Du hältst dich an keine Regeln, machst, was du willst. Überhaupt solltest du drinnen sein und dich verloben.«

»Ich will nicht. Da draußen muss es doch noch etwas anderes geben.«

Kopfschüttelnd holte ihr Vater sein Gewehr, das er an die Stallwand gelehnt hatte.

»Gebrochen«, sagte er. »Das heilt nicht wieder.«

»Er wird es überstehen«, sagte Elisabeth verzweifelt.

»Er wird nie wieder richtig laufen können«, hielt ihr Vater dagegen. »Was soll das für ein Leben sein?« Dann reichte er Elisabeth das Gewehr. »Mach es selbst!«

Elisabeth wurde ganz kalt, und ihre Hände begannen zu zittern. Puck war ihr Pferd gewesen, ihr Freund, ihr Trost – über zehn Jahre lang.

»Ich kann nicht«, wisperte sie.

»Du hast den Schaden angerichtet, also bezahlst du den Preis dafür.«

Elisabeth stand wie erstarrt da. Ihr blieb die Luft weg, und sie brachte kein Wort mehr heraus. Die Zeit verging langsamer und blieb schließlich ganz stehen. Das Vogelgezwitscher verstummte, der Wind legte sich – die ganze Natur schien für ihren geliebten Puck eine Schweigeminute einzulegen.

Ein letztes Mal drückte Elisabeth die Hände an seinen weichen Kopf und schmiegte ihre Wange an seine Nüstern.

Sie hoffte, er könne ihre Gedanken lesen. *Es tut mir leid, Puck. Du wirst mir fehlen.*

»Weg da, Elisabeth«, sagte ihr Vater hinter ihr so entschlossen, dass sie gehorchte. Dann fiel der Schuss.

Ihr Vater wandte sich zum Gehen, blieb aber noch einmal stehen und sagte zu ihr: »Der Tod trennt nicht, das Leben vereint nicht. Es ist das Leben, was uns trennt.« Und wie um Elisabeths Kummer noch zu vergrößern, fügte er hinzu: »Das ist von deinem Heinrich Heine.«

Elisabeth war zu aufgewühlt, um ihm zuzuhören. Sie sah nur den toten Puck, beugte sich über ihn, streichelte ihn und weinte.

VIER

Glücklicherweise war die Habsburger Uniform steif wie ein Panzer, denn innerlich zitterte Franz wie ein Blatt am Baum. Er konnte nicht aufhören und hasste es. Seine einzige Hoffnung auf ein würdevolles Auftreten war, dass niemand merkte, wie ihm zumute war. Sein Hemdkragen scheuerte an der Narbe an seinem Hals – eine ständige Erinnerung an das Geschehene, aber wenigstens war sie bedeckt. Er würde niemanden sehen lassen, was man ihm angetan hatte, weder die Narbe noch sein Zittern. Und dass ihm Hinrichtungen ohnehin zuwider waren, durfte auch niemand wissen.

Er stand in seinem Schlafgemach, umschwirrt von einer ganzen Armee pomadiger, weiß behandschuhter Diener, die eine komplette Viertelstunde damit verbracht hatten, ihn in seine repräsentativste Uniformjacke zu zwängen. Aus dem Augenwinkel sah er seine elegant-königliche Erscheinung in dem goldgerahmten Spiegel neben ihm. Aber das ganze Zimmer fühlte sich heute so steif an wie seine Uniform: die triste Tapete, die schweren braunen Vorhänge. Es war erstaunlich, wie ein Zimmer die eigene Stimmung widerspiegeln konnte.

Der einzige Anwesende, der sich noch unwohler fühlte als Franz, war der neue Diener, der neben dem Spiegel strammstand. War der Mann überhaupt am Leben? Er wirkte so leblos wie der ausgestopfte Bär in der Zimmerecke, der am Morgen geliefert worden war – ein Geschenk des russischen Zaren und damit ein Hinweis, dass schon wieder jemand etwas von ihm wollte: militärische Unterstützung.

»Theo, tu mir einen Gefallen«, brach Franz das Schweigen.

»Sehr wohl, Majestät.«

»Finde heraus, ob der Neue noch atmet.« Obwohl der Befehl todernst vorgetragen war, grinste Theo, und Franz fühlte sich gleich besser.

Er holte tief Luft und rückte seinen Kragen zurecht. Der neue Diener ähnelte Max ein wenig, um die Augen und am Kinn. Franz fragte sich, wo sein Bruder steckte und ob ihre Mutter von ihm verlangt hatte, an der Hinrichtung teilzunehmen. Franz musste natürlich dabei sein, aber Max schien sich in Luft aufgelöst zu haben. Was für eine Überraschung! Franz wäre mit so einem Verhalten niemals durchgekommen, aber Max war frei wie ein Vogel. Freier noch. Vögel mussten Nester bauen und ihre Jungen füttern. Max' Nest war schon bei seiner Geburt fertig gewesen, und obwohl Franz vermutete, dass es viele schreiende Kinder gab, die seinem Bruder verdächtig ähnelten, würde Max niemals die Fütterung übernehmen.

Franz hörte seine Mutter im Korridor. Ihr gesetzter Gang war unverwechselbar. Wenn er sich als Junge vor seinen Pflichten drückte, hatte er das sehr nützlich gefunden. Heutzutage schätzte er den Klang ihrer Schritte als Vorwarnung und nahm Haltung an.

Gräfin Esterházy, die Erste Hofdame, ratterte die Tagesordnung mit ihrer klaren, kühlen Stimme herunter. »Eine kurze Audienz mit der böhmischen Delegation nach dem Frühstück, danach Anprobe für die Wintergarderobe. Zuerst aber die Hinrichtung.«

Im nächsten Moment waren keine Schritte mehr zu hören, und Franz dachte überrascht, dass es seiner Mutter gar nicht ähnlich sah, vor einer Hinrichtung zurückzuschrecken. Empfand sie in diesem Fall etwa ähnlich wie er?

Dann gingen die Frauen weiter, und Franz stellte fest, dass sich der Widerwille seiner Mutter gegen etwas anderes richtete. »Schon wieder eine Anprobe? Verschieben Sie den Termin!«

So war sie, seine Mutter, Erzherzogin Sophie von Habsburg: pragmatisch. Manche bezeichneten sie als den einzigen Mann im Palast. Das richtete sich gegen Franz, aber es machte ihm nichts aus, obwohl er begonnen hatte, ihre politischen Ziele infrage zu stellen. Tatsächlich war sie eine hervorragende Strategin und galt vielen als der klügste Kopf in ganz Wien. Ihre Fähigkeit, immer das Richtige zu tun, hatte nahezu etwas Hellseherisches. Auch Gefahren erkannte sie, bevor dann tatsächlich etwas passierte. So hatte sie beispielsweise am Tag des Attentats zu Franz gesagt, er solle lieber nicht aus dem Haus gehen, weil es Unruhen gebe und er in Gefahr sei.

Was dann geschah, war seine Schuld, weil er nicht auf sie gehört hatte. Nicht einmal einen Bewacher hatte er mitgenommen. Wenn seine Weigerung, auf sie zu hören, zu abfälligen Bemerkungen über ihn führte, musste er es also hinnehmen. Wenigstens das schuldete er ihr.

Als die Tür aufging und seine Mutter hereinkam, drehte er sich zu ihr um. Eine imposante Erscheinung. Wie immer verströmte sie, besonders in dem zweiteiligen Kleid, das sie heute trug, eine Aura von Macht, die sich im ganzen Raum ausbreitete. Über einem schwarzen Unterkleid mit hohem Kragen gab ein senffarbenes Oberkleid, überzogen von schwarzen Spitzen, ihrem Körper eindrucksvolle Konturen: breit geschnittene und gepolsterte Schultern, ein langer, spitz zulaufender Ausschnitt, der zugleich einer Kette mit großem Kreuz zur größtmöglichen Wirkung verhalf, enge Taille und ein weit ausgestellter Rock. Kurz: ein Kleid, in dem Sophie nichts zu sagen brauchte, um sich Respekt zu verschaffen.

»Mutter.«

Sie deutete einen Hofknicks an und lächelte. »Eure Majestät.«

Er ging auf sie zu, küsste ihre Hand und nahm erleichtert zur Kenntnis, dass seine eigene nicht mehr zitterte.

»Ich höre, du warst bereits draußen, mein Lieber. Konntest du nicht schlafen?«

Franz schüttelte den Kopf. Seit dem Attentat hatte er keine Nacht durchgeschlafen. Er fragte sich, ob er es nach der Hinrichtung wieder können würde. Es hatte aber keinen Sinn, seiner Mutter das alles zu erzählen; sie hätte es ohnehin nicht verstanden.

»Perfekt, Franz«, sagte Sophie und meinte seine Kleidung. Dann wandte sie sich zum Gehen, und Franz folgte ihr in den weitläufigen Korridor, der ihre Schritte von den hohen Decken widerhallen ließ.

An manchen Tagen blieb seine Mutter hier immer wieder stehen, um die Ahnenporträts und die kunstvollen Details der Säulen zu bewundern. Heute tat sie das jedoch nicht. Heute ging es um Politik. Sie sah ihren Sohn von der Seite an und sagte ernst: »Es wird kein angenehmer Vormittag, aber du wirst dich daran gewöhnen müssen.«

Franz erwiderte ihren Blick. »Ich glaube, es gibt Dinge, an die man sich nie gewöhnt.«

Eine Stunde darauf standen Franz und seine Mutter auf einem Platz, auf dem ein Podest mit fünf Galgen aufgebaut war. Fünf verdreckte Männer mit versteinerten Gesichtern standen auf dem grob zusammengezimmerten Podest. Über ihnen hingen die Galgenschlingen. Franz starrte auf ihre Hände mit den schwarzen und pflaumenblauen Fingernägeln; einige waren ausgerissen. Er fragte sich, ob sie immer schon so ausgesehen hatten oder von seinen Wachen so zugerichtet worden waren. Bei diesem Gedanken drehte sich ihm der Magen um. Leid mit Leid zu vergelten, schaffte doch lediglich noch mehr Leid.

»Schau sie an, Franz! Sie müssen dein Gesicht sehen«, unterbrach seine Mutter seine Gedanken. »Ein Herrscher muss Stärke zeigen.«

Franz bemühte sich um Gelassenheit, als er den Blick von den Händen der Männer losriss und ihnen in die Gesichter schaute. Schweißtropfen bildeten sich unter seinem Kragen und seiner Uniformkappe und rannen ihm erst heiß, dann erschreckend kalt in den Nacken und den Rücken hinunter. Er atmete durch die Nase ein und durch den Mund aus, und dennoch ging sein Atem stoßweise, und sein Herz klopfte schneller, als gut war. Seine Oberlippe kribbelte schon wieder, und auch wenn kein anderer es merkte, wusste er, dass ihm gleich wieder schwindelig werden würde. Das passierte manchmal, wenn ihn die Erinnerung an jenen Tag überkam. Erst wurde seine Haut taub, und sein Blickfeld verengte sich, dann wurde alles schwarz. Bisher war es immer nur passiert, wenn er allein war. *Lieber Gott*, dachte er, *lass es nicht jetzt geschehen!*

Die Menge auf dem Platz johlte und wurde immer lauter. Franz' Zustand verschlimmerte sich, und es fiel ihm immer schwerer, seinen Atem zu kontrollieren. Seine Mutter, die neben ihm stand, nickte dem Polizeikommandeur zu.

»Die Schlingen!«, schrie er, und Franz zuckte zusammen, als Beamte den Verurteilten die Schlingen um den Hals legten.

Franz fasste sich ans Revers und zog einen gezackten Orden heraus, schloss die Hand zur Faust und drückte sich die Zacken in die Handfläche. *Konzentriere dich, Franz! Fühle die Stiche in der Hand! Du bist hier! Nicht in der Vergangenheit, als es passierte!* Wenn er sich das oft genug sagte, würde sein Körper eines Tages vielleicht auf ihn hören, nicht mehr taub werden, ihn nicht mehr in die Vergangenheit zerren.

»Ihr seid zum Tode verurteilt wegen Majestätsbeleidigung, Aufrührertums, Diebstahls und Hochverrats«, verkündete der Polizeikommandeur. »Nur seine Majestät, der Kaiser, ist befugt, zum Tode Verurteilte zu begnadigen.«

Franz umschloss den Orden fester, spannte die Faust an, und die Zacken bohrten sich in seine Haut. Fest schaute er dem Revolutionär in die Augen, der in der Mitte des Podests stand. Er gehörte zum Kreis der Revoltierenden, die ihn zu töten versucht hatten.

Keiner der Männer vor ihm war derjenige, der das Messer gegen ihn erhoben hatte, aber seine Mutter war davon überzeugt, dass alle eine Gefahr darstellten. Sie behauptete, alle zusammen hätten die Tat geplant und sanktioniert. Sie seien die Speerspitze der Volksunruhen und träfen Habsburg mitten ins Herz. Franz dagegen fragte sich, ob es richtig war, alle über einen Kamm zu scheren.

Franz wandte den Blick nicht von ihnen ab.

»Wollen die Verurteilten noch irgendetwas sagen?«, fragte der Polizeikommandeur, und die Menge wurde ganz still. Franz hörte seinen Herzschlag in seinen Ohren dröhnen.

»Ihr thront in euren Palästen, während wir im Dreck hausen.« Es war der Mann in der Mitte, der das Wort ergriff. »Wir haben nichts zu essen. Es fehlt uns am Nötigsten. Wir können uns nicht das Geringste leisten. Aber ihr ignoriert unser Elend. Ihr ignoriert euer eigenes Volk.«

Franz zwang sich, keine Miene zu verziehen und still stehen zu bleiben.

»Eure Majestät«, fuhr der Mann fort und verbeugte sich leicht, was gar nicht so einfach war, da sein Kopf noch in der Schlinge steckte. »Ihr könnt uns töten, aber das ändert gar nichts. Das Volk wird sich trotzdem gegen Euch erheben.«

In der Menge wurde Zustimmung laut. Franz konzentrierte sich aufs Atmen, den Schmerz in seiner Hand, das Blut, das sich an den Stellen sammelte, wo die Zacken des Ordens besonders tief in seine Haut eindrangen.

Immer noch war er in Gefahr. Das war die Botschaft des Mannes. Man würde ihn wieder mit einem Messer bedrohen, mit einem Revolver, einem Degen, Hunderten Fäusten wütender Männer. Ihre Stimmen schwollen an, bis es wie Meeresrauschen toste. Seine Mutter warf dem Polizeikommandeur einen irritierten Blick zu, und Franz wusste, dass sie von der Reaktion des Volks genauso überrascht war wie er. Die Leute sollten doch eigentlich auf ihrer Seite sein, doch stattdessen jubelten sie den zum Tode verurteilten Männern zu.

Der Mann fuhr fort: »Ich sterbe fürs Volk, das …«

Die Menge applaudierte lautstark.

Doch bevor der Mann noch ein Wort sagen konnte, wurde ein Hebel umgelegt, und ein Schacht im Podest öffnete sich krachend. Franz versuchte, ganz ruhig zu bleiben, aber das Krachen hallte in seinen Knochen wider und fuhr ihm bis in die Zehen- und Fingerspitzen. Die anderen Schächte wurden geöffnet, und die anderen Revolutionäre folgten ihrem Anführer in den Tod.

Die Menge wurde still. Die Beamten stiegen vom Podest.

Es war vorbei.

FÜNF

Einatmen, ausatmen.

Mit diesen Worten beschwor Elisabeth sich wieder und wieder, als sie mit pochendem Herzen vor dem Salon stand. Puck war tot. Ihr Nachthemd hatte Gras- und Blutflecke abbekommen, als sie ihn gehalten hatte. Ihr Gesicht spannte vom Salz ihrer getrockneten Tränen. Hinter der Tür befand sich ein lächerlicher Kerl, der sie heiraten wollte. Sie hatte den Tag gut gelaunt begonnen, trotz allem, aber jetzt fühlte sie sich ganz leer.

Sie stand an einer Stelle im Haus, die sie besonders gern mochte – hohe Decken und eine steinerne Treppe, die in sanftem Schwung zum zweiten Stockwerk führte. Die Eingangshalle war von schlichter Eleganz, und es war der einzige Ort im ganzen Haus, dem ihre Mutter mit ihren schweren Stoffen und all dem Blattgold nicht ihren Stempel aufgedrückt hatte. Das Treppengeländer trug reiche Schnitzereien, die Weinranken und Rosen darstellten, und hier und da waren Astknoten im Holz zu sehen, die dort eigentlich nicht hingehörten. Es war, als sei die Natur zur Tür hereingeweht und treibe hier drinnen ihre Spielchen. Normalerweise fühlte sich

Elisabeth in der Eingangshalle geborgen, aber heute empfand sie nichts – oder nur, dass sie sich an der Schwelle zu einem Leben befand, das sie nicht führen wollte.

Hinter der Tür hörte sie ihre Mutter sagen: »Sisi wird jeden Moment hier sein. Ihre Morgengebete sind ihr wichtig.«

Hätte Elisabeth genügend Energie gehabt, hätte sie die Augen verdreht.

»Im vergangenen Sommer ist sie aufgeblüht und viel reifer geworden, bereit für die Ehe …«

Ihre Mutter redete und redete, wie immer. Elisabeth hasste es, auf etwas reduziert zu werden, das den Vorstellungen ihrer Mutter von einem *guten Mädchen* entsprach, und dass niemand wissen wollte, wer sie wirklich war. Sie fragte sich, womit man ihre Mutter bestechen musste, bevor sie von Elisabeths Witz, ihrem Freiheitsdrang und ihrer Spontaneität spräche. Aber bei so viel Ehrlichkeit würde ihr Magengeschwür wahrscheinlich platzen.

»Meine Tochter ist mit einem wachen Verstand gesegnet. Aber natürlich nicht *zu* wach.«

Elisabeth schnaubte verächtlich.

»Vor allem aber ist sie bescheiden und wird sich Ihren Wünschen unterordnen.«

Elisabeth trat von der Tür zurück. Noch mehr Lügen brauchte sie sich nicht anzuhören.

»Sisi!« Helene kam am Fuße der Treppe auf sie zu. »Ich glaube, der Herzog reist wieder ab, wenn du dich nicht bald sehen lässt.«

Aufmerksam betrachtete Elisabeth die große Schwester: die blonden Haare perfekt hochgesteckt, der Teint rosa, das hellgelbe Kleid raffiniert geschnitten. Vor wenigen Monaten noch hatte Helene sie in einer Truhe versteckt, als ein heiratswilliger Graf zu Besuch gekommen war. Aber inzwischen hatte sie die Seiten gewechselt und vertrat den Standpunkt ihrer Mutter, bei dem nur Pflicht und Anstand zählten. Für Elisabeth war es, als hätte sie eine Schwester verloren, und das schmerzte sie sehr.

»Das ist mir egal, Néné«, erwiderte Elisabeth resigniert.

Helene schüttelte den Kopf. »Aber es ist doch schon alles arrangiert. Er ist hier, um sich offiziell mit dir zu verloben.«

»Nimm du ihn doch«, sagte Elisabeth patzig. Sie hatte keine Mutter, die sie liebte, wie sie war, auch keine Schwester, die sie unterstützte, und keinen Vater, der einschritt. Sie hatte nicht einmal mehr ein Pferd, mit dem sie alledem entfliehen konnte.

Bevor sie an Helene vorbei und die Treppe hinaufgehen konnte, ging die Salontür auf, und der Herzog und ihre Mutter kamen in die Eingangshalle.

Am Fuße der Treppe drehte sich Elisabeth zu ihnen um und betrachtete den Herzog. Heute trug er zum gelben Federschmuck seines Hutes gelbe Strümpfe, eine gelbe Weste und einen dunkelroten Gehrock. Er sah noch lächerlicher aus als das letzte Mal.

Elisabeths Mutter japste erschrocken, als sie Elisabeth sah, aber die machte einen Hofknicks und sagte: »Herzog.«

»Da ist sie ja«, sagte ihre Mutter schrill. Beim Anblick einer Tochter, an deren Nachthemd Schlamm, Blut und Tränen klebten, fielen ihr beinahe die Augen aus dem Kopf, aber sie tat so, als sei alles in Ordnung. »Den Herzog Friedrich von Anhalt kennst du ja, Sisi. Er hat etwas Wichtiges mit dir zu besprechen …«

Sie machte eine Geste, als sei das alles sehr romantisch und als wolle der Herzog immer noch um Elisabeths Hand anhalten. Elisabeth wusste nicht, ob sie lachen, weinen oder schreien sollte.

Der Herzog stand einigermaßen perplex da, dann besann er sich und fing so heftig an zu lachen, dass sein Bauch und seine Schultern bebten, aber es war kein frohes, sondern ein höhnisches Lachen. Elisabeth war es lieber als ein Heiratsantrag, aber ein Affront war es doch.

»Sie lachen mich aus?«, fragte sie und konnte nicht anders, als hinzuzufügen: »Während Sie *diesen* Hut tragen?«

Dem Herzog blieb das Lachen im Hals stecken. Seine Wangen wurden noch tiefer rot als sein Gehrock, und er stürmte aus dem Haus, ohne eine Verabschiedung auch nur anzudeuten.

Wenn Blicke töten könnten, hätte der Blick ihrer Mutter es jetzt mit Elisabeth getan. Aber schon im nächsten Moment lief sie dem Herzog nach und ließ sich etwas einfallen, um zu erklären, warum Elisabeth heute nicht ganz auf der Höhe war.

»Du musst damit aufhören, Sisi«, sagte Helene, und ihre Stimme machte klar, dass sie das Benehmen der Schwester unmöglich fand. »Du wirfst ein schlechtes Licht auf uns alle.«

War das alles, was Néné Sorgen machte? Sie wünschte, ihre große Schwester würde sie fragen, ob es ihr gutging, ob sie Schmerzen hatte, was am Morgen passiert war, das sie so zugerichtet hatte. Sie konnte nicht verstehen, wie ihr ein Herzog, den Elisabeth nicht leiden konnte, und ein Kaiser, den Néné noch nicht einmal persönlich kennengelernt hatte, so viel wichtiger waren als eine tieftraurige Schwester in einem blutbefleckten Nachthemd.

Als Elisabeth kurz darauf zu ihrer Mutter in den Salon ging, bildeten die weißen Wände einen deutlichen Kontrast zu ihren Gefühlen. Helene folgte ihr und schloss auf Befehl ihrer Mutter die Tür.

Helene blieb auf Distanz zu ihrer Schwester und hätte sich nicht stärker von ihr unterscheiden können. Keine schmutzigen, nackten Füße. Keine schnellen Widerworte. Elisabeth sah die große Schwester wehmütig an. *Du fehlst mir, Néné. Wo bist du nur geblieben?*

Elisabeth wollte etwas sagen, ließ es dann aber sein, weil sie nicht recht wusste, was. Es hatte ja sowieso keinen Sinn. Ihre Mutter hatte hinreichend klargemacht, dass sie an Elisabeths Meinung nicht interessiert war.

Die Herzogin stand am weitest entfernten Fenster neben einer Nische, in die sich Elisabeth oft zurückzog, um vor sich hin zu träumen und zu dichten. Sonst beflügelte der schöne Ausblick über Berge und Himmel ihre Fantasie und regte sie zum Schreiben an. Aber jetzt beherbergte diese Nische nur ihre wutschäumende Mutter.

Plötzlich drehte sich die Herzogin um, kam zu Elisabeth herüber und beugte sich zu ihr vor. »Zwei Grafen und zwei Herzöge hast du verprellt. Alles ehrenwerte Männer.« Sie spuckte die Worte förmlich aus.

Obwohl ihre Mutter derlei schon oft gesagt hatte, war es so unfair, dass es Elisabeth den Atem raubte. Der erste Herzog hatte seinen Hosenknopf geöffnet, als sie Kuchen aßen. Der zweite Graf fand, dass ein Mann zehn Mal so viel zu sagen hatte wie eine Frau. Wie konnte ihre Mutter so etwas ehrenwert finden? Ihren eigenen Mann hasste sie doch, weil er wie der erste Herzog war. Diese Heuchelei und das Messen mit zweierlei Maß waren wirklich haarsträubend. Herzöge und Grafen durften sich noch so schlecht benehmen – immer bekam Elisabeth dafür die Schuld zugeschoben, immer wurde sie dafür bestraft.

»Wie du sehr wohl weißt, habe ich ein Magengeschwür«, fuhr ihre Mutter fort. Es war keine Feststellung, sondern eine Anschuldigung. »Der Arzt sagt, es kann platzen, und dann verblute ich von innen. Alles nur deinetwegen, Sisi.« Ihre Mutter trat ein paar Schritte zurück und stützte sich schwer auf eine Sessellehne.

Elisabeth war immer der Grund für die Krankheiten ihrer Mutter. Weil sie die Unverschämtheit besaß, keinen Draufgänger oder Angeber zum Mann zu nehmen, auch keinen, der doppelt so alt war wie sie. Wohl auch, weil sie andere Wünsche hatte als ihre Mutter und überhaupt anders war. Aber jetzt reichte es ihr.

»Ich heiße Elisabeth, nicht Sisi«, sagte sie mit Nachdruck.

Ihre Mutter starrte sie entsetzt an, raffte ihre Röcke und stürmte mit erhobener Hand zu Elisabeth zurück. Elisabeth spürte die Heftigkeit der Ohrfeige, noch bevor ihre Mutter sie berührt hatte. Es war eine Ohrfeige, die sie nicht nur für das bestrafte, was heute passiert war, sondern für alles, was sie sich je hatte zu Schulden kommen lassen. Hinter dem Schlag würde die ganze Verachtung, Wut und Enttäuschung ihrer Mutter stecken.

In Erwartung dieses Schlags wich sie zurück.

Doch dann …

Helene trat auf ihre Mutter zu und hielt ihr ein Glas Sherry hin. »Eine kleine Erfrischung?«

Ihre Mutter ließ die Hand sinken und griff nach dem Glas. Mit der anderen zeigte sie auf Elisabeth. »Warum bist du nicht wie deine Schwester? Was tut sie, wenn sie unglücklich ist?«

Elisabeth sah Helene an und wünschte, sie würde etwas sagen, ihr die Antwort verraten. Doch als Helene nichts sagte, sah Elisabeth wieder ihre Mutter an und gab zu: »Das weiß ich nicht.«

»Ich auch nicht. Und genau so gehört es sich!«

Elisabeth bemühte sich, ganz ruhig zu atmen, und beschloss, es noch einmal mit der Wahrheit zu versuchen. »Ich möchte meine eigenen Entscheidungen treffen. Ich möchte ein erfülltes Leben führen. Was ist daran so schlimm?«

»Was willst du mit deinem Leben denn anfangen? *Gedichte schreiben?*«

»Warum nicht?« Warum sollte sie nicht träumen und Gedichte schreiben? Das wäre immer noch besser, als sich zu Tode zu trinken, wie ihre Mutter, oder eine bedeutungslose Affäre nach der anderen zu haben, wie ihr Vater.

Ihre Mutter schüttelte den Kopf. »Du hast doch keine Ahnung, wie es da draußen in der Welt zugeht.«

»Aber ich weiß, dass mich da draußen etwas erwartet«, sagte Elisabeth so leise, als spräche sie mit sich selbst.

Ihre Mutter kniff die Augen zusammen. »Ach, mein liebes Kind …« Elisabeth wusste, dass ihre Mutter etwas Vernichtendes sagen wollte. »Da draußen wartet nichts und niemand auf dich, glaub mir.«

Elisabeth war der Verzweiflung nahe. Ähnliche Gespräche hatten sie schon oft gehabt, aber die Stimme ihrer Mutter klang jetzt anders. Bestimmter, verächtlicher. Zum ersten Mal im Leben fragte sich Elisabeth, ob ihre Mutter womöglich recht hatte und es keinen Grund gab, so sehr auf ein erfülltes Leben zu hoffen. Ob da draußen wirklich nichts auf sie wartete als der Verlust eines Pferds, einer Schwester und jeglicher Hoffnung.

Aber nein! Sie weigerte sich, die Hoffnung aufzugeben.

»Du kannst mich nicht zwingen«, sagte sie bestimmt. »Ich werde diese Männer nicht heiraten.«

Wieder kam ihre Mutter auf sie zu, dieses Mal mit ernster Miene. Dann sagte sie kalt: »Wie du weißt, gibt es Anstalten für junge Frauen, die den Verstand verloren haben.«

Elisabeths Magen zog sich zusammen. Ihre Mutter hatte ihr schon früher Strafen angedroht, aber jetzt schien ihre Geduld endgültig erschöpft zu sein – und sie wusste auch, warum. Der Brief! Sie erinnerte sich daran, wie ihre Mutter vor etwa zwei Monaten an ihrem Schreibtisch gesessen und einen Brief wieder und wieder gelesen hatte. Darin ging es um ein Kennenlernen und die Verlobung von Helene mit dem Kaiser.

Aber erst jetzt begriff Elisabeth, was dieser Brief für sie selbst bedeutete. Im Haus der künftigen Kaiserin gab es keinen Platz für ihre Tagträume. Ihre Mutter würde sie fortschicken, wenn sie sich nicht zwang, ein würdiges Mitglied der kaiserlichen Familie zu werden.

Helene sagte erschrocken: »Nicht das Narrenhaus, Mutter! Damit gehst du zu weit!«

Néné. Es erleichterte Elisabeth, dass Helene sie verteidigte, aber der Kloß in ihrem Hals und der Stein in ihrem Magen ließen sich nicht so leicht auflösen. Trotzdem war sie ihrer Schwester dankbar. Sie war Néné also doch nicht egal.

»Es reicht!«, schnappte ihre Mutter. »Helene hat eine blendende Zukunft vor sich. Das wirst du uns nicht ruinieren, Sisi. Hast du das verstanden?«

Elisabeth streckte eine Hand nach ihrer Mutter aus. »Bitte, Mutter! Ich bin doch nicht geisteskrank!«

Es tat weh, als ihre Mutter ihre Hand wegschlug. Es tat an all den Stellen weh, wo alte Wunden vergeblich zu heilen versuchten. »Dann beweise es mir.«

SECHS

Sisi«, flüsterte Helene und klopfte leise an die Tür ihrer jüngeren Schwester.

Stille.

»Bitte, Sisi! Lass uns reden.« Helene drückte die Fingernägel in die Blumenschnitzerei der dunklen Holztür.

Wieder Stille.

»Mutter war zu hart.« Helene biss sich auf die Lippen und schaute über die Schulter zurück, als könnte sich ihre Mutter von hinten anschleichen.

Vielleicht war Sisi wieder aus dem Fenster geklettert. Ihr Zimmer lag im zweiten Stock, aber der Baum davor war groß und stark. Es hätte Helene nicht überrascht, hätte ihre Schwester das Weite gesucht.

»Sisi?«

Helene drückte die Türklinke hinunter. Es war nicht abgeschlossen. Sie hasste es, in die Privatsphäre ihrer Schwester einzudringen, aber sie wollte unbedingt wissen, ob es ihr gutging. Noch nie hatte ihre Mutter sie so behandelt. Wenn sie, Helene, schon darüber schockiert war, wie musste es dann erst Sisi ergehen?

Vorsichtig drückte sie die Tür auf und ging ins Zimmer. Es war noch nicht einmal Mittag, aber Sisis schwere blaue Vorhänge waren zugezogen, und das Zimmer lag im Halbdunkel. Auf der Couch waren Kleider und Bücher verstreut. Ein Paar Schuhe lugten unter dem Bett hervor, wo sie offenbar achtlos abgeworfen worden waren. Neben einem Vorhang drang ein Lichtstrahl ins Zimmer und ließ den goldenen Teppich schimmern. Auf dem Bett lag Sisi, der Schwester den Rücken zugewandt. Sie wirkte klein und schwach, als hätte die Drohung ihrer Mutter ihr jegliche Präsenz genommen. Helene betrachtete sich und Sisi als erwachsene Frauen, aber jetzt sah Sisi wieder wie ein Kind aus.

Zögerlich ging Helene einen weiteren Schritt auf das Bett zu und blieb dann stehen. Sisi hatte ihr nicht geantwortet und sich nicht umgedreht. Vielleicht wollte sie allein sein.

»Sisi?« Ignorierte ihre Schwester sie, weil sie ihren Spitznamen benutzte? Helene war sich nicht sicher, ob sie das noch durfte. Früher hatte es Sisi nichts ausgemacht, aber in letzter Zeit hatte sie ihre Mutter immer wieder gebeten, sie nicht so zu nennen. Galt dieses Verbot auch für sie, Helene? Sie war sich nicht sicher. Dieser Tage war sie sich über gar nichts mehr sicher.

»Geht es dir nicht gut?«, fragte sie leise und wusste, dass es eine dumme Frage war. Natürlich ging es Sisi nicht gut. Ihr Vater war vor Kurzem nach Hause gekommen und hatte von Puck erzählt. Falls ihre Mutter es nicht geschafft hatte, dass Sisi sich ganz elend fühlte, so war es die Sache mit Puck.

Vielleicht war es aber gar nicht verkehrt, der Schwester Einhalt zu gebieten. So durfte Sisi nicht weitermachen, sonst würde sie sich und die ganze Familie ruinieren. Wenn sie jetzt litt, ersparte es ihr womöglich ein viel größeres Leid in der Zukunft. Leid hatte auch Helene gezwungen, erwachsen zu werden, und sie wusste, dass es ihr gutgetan hatte.

Andererseits war es der schrecklichste Augenblick ihres Lebens gewesen, der sie zu einer Veränderung gezwungen und ihr Vertrauen in die Welt erschüttert hatte.

Es war im Frühling des vergangenen Jahrs, und sie hatte mit Elisabeth und Spatz draußen gespielt. Sie ließen ihre offenen Haare im Wind flattern, während die Sonne ihre Nasen rötete. Sie waren zum Fluss hinuntergelaufen, und Helene hatte verkündet, sie werde den Fluss auf einem kürzlich umgestürzten Baum überqueren. Auf der anderen Uferseite waren sie noch nie gewesen, und Spatz wollte nachsehen, ob dort Feen wohnten.

»Lass es uns herausfinden«, hatte Helene gesagt und balancierte barfuß und mit tänzerischer Leichtigkeit über den rauen Baumstamm, etwa eineinhalb Meter über der Wasseroberfläche. Hätte sie nachgedacht, wäre ihr klar gewesen, dass sie es nicht durfte, aber sie war ganz ins Spiel und die Fantasie ihrer kleinen Schwester vertieft.

Als Nächste überquerte Spatz den Fluss. Weil sie sich nicht traute, es aufrecht zu tun, kroch sie auf Knien und Händen. Wahrscheinlich war es besser so, denn es hatte viel geregnet, und der Fluss war kalt und strömte in rasender Geschwindigkeit unter ihnen hinweg.

»Jetzt ich«, rief Sisi und balancierte mit ausgestreckten Armen wie eine Seiltänzerin über den Baum.

Helene lachte über die Faxen der jüngeren Schwester, aber bald blieb ihr das Lachen im Hals stecken. Schon kurz bevor es geschah, wusste sie, dass Sisi herunterfallen würde. Sie streckte sogar die Arme nach ihr aus, aber Sisi war noch zu weit vom Ufer entfernt.

Erschrocken riss Sisi die Augen auf, kippte zur Seite und fiel in den Fluss. Hatten sie diesen Fluss gerade eben noch für nicht besonders gefährlich gehalten, so verschluckte er Sisi im nächsten Moment.

Helene hörte sich schreien. Spatz drückte sich eine winzige Hand auf den Mund und machte große Augen.

»Bleib, wo du bist!«, sagte Helene zu Spatz, rannte das Ufer entlang und versuchte, Sisis dunkle Silhouette unter der Wasseroberfläche im Blick zu behalten. Wie schnell der Fluss dahinjagte!

Einmal tauchte Sisi auf, spuckte Wasser und hustete, dann ging sie wieder unter. Ihre Röcke umschwappten sie, sodass sie an eine Qualle erinnerte. Wie lange konnte man den Atem anhalten? Helene wusste es nicht.

So schnell sie konnte, rannte sie auf die nächste Brücke zu. Steine und Stöcke bohrten sich in ihre nackten Füße. Wenn sie die Brücke rechtzeitig erreichte, könnte sie sich darauf legen, die Arme nach unten strecken und Sisis Röcke zu fassen bekommen.

Doch als sie sich der Brücke näherte, war dort schon ein Mann, der sich zu Sisi hinabbeugte und sie aus dem Fluss zog.

Als Helene ankam, spuckte Sisi Wasser, hustete und weinte.

Es war Helenes Schuld. Das dachte sie gleich, aber ihre Mutter sorgte später dafür, dass es ihr endgültig klar wurde. Immerhin war sie die Älteste. Sie sollte sich längst wie eine Erwachsene benehmen. Sie war zwanzig, Herrgott, und verhielt sich wie eine Zwölfjährige. Beinahe hätte sie ihre Schwester umgebracht, auf der Suche nach etwas so Hirnverbranntem wie Feen. Die Schuldgefühle quälten sie noch Monate später, fraßen sich in ihre Eingeweide und machten ihr Kopfschmerzen.

Wenn Helene später mit ihren Schwestern nach draußen

ging, mahnte ihre Mutter sie, dass sie als die Älteste dafür verantwortlich sei, niemanden zu Schaden kommen zu lassen und für Mäßigung und Anstand zu sorgen.

Helene schwor sich, kindliches Verhalten nie wieder zu dulden, weder bei sich selbst noch bei Sisi. Nur so konnte sie für die Sicherheit ihrer Schwester sorgen. Aber Helene konnte tun, was sie wollte – Sisi blieb ein Wildfang. Und jedes Mal verletzte sie sich dabei und stellte unter Beweis, was ihre Mutter gesagt hatte. Diese Erfahrung hatte sich tief in Helenes Herz gegraben.

Jetzt war es so weit gekommen, dass Sisi wegen ihrer Wildheit ein Kloster drohte, oder schlimmer noch: das Narrenhaus.

Bei diesem Gedanken drückte sich Helene eine Hand auf die Brust, als könnte sie so ihre Angst vertreiben. Sie ging die letzten Schritte auf das Bett zu, kroch hinein und legte der Schwester eine Hand auf die Schulter. Dann beugte sie sich über sie und versuchte, ihr ins Gesicht zu blicken. Sisi mochte getrost den Rest der Welt fernhalten, aber Helene musste sie wissen lassen, dass sie auf ihrer Seite stand. Sisi hielt die Augen geschlossen, ihre Lippen waren leicht geöffnet. Sie schlief. Mitten am Tag. Helene war überrascht. Sie wusste, dass Sisi wie eine Tote schlafen konnte. Deswegen hatte sie wahrscheinlich nicht gehört, dass Helene hereingekommen war.

Helene war erleichtert, und der Kloß in ihrem Hals löste sich auf. Schlaf war etwas Gutes. Schlaf war heilsam. Vorsichtig legte sie sich neben Sisi und schmiegte sich an ihren warmen Rücken. *Ich hab dich lieb, Sisi. Ich tue mein Bestes, um auf dich aufzupassen.*

Sie hoffte, die Schwester würde das endlich begreifen, wenn sie aufwachte. Je mehr Widerstand man leistete, desto mehr musste man leiden. Wenn man sich aber anpasste und das Leben nahm, wie es war … Zumindest Helenes Leben war auf diese Weise sicherer geworden, ihre Zukunftsaussichten rosiger.

Dieser Gedanke heiterte sie auf, auch wenn sie es immer noch nicht recht glauben konnte. Aber wenn alles nach Plan liefe, würde sie *Kaiserin* werden. Ausländische Würdenträger würden sie einladen. Sie würde den Thronfolger gebären. *Kaiserin* Helene. *Ihre Majestät* Helene. So wurde man belohnt, wenn man aufhörte, sich wie ein Kind zu benehmen, wenn man lernte, den Mund zu halten und auf die Mutter zu hören – egal wie lachhaft ihre Anweisungen klingen mochten.

Der erste Brief, die erste Einladung in ein neues Leben, war vor einigen Monaten gekommen, kurz nachdem Helene angefangen hatte, sich ernsthaft mit Etikette und französischer Literatur zu beschäftigen. Erzherzogin Sophie höchstpersönlich, die Mutter des Kaisers und Helenes Tante, hatte den Brief geschrieben, in dem sie sagte, sie halte es für die perfekte Verbindung und dass Helene zu genau der Frau herangewachsen sei, die das Haus Habsburg brauche. Dieser Brief schwirrte Helene immer noch im Kopf herum. Sie hatte ihn so oft gelesen, dass sie ihn auswendig kannte.

Sie betrachtete ihre schlafende Schwester. Sisi würde keine so glänzende Verbindung eingehen wie sie, aber Helene war sich sicher, dass auch sie gute Aussichten hatte. Sie konnte nur hoffen, dass Sisi ihr Herz dafür öffnen würde.

Inzwischen war Helene ganz warm geworden, und beinahe wäre sie eingeschlafen, als ihr plötzlich einfiel, was sie tun sollte: Sisi zum Geburtstag des Kaisers nach Bad Ischl mitnehmen. Vielleicht würde sich ja ein Bruder des Kaisers in sie verlieben. Vielleicht war Liebe das Einzige, was sie zähmen konnte. Dann könnten sie zusammen diese neue Phase ihres Lebens beginnen.

SIEBEN

Franz strich mit einem Finger über den frischen Schorf in seiner Handfläche. Am Vormittag hatte er sich diese Wunden selbst zugefügt, als er einen scharfkantigen Orden umklammerte, um seine inneren Dämonen zu bändigen. Merkwürdig, wie tröstlich eine heilende Wunde sein konnte. Es lag wohl daran, dass er sie kontrollieren konnte – in einer Situation, in der so vieles außerhalb seiner Kontrolle lag.

Jetzt beanspruchte etwas anderes, das er ebenfalls nicht unter Kontrolle hatte, seine ganze Aufmerksamkeit. Beim gemeinsamen Mittagessen schien seine Mutter die Hinrichtung bereits vergessen zu haben und etwas ganz anderes von ihm zu wollen. Als er darüber sprach, dass es möglich sein müsste, ein Land ohne bittere Armut und Hunger zu regieren, in dem die Menschen zufrieden waren und nicht revoltierten, sagte sie nur:

»Der Unmut des Volks, die Unruhen, das Chaos … All das vergeht, Franz. Das ist immer so. Hab Geduld.« Seine Mutter saß ihm am opulenten Esstisch gegenüber, ein silbernes Besteck in der Hand, um sich ein Stück Braten zu nehmen.

Franz konnte sein Spiegelbild aus einem halben Dutzend Winkeln auf den auf Hochglanz polierten Servierplatten, Karaffen und Löffeln auf dem reich gedeckten Tisch sehen. Es war winzig klein, ganz im Gegensatz zum Rest des Raums mit seinen hohen Decken, enormen Spiegeln und Wandteppichen mit üppigen Landschaften, die Fenster zu einer anderen Welt zu sein schienen.

Es roch nach Paprika und geschmortem Fleisch, und hätte Franz nicht geahnt, was seine Mutter ihm vorschlagen wollte, hätte er sich auf das Essen gestürzt, als sei es das Letzte, was er je serviert bekommen würde. So aber zog sich sein Magen zusammen, und er machte sich bereit für das, was ihn erwartete. Er verdankte seiner Mutter sein Leben, und jetzt würde sie es zurückfordern.

»Du weißt, was das Volk braucht.« Seine Mutter sah ihn ernst an, dann schnippte sie mit den Fingern.

Zwei Diener brachten ein Porträt herein, das seit einer Stunde unter einem Tuch in der Halle gestanden hatte. Franz hatte unter das Tuch gelugt und war alles andere als überrascht gewesen, als das Bild wieder einmal die hübsche Tochter irgendeines Adligen zeigte. Vermutlich wollte seine Mutter ihm auch diese hier als Braut schmackhaft machen.

Seine Mutter hatte das schon oft getan, und jedes Mal hatte er das Ansinnen ins Leere laufen lassen. Er sei unpässlich. Er müsse noch so viel lernen. Er sei erst seit Kurzem Kaiser und müsse sich aufs Regieren konzentrieren. Die Vorstellung, zu heiraten, war ihm so zuwider wie seine steife Uniform. Es war eine weitere Pflicht in einem Leben, dessen Pflichten ihn ohnehin schon niederdrückten. Jede neue war eine zu viel und konnte endgültig zu seinem Zusammenbruch führen.

Er beneidete Max, nicht zum ersten Mal. Sein Bruder war

so unbelastet, beinahe frei von Pflichten. Selbst die wenigen, die er hatte, ignorierte er. Seine Mutter liebte ihn trotzdem und duldete sein Verhalten, ganz anders als bei ihrem älteren Sohn. Max war ein Rebell mit schlechtem Benehmen, aber seine Mutter liebte ihn über alles. Franz hatte einmal gehört, wie sie sagte: »Franz ist der bravste Junge, den man sich vorstellen kann, aber Max fliegen die Herzen zu.«

Wie es sich wohl anfühlte, so sorglos zu sein, Sympathien zu erringen, ohne sich darum zu bemühen. Wenigstens für einen Tag wünschte Franz sich dieses Erlebnis. Aber vorstellen konnte er es sich nicht.

Selbst mit dem bisschen Freiheit, das er sich erkämpft hatte, indem er einer Hochzeit aus dem Weg ging, wäre es bald vorbei. Er konnte sich nicht ewig davor drücken, Thronfolger zu zeugen, egal wie unerträglich ihm der Gedanke war, dass *noch* jemand seine Zeit und Aufmerksamkeit beanspruchte. Er wusste, dass seine Mutter recht hatte, wie sie überhaupt mit allem recht hatte, aber es fiel ihm nicht leicht, das zuzugeben.

Mit einer Geste forderte sie einen Diener auf, das Porträt zu enthüllen. »Helene von Bayern«, sagte sie bestimmter als früher bei ähnlichen Gelegenheiten.

Franz konnte der Versuchung, den Enthusiasmus seiner Mutter zu dämpfen, nicht widerstehen, obwohl er bereits beschlossen hatte, seinen Widerstand aufzugeben. »Sie wird Habsburgs Probleme nicht lösen, Mutter. Die Menschen brauchen etwas zu essen, sie brauchen Arbeit, einträgliche Unternehmen, Straßen, eine Eisenbahn … All das werden sie nicht vergessen, nur weil ich heirate.«

»Du irrst, mein Lieber.« Selbstsicher beugte sich Sophie zu ihrem Sohn vor. »Die Menschen werden dir wieder vertrauen, wenn du ihnen eine Braut lieferst. Und einen Thronfolger. Glaub mir. Sie haben lange genug darauf gewartet.«

Sie ließ es so einfach klingen. Als könnte man das Vertrauen von Millionen Menschen genauso zurückgewinnen, wie man einen harmlosen Husten bekämpfte: mit heißem Honigwasser und Ingwer. Franz verfolgte andere Pläne, auch wenn er noch den richtigen Zeitpunkt abwartete, sie seiner Mutter mitzuteilen.

»Schau sie dir doch wenigstens einmal an. Helene ist schön. Und ihre Mutter sagt, sie ist fromm.«

»Das reicht mir nicht«, sagte Franz.

»Aber es geht nicht um dich«, entgegnete seine Mutter, und ihr Ton wurde schärfer. »Die Preußen wollen an unseren Thron. Napoleon ist ein Hochstapler. Und die Töchter der Belgier kommen ästhetisch nicht infrage. Eine Heirat nach Bayern unterstreicht unseren Anspruch auf die deutschen Staaten.« Sie dachte kurz nach und fügte hinzu: »Und es wirkt ehrlich.«

Unwillkürlich musste Franz auflachen.

Schnell fuhr seine Mutter fort: »Ich habe die Revolution nicht abgewehrt, Franz, damit du pingelig wirst bei der Brautschau.«

Offenbar hatte sie bereits eine Entscheidung getroffen. Und für Franz war es Zeit, klein beizugeben. Er würde heiraten. Seine Pflicht erfüllen. Allerdings würde er nicht so tun, als erwarte er, seine Position damit abzusichern, die Position der gesamten kaiserlichen Familie. Auch weiterhin würde er das Messer an seinem Hals spüren und die Menge bei Hinrichtungen gegen den Hof wettern hören. Die Unruhen waren in vollem Gange, wie eine Schlange, die bald zubeißen würde.

Ganz zu schweigen vom drohenden Krieg zwischen Russland und Frankreich. Die Herrscher beider Länder schickten ihm seit geraumer Zeit Geschenke, verbunden mit kaum verhohlenen Drohungen, um sich Franz' Unterstützung zu sichern.

Seine Mutter zog die Stirn in Falten, weil sie sein Schweigen für Verweigerung hielt. »Während sich ein Krieg an unseren Grenzen zusammenbraut, können wir unsere Energien nicht an eine aufwendige Brautschau verschwenden. Bayern ist ein solider und zuverlässiger Verbündeter. Außerdem ist es bereits entschieden. Du lernst sie am Tag vor deinem Geburtstag in unserer Sommervilla in Bad Ischl kennen. Dann können wir gleich die Verlobung bekanntgeben.«

Sophie hielt inne, legte den Kopf schräg und streckte den Arm aus, um ihrem Sohn die Hand zu drücken. Sie mochte eine mächtige, willensstarke Frau sein, aber sie war auch immer noch seine Mutter. Mit dieser Berührung wollte sie ihm zu verstehen geben, dass sie überzeugt war, so sei es am besten – nicht nur fürs Kaiserreich, sondern auch für ihn.

»Geben wir dem Volk etwas zum Träumen«, fuhr sie fort und zog ihre Hand zurück.

Franz begann, sich schuldig zu fühlen. Seine Mutter war keine Närrin. Sie wusste, was das Reich brauchte. Sie hatte ihn auf den Thron gesetzt und dafür gesorgt, dass er immerhin noch am Leben war. Er liebte und respektierte sie. Und schuldete ihr eine Braut, eine Hochzeit, einen Thronerben. Es würde ihr Seelenfrieden geben – und die Zukunft des Reichs sichern.

Franz' Gemächer waren nur spärlich beleuchtet, als er sie in der Abenddämmerung betrat. Er band sich die Schuhe auf, drückte die Zehen in den dicken roten Perserteppich und seufzte erleichtert. Dann schälte er sich aus der Uniformjacke und warf einen kurzen Blick in den großen Spiegel. Seine Hosenträger setzten sich dunkel gegen sein weißes Hemd ab, und seine braunen Augen lagen im Schatten. Müde fuhr er sich mit der Hand über Gesicht und Bart.

In einer Zimmerecke flüsterte eine vertraute Stimme: »Majestät.«

Franz war hin- und hergerissen. Einerseits wollte er allein sein, andererseits entfachte die Stimme sein Verlangen. Es war eine verspielte, eine sinnliche Stimme. Seine Mätresse kannte ihn gut genug, um zu wissen, dass er sie gerade heute brauchte, ihre Haut an seiner spüren wollte.

Louise trat aus dem Schatten. Ihre wohlvertrauten Kurven waren von einem zotteligen weißen Bärenfell verborgen. Ein Geschenk aus Russland, das den Habsburgern signalisieren sollte, wie sehr man ihre Beteiligung am Krieg wünschte.

Franz verscheuchte diesen Gedanken. Er entspannte sich, als Louise auf wohlgeformten nackten Beinen auf ihn zukam. Ab und zu verschwanden diese Beine unter dem Fell. Louise ließ sich Zeit und spannte Franz auf die Folter.

»Träumen Sie manchmal davon?«, fragte sie scherzhaft. »Eure Majestät, der Bär und ich, das hilflose Eichhörnchen?«

Sie stand jetzt direkt vor ihm, roch nach Zimt und Erregung.

»Und wenn?« Franz strich mit einem Finger über das Bärenfell und stellte sich Louises Hals und Schultern darunter vor.

Sie nahm den Bärenkopf ab, und ihr Gesicht erschien im Dämmerlicht – dunkelblonde Haare, hohe Wangenknochen, das Make-up ihrer Augen ein wenig verschmiert, als hätte Franz sie so zugerichtet. Sein ganzer Körper geriet in Wallung.

»Was immer das Boot zum Segeln bringt.« Louise strich mit einer Bärenklaue über seine Lippen. »Mir ist kein Abgrund fremd.«

Das stimmte, und es erregte Franz seit einem Jahr immer wieder.

»Wir haben nicht viel Zeit«, sagte er, streifte die Hosenträger ab und trat vom Spiegel zurück. Er wurde von einer Abendgesellschaft erwartet und war nur gekommen, um sich kurz auszuruhen.

Doch Louise wandte sich von ihm ab und ging auf Helenes Porträt zu, das in Franz' Gemächer gebracht worden war. Augenzwinkernd sah sie Franz an. »Wie ich höre, haben Sie sich verlobt.«

Franz sagte nichts. Er wollte nicht über eine arrangierte Verbindung sprechen, wenn alles, was er jetzt brauchte, bereits in seinem Schlafzimmer war.

»Sie sieht folgsam aus. Gefällt sie Ihnen?« Louise fuhr mit der Hand über den Holzrahmen.

Franz ging über den Teppich, ließ sich in einen bequemen Sessel fallen und beobachtete Louise, ihre Bewegungen, ihre Sinnlichkeit. Sie schien es sogar zu genießen, wenn Luft über ihre Haut strich. Sie war jemand, von dem man den Blick nicht abwenden konnte.

Jetzt sah sie ihn herausfordernd an. Wer sie nicht kannte, hätte gedacht, sie sei eifersüchtig. Aber Franz wusste, dass sie sich lediglich über seine Zukünftige lustig machte. Louise wusste, dass sie viel lebendiger und begehrenswerter war. Sie war das kleine Geheimnis des Wiener Hofs – ebenso ungehörig wie unbezwingbar.

Es hatte eine Zeit gegeben, als Franz dachte, er könne sie lieben. Aber nach einer Weile begriff er, dass Begehren nicht dasselbe war wie Liebe. Wenn er ihr erzählte, wie er die Zustände im Reich und das Leben der Menschen verbessern wollte, fragte sie ihn, warum er sich über derlei Gedanken machte. Wenn er ihre Hand halten wollte, griff sie mit dieser Hand in seine Hose. Er beklagte sich nicht darüber, aber ihm wurde immer klarer, dass es für ihn eine rein körperliche Angelegenheit war. Mit seinen Gedanken und Gefühlen hatte es nichts zu tun. Beide wussten es. Dass Louise sehr verliebt in ihn war, machte die Angelegenheit aber nicht einfacher.

»Komm her.« Franz' Stimme war tief und hallte in dem stillen Zimmer wider. »Sofort.«

Geräuschlos glitten ihre nackten Füße über den dicken Teppich. Kurz bevor sie bei ihm war, ließ sie das Bärenfell über Arme, Brüste, Bauch und Hüften auf den Boden gleiten. Ihre sanften Kurven und ihr fordernder, wissender Blick fachten seine Lust an. Louise beugte sich über den Sessel, die Hände auf die Armlehnen gestützt, und küsste ihn. Lange und hingebungsvoll. Wie sie es mochte. Als sie sich zurückzog, funkelte sie ihn schalkhaft an.

»Was stimmt denn nicht mit ihr? Hat sie einen Bart?« Als er nicht antwortete, setzte sie nach: »Kommen Sie schon, mein Kaiser. Wie kann ich Sie zum Lachen bringen?«

Franz stand auf, hob sie hoch und zog ihren nackten Körper an sich, bis sich ihre harten Brustwarzen durch den dünnen Stoff seines Hemdes an seine Brust drückten. Dann küsste er ihren Hals. Ihre Haut schmeckte süßlich, als er darüber leckte. Er wollte, musste sich in ihr verlieren.

Als er ihren Mund suchte, war sie willig und bereit, sich ihm zu öffnen. Wieder küsste sie ihn lange und nagte mit den Zähnen an seinen Brustwarzen – ein Hinweis darauf, dass sie nicht nur weich und kurvig war. Sein Verlangen wurde schmerzhaft und seine Kleidung zu eng. Aber er würde sie nicht sofort nehmen. Er wusste, wie er ihr Vergnügen bereiten konnte, und liebte die Geräusche, die sie dabei machte. Er legte sie auf das Bärenfell.

»Werde ich Sie verlieren?«, flüsterte sie. Aber in der Frage schwang keine Sorge mit, vielmehr formulierte sie auf diese Weise ihren Anspruch auf ihn.

»Alle Kaiser haben Mätressen«, sagte er. »So war es schon immer, und so wird es bleiben.« Er küsste ihren Hals, ihren Nacken, ihre Schultern, ihre Brüste und bewegte sich immer weiter hinunter, bis sie aufhörte, Fragen zu stellen, und nur noch schwer atmete.

ACHT

Helene war sorgfältig zurechtgemacht worden: Ihre Bluse aus weißer Seide war von einem hellrosa Jäckchen bedeckt, das ihren zarten Teint gut zur Geltung brachte. Ihr handbestickter Rock war leicht gebauscht, ebenso der Saum ihrer Ärmel. Der Hut auf ihren modisch geflochtenen Haaren war effektvoll mit einem dunkellila Band verziert. Helene wusste, dass sie schön war, aber vor Aufregung schwirrte ihr der Kopf. Sollte der Kaiser bei ihrer Ankunft in der Villa schon anwesend sein, wäre sie bereit, ihn zu begrüßen, perfekt in Form.

Nach außen hin bot auch Sisi das perfekte Bild einer jungen Adligen. Makellos frisierte Haare mit kunstvoll geflochtenen Zöpfen, die in Ringen um ihre Ohren gelegt waren, exakt gezupfte Augenbrauen. Sie trug eine weiße Bluse mit einer schwarz-weißen Schleife am Halsausschnitt, dazu einen passenden gestreiften Umhang. Die Beine an den Knöcheln gekreuzt, saß sie Helene in der schaukelnden Kutsche gegenüber.

Helene aber sah, was ihre Mutter nicht sehen konnte. Sisi hatte Teile ihres wahren Ichs mitgenommen: Sie hatte eine

Strähne von Pucks Mähne in ihre Haare geflochten, und ein Matschspritzer prangte auf ihrem Knöchel. Helene hoffte, es waren Zeichen, dass Sisi zu einem Kompromiss bereit war. Sollte sie ruhig ihre Marotten beibehalten, solange niemand es sehen konnte. Vor allem nicht ihre Mutter, die eingeschlafen war. Ihr Kinn war auf ihren sonnengelben Mantel gesunken, ihr Hut von dem Fensterrahmen, an dem sie lehnte, verrutscht.

Die Kutsche rumpelte gemächlich über eine Schotterstraße, und Helene betrachtete ein kleines Porträt von Franz, ihrem künftigen Ehemann, das Sophie in ihrem letzten Brief mitgeschickt hatte. Nervös fuhr sie mit dem Finger über sein Gesicht. Wie er wohl aussehen würde, wenn er ihr direkt gegenüberstand? Wahrscheinlich nicht so versteinert. Sein Blick würde viel wärmer sein, wenn er sie anschaute. Es sei denn, sie gefiele ihm nicht.

O Gott! Was, wenn sie ihm nicht gefiele?

Natürlich sollte sie darüber nicht nachdenken. Öfter, als sie zählen konnte, hatte ihre Mutter gesagt, dass es keine Rolle spielte, ob sie einander gefielen. Es war eine passende Verbindung, für beide, und nur das zählte.

Helene wusste, dass das stimmte. Aber sie wollte ihm auch gefallen. Auf den ersten Blick sollte er spüren, dass sie zusammengehörten. Es war ihr sehnlichster Wunsch.

Als sie wieder aufschaute, sah sie, dass Sisi sie genau beobachtete und sich über sie amüsierte. Ihr Bleistift lag auf ihrem aufgeschlagenen Tagebuch. Helene wusste, dass sie schon wieder ein Gedicht schrieb. Andauernd schrieb sie Gedichte. Inzwischen mussten es Tausende sein. Und alle las sie Helene vor, manchmal sogar die skandalösen. Helene kannte einige Zeilen auswendig:

Und wir tauschten heiße Küsse
Wie die Vollmondnacht, noch schwüler,
Dachten nicht des nahen Morgens …

Sie hatten in Helene eine Sehnsucht entfacht, von der sie nicht gewusst hatte, dass sie existierte. Das war vor Franz, vor dem Brief, der ihr Leben verändern sollte, und wenn sie sich den Geliebten in einer Vollmondnacht vorzustellen versuchte, lag sein Gesicht im Schatten und war konturlos. Jetzt aber stellte sie sich das Gesicht dieses kleinen Porträts vor, wie sie ihm zueilte und er nicht an den nahen Morgen dachte.

Es war eine schöne Vorstellung, aber sie schämte sich dafür und dachte zum wiederholten Mal, dass Sisi mit dem Feuer spielte. Das sollte man auf keinen Fall unterstützen.

»Du weißt, dass Mutter dich wegen deiner Gedichte ins Narrenhaus sperren lassen will«, sagte sie leise, um ihre Mutter nicht zu wecken.

»Na und? Wenn das kleine Bild da anfängt, mit dir zu sprechen, sag mir Bescheid. Dann nehme ich dich mit ins Narrenhaus«, sagte Elisabeth leichthin.

Helene verdrehte die Augen, obwohl sie Sisis Bemerkung witzig fand. Versöhnlich sagte sie: »Ich bin froh, dass du mitgekommen bist.«

Sisi lächelte schief, und mit Blick auf ihre schlafende Mutter sagte sie abschätzig: »Sie wollte mich bloß mitnehmen, weil sie mich nicht aus den Augen lassen will.«

Helene schüttelte den Kopf. »*Ich* wollte, dass du mitkommst.«

Überrascht hob Sisi die Augenbrauen.

»Ich habe mit Mutter darüber gesprochen, und sie hat zugestimmt.«

»Was hat sie denn gesagt?«

Helene schürzte die Lippen. »Dass auch die drei Brüder des Kaisers da sein werden und … Na ja, du weißt schon … Dass manchmal eine Wurst vom Teller fällt und der Hund sie dann schnappt.«

»Bin ich die Wurst oder der Hund?«

Helene zuckte mit den Schultern. »Sag ich nicht.«

Sisi lachte, und Helene wurde es leichter ums Herz. Es war lange her, dass sie miteinander gescherzt hatten. Obwohl sie im selben Haus wohnten, schien Sisi sich von ihr entfernt zu haben, kam nicht zu den Unterrichtsstunden und verschwand stattdessen in den Bergen. Vermisste sie die Schwester so sehr wie umgekehrt? Begriff sie, wie sehr Helene wünschte, dass sie erwachsen wurde und sich zu benehmen lernte, damit sie, Helene, nicht ganz allein ihr neues Leben beginnen müsste?

»Ich mache mir Sorgen um dich, Sisi.« Helene sah der Schwester in die Augen.

Einen Moment lang schien Sisi gerührt zu sein, aber dann machte sie eine wegwerfende Handbewegung. »Nicht nötig. Du weißt ja, dass ich ein dickes Fell habe.«

»Hast du nicht.«

Beide schwiegen eine Weile, dann streckte Helene den Arm aus, um nach dem Tagebuch zu greifen. Ein weiteres Versöhnungsangebot. »Zeig mal.«

Elisabeth ließ Helene das Buch nehmen. Dann las Helene vor:

Schwalbe, leih mir deine Flügel,
Nimm mich mit ins ferne Land.
Und schwebt' ich

Frei
Mit dir dort oben
Am ewig blauen Firmament,
Wie wollte ich begeistert loben
Den Gott, den man die Freiheit nennt.

Es war gut. Aber das waren Sisis Gedichte fast immer. Das war nicht das Problem. Helene gab ihr das Tagebuch zurück. »Lass dich nicht von Mutter erwischen.« Das war leichthin gesagt, aber sie hoffte, dass Sisi den Ernst der Lage begriff.

Die Schwester sah sie ausdruckslos an, was meistens bedeutete, dass sie zu einem Scherz ansetzte. Umso erleichterter war Helene, als Sisis nächste Worte kein Scherz waren, sondern ein Versprechen.

»Ich werde mich benehmen. Unsichtbar sein. Du hast mein Wort.«

Helene atmete tief aus und spürte die Erleichterung in jeder Faser ihres Körpers. Doch kaum hatte dieses Gefühl begonnen, sich in ihr auszubreiten, zwinkerte Sisi vielsagend, drehte sich zum Fenster und spuckte in großem Bogen aus der Kutsche.

Helene fiel das Kinn herunter, während Sisi sich wieder hinsetzte, als sei nichts passiert. »Aber erst ab jetzt.«

NEUN

Kurz bevor sie die Kaiservilla in Bad Ischl erreichten, wachte ihre Mutter auf, und sofort schien die Kutsche nur noch halb so groß zu sein. Elisabeth konnte es kaum abwarten, endlich aussteigen zu dürfen.

Helene erging es ähnlich. Ihr Lächeln reichte von einem Ohr bis zum anderen, als sie ausstieg, und ihre Augen strahlten, als sie die elegante Villa betrachtete.

Auch Elisabeth sog alles in sich auf: die einladende Wohnlichkeit des dreiflügeligen Gebäudes, das für eine Villa zu groß, für ein Schloss aber zu klein war, die Wärme des verblassten Ockers der Fassaden mit Halbtürmen zu beiden Seiten der überwölbten Eingangstür, die dezent grün-grauen Fensterläden, die geschmackvoll in der Einfahrt platzierten gusseisernen Laternenpfähle und vor allem das Rascheln der hohen Bäume, die das Haus seitlich und hinten umstanden.

Sie wollte gerade etwas Anerkennendes sagen, als Helene sie bei der Hand nahm und sie in die Kaiservilla führte.

»Noch einmal«, sagte ihre Mutter, als sie aus der Hitze des Sommernachmittags in die kühle Marmorhalle traten. »Der Kaiser ist nicht zum Schwatzen hier. Fragt ihn nichts Persönliches. Für Gefühle interessiert er sich nicht. Und erspart ihm weibische Meinungen und Kommentare.«

Elisabeth bedauerte ihre Schwester aus vollem Herzen, als die ihre Hand losließ, um gehorsam an die Seite ihrer Mutter zu treten. Was für ein Irrsinn, Helene hierherzubringen und gleichzeitig zu verlangen, ihre Gedanken und Gefühle für sich zu behalten. Sie konnte nur hoffen, dass ihre Mutter sich täuschte und der Kaiser sich durchaus für Gefühle interessierte. Sollte man so etwas von ihr verlangen, würde Elisabeth sich in nichts auflösen. Und sie glaubte nicht, dass ihre Schwester in dieser Hinsicht anders war.

Eine knappe Stunde nach ihrer Ankunft saßen die Schwestern in einem großen, von Dampfschwaden durchzogenen Badezimmer und schrubbten sich den Staub der Kutschfahrt von der Haut. Elisabeth kämmte Helenes Haare in dem dampfenden Raum, in dem alles aufweichte, aber die Schwester konnte nicht stillhalten. Sie musste schrecklich nervös sein. Elisabeth war froh, dass sie Gelegenheit hatten, zusammen und unbegleitet ein Bad zu nehmen. Hier konnte Helene alle weibischen Meinungen und Kommentare loswerden, die sie vor ihrem Gatten in spe nicht äußern durfte. *Lass all deine Geheimnisse heraus, Néné. Lass uns so sein wie früher.*

»Vorsichtig, Sisi!« Helene zog den Kopf weg, als der Kamm in einem Haarknoten stecken blieb.

»Tut mir leid.« Elisabeth küsste Néné entschuldigend auf den Hinterkopf. »Bald hast du ja eine Kammerzofe dafür.«

Helene lachte leise. Sonst war alles still. Elisabeth verschmolz mit der Atmosphäre. Helene und sie konnten einander in ruhigen Momenten wie diesem immer noch nah sein, wenn keine Erwartungen oder Verpflichtungen sie in unterschiedliche Richtungen drängten.

»Was, wenn ich ihn nicht leiden kann, Sisi?« Helene sprach so leise, dass sie kaum zu verstehen war.

Auch Elisabeth machte sich darüber Sorgen, aber sie wollte nicht, dass Helene sich solche Gedanken machte. Ihre Schwester war voller Hoffnung, und Hoffnung war etwas Wunderbares.

»Ich habe gehört, dass er am ganzen Körper behaart ist, wie ein Wildschwein. Und er liebt es, wenn die Damen ihm das Fell kraulen. Du weißt also, was du tun musst, um ihn bei Laune zu halten.« Elisabeths Miene wirkte todernst, als Helene sich zu ihr umdrehte.

Nach einem Moment der Ungewissheit lachte Helene laut auf, knuffte Elisabeth mit dem Ellenbogen und machte ein Geräusch, von dem Elisabeth wusste, dass es bedeutete: *Das ist nicht witzig!*

Elisabeth streckte ihr die Zunge raus und zwinkerte ihr zu.

Auch Helene zog eine Fratze, und für den Bruchteil einer Sekunde kam die alte Néné aus der vornehmen Fassade. Elisabeth dachte daran, wie sie als Kinder im Garten Pusteblumen gepflückt und sich etwas gewünscht hatten, wenn sie die Samen an ihren kleinen Fallschirmen fortbliesen. Eine Schwester erinnerte damals die andere, dass die Wünsche nicht in Erfüllung gingen, wenn sich nicht alle Samen vom Fruchtknoten lösten. Elisabeth wusste noch ganz genau, wie Néné einmal so einen Fruchtknoten im Mund versteckte, damit niemand sehen konnte, dass sie nicht kräftig genug gepustet hatte, und ihr Wunsch nicht in Erfüllung gehen würde.

Genau diese Helene saß jetzt vor ihr. Sie hatte gesagt, es sei *ihr* Wunsch gewesen, Elisabeth mit nach Bad Ischl zu nehmen. Das rührte Elisabeth sehr. Was aber, wenn Helene den Kaiser wirklich nicht ausstehen konnte? Sie verdiente mehr als eine scherzhafte Bemerkung als Antwort auf ihre Frage. Elisabeth nahm Helenes Hand und sagte ganz ernst: »Er ist ein guter Mann, da bin ich mir sicher.«

»Und wenn er mich nicht mag? Wenn er mich langweilig findet?«

Das war vollkommen unmöglich. Natürlich würde er sie lieben. Sie war doch Helene! Und auch wenn sie sich in den letzten Monaten verändert hatte, konnte Elisabeth sich nicht vorstellen, dass irgendjemand, der sie kennenlernte, sie nicht augenblicklich liebgewänne, für immer.

Ohne zu zögern, sagte sie: »Du wirst eine wunderbare Kaiserin. Du bist von Natur aus elegant und brauchst nicht so zu tun, als ob. Und du weißt immer, was richtig oder falsch ist. Was man sagen kann und was nicht.«

Helene lächelte. »Im Gegensatz zu dir.«

Ganz genau. Elisabeth wusste selbst, dass sie sich das Leben leichter machen würde, wenn sie keine Ecken und Kanten zeigte, ihre Gedanken für sich behalten könnte und sich nicht in Tagträumen verlöre.

»Komm her.« Helene umarmte sie, Stirn an Stirn, so wie Elisabeth es mochte.

Elisabeth seufzte. Auch wenn die Dinge für sie zurzeit nicht zum Besten standen – ihre Mutter drohte mit dem Narrenhaus, die große Schwester würde sie für immer verlassen –, so war Helene immer noch der Mensch, den sie am meisten liebte. »Du wirst mir fehlen«, flüsterte sie.

Das stimmte nicht ganz, denn Helene fehlte Elisabeth jetzt schon, obwohl sie noch gar nicht gegangen war.

ZEHN

Was für ein Skandal – und das zum Geburtstag des Kaisers! Elisabeth hätte beinahe laut losgelacht. Es war früh am Morgen, und ihre Mutter wühlte aufgebracht in ihren Reisetruhen herum. Unterwäsche vollständig. Nachtwäsche ebenfalls. Schwarze Trauerkleider? Gepackt. Aber alles andere, die schönen Kleider, die ihre Mutter sorgfältig für die erste Begegnung ihrer Töchter mit dem Kaiser ausgewählt hatte, war nicht aufzufinden.

»Das kann doch nicht sein!«, kreischte sie mit ohrenbetäubender Lautstärke. »Es ist schlicht unmöglich!«

Helene sah ganz elend aus, als sie zuschaute, wie ihre Mutter noch einmal die Truhen absuchte, als würden ihre besten Kleider ganz plötzlich doch noch auftauchen. Sie zwirbelte an ihren Haaren und zog die Augenbrauen besorgt zusammen.

Elisabeth saß auf dem Bett. Die üppige Stickerei auf den weißen Laken drückte sich in ihre nackten Beine. Sie beugte sich über das Fußende und lauschte den Tiraden ihrer Mutter.

»Da war doch noch eine Truhe.« Ihre Mutter richtete sich auf und sprach das Dienstmädchen an, das mittlerweile zusammengekauert in einer Zimmerecke hockte und sich sichtlich fürchtete.

»Eure Hoheit, nur diese Truhen hier waren auf der Kutsche.« Das Mädchen wagte kaum zu sprechen. »Vielleicht werden ja noch welche nachgeschickt.«

»Bestimmt nicht«, sagte Helene, und ihre Stimme verriet ihr Entsetzen.

Ihre Mutter ließ sich schwer auf einen Stuhl am Fußende von Helenes Bett fallen.

»Warum haben wir überhaupt Trauerkleidung mitgenommen?«, fragte Elisabeth neugierig.

»Onkel Georg ist gestorben. Auf dem Rückweg fahren wir dort vorbei«, erwiderte ihre Mutter.

Damit konnte Elisabeth nichts anfangen. »Wer ist Onkel Georg?«

»Das spielt doch jetzt keine Rolle, Sisi!« Ihre Mutter schüttelte den Kopf, als sei es wieder einmal typisch für ihre mittlere Tochter, dass sie kein Mitgefühl mit dem armen toten Onkel zeigte, von dem sie noch nie etwas gehört hatte.

»Dann haben wir jetzt nichts als die schmutzigen Kleider von der Fahrt?« Helene schien den Tränen nahe zu sein.

Elisabeth versuchte, sie zu trösten. »Es spielt doch gar keine Rolle, was du anhast, Néné.«

»Natürlich spielt es eine Rolle«, sagte Helene aufgebracht. »Er ist der Kaiser von Österreich, und es ist sein Geburtstag, der gefeiert werden soll.«

Elisabeth sagte nichts mehr.

Ihre Mutter fächelte sich Luft zu und sagte zu dem zitternden Dienstmädchen: »Ein Glas Sherry, bitte.«

Elisabeth hob das Trauerkleid auf, das ihre Mutter neben ihr aufs Bett geworfen hatte. Sie hatte immer schade gefunden, dass sie es nur zu Beerdigungen tragen durfte. Es war ein schönes Kleid, juckte nicht auf der Haut und war nicht so steif wie viele Kleider, in die ihre Mutter sie steckte.

Sie versuchte immer noch zu helfen, als sie sagte: »Ich habe gelesen, dass die Künstler in London und Paris nichts als Schwarz tragen.«

Offenbar spendete diese Bemerkung niemandem Trost. Ihre Mutter legte die Stirn in Falten. Helene ballte die Faust um ihr Trauerkleid und schaute wütend auf. »Du verstehst rein gar nichts«, sagte sie. »Geh! Lass uns allein!«

Elisabeth war gekränkt. Sie wollte doch nur helfen, und zum Dank dafür schickte Helene sie fort. Konnte sie denn nie die richtigen Worte finden? Aber gut. Sollten sie sich doch über etwas grämen, woran sie nichts ändern konnten. Wenn die Liebe eines Mannes von verlorenen Kleidern abhing, war diese Liebe nicht viel wert. Wenn sie das nicht begriffen, waren sie diejenigen, die rein gar nichts verstanden.

Elisabeth stand vom Bett auf und nahm die Sachen mit, die sie auf der Reise angehabt hatte. Wenn sie verbannt wurde, wollte sie wenigstens auf Erkundungstour gehen.

So früh am Morgen war der Himmel von der aufgehenden Sonne ganz in orange- und rosafarbenes Licht getunkt. Die Vorbereitungen für die Geburtstagsfeier des Kaisers waren in vollem Gange, und als Elisabeth das Esszimmer betrat, wimmelte es dort von Dienern. Eine rothaarige junge Frau wischte Staub auf dem Flügel, der in einer Zimmerecke stand. Zwei ältere Frauen fegten den Fußboden an beiden Seiten des Tischs. Die Gerüche von frisch gebackenem Brot und

Gewürzen drangen von der nahen Küche herein und ließen Elisabeth das Wasser im Mund zusammenlaufen.

Als sie weiter in das Zimmer ging, stolperte ein junger Mann über den Rand eines cremefarbenen Perserteppichs, und das Obst, das er auf einer dreistufigen silbernen Etagere hereinbrachte, fiel auf den Boden. Er verbeugte sich, als sie herbeieilte und sich bückte, um ihm zu helfen, die Orangen, Zitronen und Pfirsiche aufzusammeln und sie vorsichtig auf die Etagere zurückzulegen.

Aus dem angrenzenden Zimmer war ein verhaltener Aufschrei zu hören, und als Elisabeth aufschaute, flog ein Vogel durch die offene Tür herein und stieß unsanft ans nächstbeste Fensterglas. Dann fiel er zu Boden, und Elisabeth fühlte mit ihm.

Vögel gehörten zu ihren Lieblingstieren. Schnelle Sperber, elegante Möwen, freche Singvögel. Mit diesen freiheitsliebenden Kreaturen fühlte sie sich seelenverwandt. Der Vogel hier hatte nur seine Freiheit gesucht.

Elisabeth ging auf das Federbündel zu und hob es vorsichtig von der Bodendiele, auf der es ganz benommen lag. Es war winzig, mit braunem Rücken und weißem Bauch. Einige Federn standen ab und zeigten in Richtung Zimmerdecke, wie der Wirbel auf seinem Kopf. Eine Haubenmeise, glaubte Elisabeth sich zu erinnern. Das arme Ding war verletzt, flatterte verwirrt mit den Flügeln und wankte wie Elisabeths Mutter nach zu viel Schnaps, und wurde dann plötzlich ganz still.

Elisabeth brachte den Vogel in den Garten. Er war benommen, lebte aber. Sie ging mit ihm über blumengesäumte Wege und zwischen Bäumen hindurch, die sich leicht in der Sommerbrise wiegten. Hinter ihr lugte das freundliche Rosa des Hauses durch die Blätter; es war wie ein Versprechen für einen guten Tag. Unter ihrem Rock war sie barfuß und genoss das Gefühl von kühlem, weichem Gras zwischen den Zehen.

Zu ihrer Linken wieherte ein Pferd und riss sie aus ihren Gedanken. Sie hatte gedacht, sie sei allein. Aber jetzt sah sie einen Mann an einem kleinen steinernen Brunnen stehen. Er drehte ihr den Rücken zu und beschäftigte sich mit seinem Pferd.

Neugierig beobachtete Elisabeth, wie er dem Pferd den Hals tätschelte und mit den Fingern die Mähne entwirrte. Er war groß, trug eine schwarze Reithose, polierte Reitstiefel und ein blütenweißes tailliertes Hemd. Es rührte Elisabeth, wie einfühlsam er mit seinem Pferd umging. Etwas an seinen breiten Schultern und braunen Haaren kam ihr bekannt vor, und sie fragte sich, wer er war.

Dann drehte er sich um, und sofort wusste sie es. Das kantige Kinn, die dunklen Augen – das alles kannte sie von dem Porträt, das ihre Schwester in ihren Röcken versteckte. Franz. Der Kaiser.

Er hatte sie noch nicht entdeckt und war ausschließlich mit seinem Pferd beschäftigt. Er richtete den Sattel, ging dann zum Kopf des Pferds und schaute ihm in die Augen. Dabei lächelte er, als teilten er und das Pferd ein Geheimnis. Er flüsterte dem Pferd etwas ins Ohr, und es zuckte mit beiden Ohren, als gäbe es ihm eine Antwort. Darin lag etwas Vertrautes, beinahe Intimes. Elisabeth war es fast peinlich, dass sie diese Szene beobachtet hatte. Als hätte sie ihm beim Ausziehen aufgelauert.

O Gott! Was war bloß mit ihr los? Warum dachte sie beim Anblick des zukünftigen Mannes ihrer Schwester ans Ausziehen? Sie wurde rot, schüttelte den Kopf und versuchte, diese Unanständigkeit zu vergessen. Doch im nächsten Moment schaute Franz zu ihr herüber, und sie konnte an nichts anderes denken, als dass er auf keinen Fall wissen durfte, wie sie ihn angestarrt hatte. Schnell versteckte sie sich hinter einem Baum. Dann schloss sie die Augen, wie ein Kind, das auf diese Weise unsichtbar werden wollte. Und sie wünschte, er ginge einfach fort.

Aber nein. Sie hörte Pferdehufe herannahen, holte tief Luft, um sich zu beruhigen, und schlug die Augen auf.

»Guten Morgen.« Seine Stimme war tiefer, als sie erwartet hatte. »Warum verstecken Sie sich?«

»Ich verstecke mich doch gar nicht«, log sie und nahm Abstand von dem Baum.

»Sie sind Helenes Schwester«, sagte Franz.

Elisabeth fiel ein, dass sie vergessen hatte, einen Hofknicks zu machen, also tat sie es jetzt, den Vogel immer noch in der Hand, wie ein Geschenk für den Kaiser.

»Eure Majestät.«

»Machen Sie das öfter, heimlich Leute beobachten?«

Elisabeth hatte plötzlich einen Kloß im Hals. Ihre Mutter wäre mit alledem ganz und gar nicht einverstanden.

»Nein, Eure Majestät.« Sie mied seinen Blick und starrte auf den Boden, wo ihre nackten Zehen unter dem Rock hervorlugten.

Als sie es wagte, ihn wieder anzusehen, fragte er: »Darf ich fragen, warum Sie keine Schuhe tragen?«

Sie zog die Füße unter ihren Rock. Die eigentliche Frage war: Warum bestanden immer alle darauf, Schuhe zu tragen, wenn es doch viel schöner war, die Erde, weiches Gras und seidigen Matsch zu spüren? »Ich gehe gern barfuß.«

»Und warum haben Sie einen Vogel in der Hand?« Fragend legte er den Kopf auf die Seite.

Schützend schloss Elisabeth die Hände um das Federbündel. »Und warum stellen *Sie* einem so früh am Morgen so viele Fragen?«

Sofort biss sie sich auf die Lippen. Warum konnte sie nicht ein einziges Mal auf eine Frechheit verzichten, wenn sie mit einem Mann sprach? Nicht einmal, wenn sie mit dem Kaiser sprach, konnte sie den Mund halten. War ihr womöglich gelungen, was ihre Mutter so fürchtete? Hatte sie Helenes Zukunft mit ein paar unüberlegten, unnötigen Worten ruiniert? Ihre Mutter hatte recht: Wahrscheinlich war sie verrückt.

Doch nein. Nach einem kurzen Moment *lachte* der Kaiser. Eigentlich lachten nur seine Augen, aber gleich schien er ein anderer Mensch und davon selbst überrascht zu sein. Es war, als hätte sie eine Tür in ihm geöffnet, die lange verschlossen war und deren Schlüssel er verloren hatte.

»Der Vogel hatte sich ins Haus verirrt und fand nicht mehr hinaus.«

Wieder dieses stille Lachen. Winzige Lachfalten bildeten sich um seine braunen Augen. »Das kenne ich.«

Elisabeth lächelte zurück. Er war lustig. Aber auch ernst. Und als sie ihn jetzt aufmerksamer betrachtete, stellte sie fest, wie gut er aussah. Markantes Kinn, dunkle Augenbrauen, leicht gewellte Haare. Breite Schultern und ausdrucksvolle Augen. Sie merkte, dass sie ihn regelrecht anstarrte.

Sie überlegte, was sie sagen könnte, als sein Pferd in ihr Blickfeld trottete. »Ein wunderschöner Morgen für einen Ausritt.«

Er nickte. »Es hilft mir, klarer zu denken.«

»Das kenne ich.«

Er lächelte, und dieses Mal versuchte er nicht, es zu verbergen. Elisabeth sah, wie seine Gesichtszüge weicher wurden und er insgesamt zugänglicher wirkte. Einen Kaiser hatte sie sich immer machtvoll und streng vorgestellt. Aber dieser Mann hier war einfach nur nett zu ihr, behandelte sein Pferd liebevoll und lächelte wie ein ganz normaler Mensch. Als sei er nichts Besonderes und als dürfe sie mit ihm reden wie … mit einem Freund.

Als sie einander lange angesehen hatten, sagte er: »Wenn Sie mich entschuldigen wollen.« Er deutete eine Verbeugung an, ging zu seinem Pferd und führte es an dem Brunnen vorbei auf die angrenzenden Bäume zu. Elisabeth schaute ihm nach und wäre ihm am liebsten gefolgt.

Der Vogel in ihren Händen schien wieder zu sich zu kommen und schlug mit den winzigen Flügeln.

Sie öffnete die Hände und ließ ihn davonfliegen.

ELF

Franz konnte sich nicht erinnern, wann ihm zum letzten Mal zum Lachen zumute gewesen war. Es war ein stilles Lachen gewesen, aber es hatte ihm eine Erleichterung verschafft, die er im ganzen Körper spürte, als lösten sich Verspannungen und als käme alles in ihm zur Ruhe. Er konnte es immer noch spüren. Noch vor wenigen Minuten waren seine Schultern ganz verkrampft gewesen, aber jetzt waren sie locker. Seine Sorgen und Ängste – wie verflogen.

Als er sich aufs Pferd setzte, schaute er sich zu der jungen Frau um. In ihren dunklen Haaren spielten Dutzende von Braun- und Goldtönen, und wo ein Sonnenstrahl durch das Laub fiel, schimmerten sie rötlich. Sie schaute dem Vogel nach. Er war jetzt frei. Sie hatte ihn gerettet.

Er hatte nicht nach ihrem Namen gefragt, aber natürlich wusste er, wer sie war. Helenes jüngere Schwester. Aber falls seine Mutter ihren Namen je erwähnt hatte, war er ihm entgangen. Jetzt hätte er sich dafür ohrfeigen können. Sie war schön und hatte einen Vogel gerettet, weil ihr das wichtiger war, als sich für das offizielle Zusammentreffen mit seiner Familie zurechtzumachen. Eine junge Frau, deren Namen er unbedingt wissen *wollte*. Kein Name, den er sich merken musste, weil es seine Pflicht war.

Sie gefiel ihm, das war ihm bewusst. Besser als alle Frauen, die er seit Jahren bei Hofe kennengelernt hatte.

Sein Pferd, eine Stute, schnaubte ungeduldig, und Franz tätschelte beruhigend ihren Hals. »Schon gut, Blume. Jetzt darfst du dich austoben.«

Er wendete, ritt aus dem Garten, zwischen den Bäumen hindurch und über die hügeligen Wiesen und Felder, von denen die Villa umgeben war. Die letzten Morgennebel, die in der aufgehenden Sonne noch nicht verdampft waren, lichteten sich in der weitläufigen Landschaft nach und nach. Franz spürte, wie sich die Stute unter ihm entspannte. Sie liebte Ausritte; eigentlich sollte er ihr das öfter gönnen. Er fragte sich, ob Helenes Schwester im Laufe des Tages gern ausreiten würde. Er könnte es ihr wenigstens vorschlagen.

Dieser Gedanke brachte ihn beinahe wieder zum Lachen, aber jetzt war es ein bitteres Lachen. Er sah förmlich vor sich, was für ein Gesicht seine Mutter machen würde, wenn sie wüsste, dass er mit einer anderen Frau als Helene ausreiten wollte. Max durfte sich mit so vielen Frauen umgeben, wie er wollte. Das galt aber nicht für Franz. All seine bisherigen Flirts oder auch nur Freundschaften mussten – im Gegensatz zu denen seines Bruders – streng geheim gehalten werden. Der Einzige, der außer Theo etwas von Franz' gegenwärtiger Mätresse wusste, war Max.

Max hatte Louise exklusiv für sich haben wollen. Als er herausgefunden hatte, dass sie sich nachts in Franz' Schlafzimmer schlich, versetzte er seinem Bruder einen Kinnhaken. Dabei unterhielt er zu diesem Zeitpunkt, wie immer, mehrere Liebschaften gleichzeitig. Und angesichts seines Rufs als unersättlicher Frauenheld beschädigte er die Reputation all dieser Frauen.

Andererseits befanden sich die Brüder schon von klein auf im Wettbewerb. Bei dem Schlag könnte es also um mehr als nur Louise gegangen sein. Vielleicht erinnerte Max sich an all die Male, die er einen Kampf verloren hatte. Daran, dass ihm ein Botschafterposten verweigert wurde, den er für sich beansprucht hatte. Und daran, dass Louise sich nicht zu ihm, sondern zu Franz hingezogen gefühlt hatte. Max schien nicht an die Kämpfe zu denken, bei denen er gesiegt hatte, nicht daran, dass er stets ungeschoren davonkam, wenn er seinen wenigen Pflichten nicht nachkam, nicht an die ewige Bevorzugung seiner Mutter wie etwa, als ihre Mutter ihn nach Italien mitgenommen und Franz bei den Erziehern zurückgelassen hatte. Ganz zu schweigen von den vielen Malen, die Franz wegen nichts gescholten wurde, während Max mit allem durchkam.

Franz strich sich übers Kinn und hing seinen Gedanken nach.

Ein anderer Reiter näherte sich ihm von hinten. Im ersten Moment dachte Franz, er hätte Helenes Schwester mit der Kraft seiner Gedanken herbeigezaubert, und drehte sich nach dem Geräusch um.

Aber nein. Es war Max. Er ritt eine honigfarbene Stute und sah aus, als wäre er soeben aus dem Bett gekommen. Seine Haare standen ihm in alle Richtungen vom Kopf ab, sein Hemd war verknittert, und sein Lächeln schien zu sagen, dass er mehr als eine Frau in schweißfeuchten Bettlaken zurückgelassen hatte.

»Bruder.« Max grinste und brachte sein Pferd neben Franz zum Stehen.

»Bruder«, erwiderte Franz wenig begeistert, ohne auf die Provokation einzugehen, die Max beabsichtigte, wenn er den Bruder nicht mit seinem Titel ansprach. Er wusste, dass es ihn kränken sollte, aber so leicht war er nicht zu kränken.

»Der Stallmeister sagte mir, du seist ausgeritten.« Max machte eine Kopfbewegung in Richtung des Flusses. »Was ist? Stehen wir hier herum oder machen wir Ernst?«

»Was willst du von mir, Max?«

»Nur einen Ausritt mit meinem ältesten Bruder.«

»Sonst nichts?«

»Nun ja, einen guten französischen Wein und ein Mädel mit herzförmigen Lippen und wogendem Busen würde ich nicht verschmähen.«

Franz warf ihm einen tadelnden Blick zu.

»Verstehe«, sagte Max. »Das war nicht ernst gemeint. Lass uns wenigstens reiten.«

Franz trieb sein Pferd an, und Max folgte ihm.

»Wie war die Hinrichtung?«

Franz zog sich der Magen zusammen. Er hatte gerade erst aufgehört, die Szene immer wieder vor seinem inneren Auge ablaufen zu lassen. Die junge Frau mit dem Vogel hatte das möglich gemacht, so wie der Frühling das Eis schmelzen ließ. Doch jetzt verkrampfte er sich, und sein Körper war drauf und dran, wieder sein übles Spiel mit ihm zu treiben. Die Gesichter der erhängten Männer tauchten vor ihm auf.

»Ich möchte nicht darüber sprechen.«

Überrascht hob Max die Augenbrauen, aber dann beschloss er zur Abwechslung einmal, den Wunsch seines Bruders zu respektieren. »In Ordnung. Sprechen wir nicht über tote Männer. Wie wäre es mit lebendigen Frauen? Ich habe deine künftige Braut heute Morgen am Fenster stehen sehen. Willst du wissen, wie sie aussieht?«

Franz atmete tief aus. »Ich kenne ihre Porträts.«

»Aber Porträts sind oft sehr schmeichelhaft.«

»Soll das heißen, sie ist nicht schön? Das macht nichts.«

»Ganz der pflichtbewusste Kaiser. Brav! Aber sie ist schöner als tote Revolutionäre. Deswegen wird sie das Hübscheste sein, was du diese Woche zu sehen bekommst.«

Max konnte es einfach nicht lassen. Franz wusste, dass seine Sticheleien meist nicht ernst gemeint waren, trotzdem war es auf die Dauer anstrengend, sie zu ignorieren. Aber er hatte gelernt, dass es das Beste war. Also sagte er nichts.

»Dann brauchst du deine Mätresse ja wohl nicht mehr«, fuhr Max fort. Ich nehme an, du lässt sie sitzen, so wie du es mir andauernd vorwirfst. Wenigstens bist du mir dann nicht mehr moralisch überlegen.«

Ganz offensichtlich war Max heute zum Streiten aufgelegt – ein Streit, auf den Franz nur zu gut verzichten konnte. Er brachte seine Stute zum Stehen. »Ich glaube, es reicht, Max. Ich habe gerade andere Sorgen.«

Max blieb neben ihm stehen und sah ihn amüsiert an. Er hatte es geschafft, Franz zu verärgern. Das reichte ihm fürs Erste. Er tippte einen nicht vorhandenen Hut an und wendete sein Pferd, um zur Villa zurückzukehren. »Wie Sie wünschen, *Majestät*.«

Als Max fort war, versuchte Franz, sich wieder zu entspannen. Wieder einmal hatte sein Bruder ihm den Seelenfrieden geraubt. Das beherrschte er meisterlich.

Franz fragte sich, ob Helenes Schwester wohl noch im Garten war. Würde er sie dort wiedersehen, wenn er seinen Ritt jetzt abbrach? Vielleicht rettete sie wieder einen Vogel oder versteckte sich hinter einem anderen Baum. Würde sie ihn wieder zum Lachen bringen und im Übrigen nichts von ihm fordern? Das Einzige, was sie von ihm gewollt hatte, war, dass er sie *nicht* bemerkte. So etwas war ihm bei Hofe noch nie passiert.

Diese Gedanken ließen ihn wieder ruhiger werden. Diese Frau besaß viel Charme und schien noch nichts davon mitbekommen zu haben, dass die Welt um sie herum immer düsterer wurde.

Er begann, sich auf das Familientreffen in einigen Stunden zu freuen. Dann würde er sie wiedersehen. Und herausfinden, ob er noch einmal lachen konnte.

ZWÖLF

Helene war von Zweifeln geplagt und drauf und dran, sich davon unterkriegen zu lassen. Seit sie festgestellt hatten, dass nicht alle Reisetruhen mitgekommen waren, war nichts mehr, wie es sein sollte. Sie trug ein Trauerkleid. Unfassbar! Dem Kaiser, dem mächtigsten Mann des Reichs und vielleicht der ganzen Welt, in einem Trauerkleid gegenüberzutreten! Das Kleid war zu eng geschnürt. Und viel zu dunkel. Der Halsausschnitt lag viel zu hoch. Helene wusste, dass sie wie eine Leiche aussah, fahl wie der Tod und doppelt so reglos.

Was alles noch schlimmer machte, war die Umgebung, in der sie und ihre Mutter sich befanden. Sie saßen auf goldenen Plüschstühlen, und die standen in dem herrlichsten Raum, den Helene je gesehen hatte. Von der kunstvoll in Rosa- und Weißtönen bemalten Decke hingen üppige Kristallleuchter. Die Wände waren in allen möglichen Schattierungen von Blau und Grau gehalten, sodass die dunkelrote Maserung der Marmorsäulen und ihre vergoldeten Kapitelle zur Geltung kamen. Und dann die Vasen! So detailreich bemalt, in so vielen subtilen Farbnuancen. Helene hätte einen ganzen

Tag damit verbringen können, sie zu bewundern. All das war überwältigend. Atemberaubend. Und Helene war sich bewusst, dass sie in diesem hellen, farbenfrohen Raum umso trister wirkte.

So hatte sie sich ihr Kennenlernen mit Franz nicht vorgestellt. Wie oft hatte sie davon geträumt? Sie trug ein weißes Kleid mit aufgestickten Margeriten, frisch gepflückte Blumen steckten in ihren Haaren, und die grünen Stengel und rosa Blütenblätter brachten das Weiß und Gold ihres Kleids umso vorteilhafter zur Geltung. Die blauen Puffärmel ihres Umhangs wiederum passten perfekt zu ihren blauen Augen. Franz würde es den Atem verschlagen, wenn er sie sah. Es wäre zwar nicht schicklich, aber er würde seine Begeisterung nicht verbergen können.

Sie hatte stets vorgehabt, Franz aus Pflichtgefühl zu heiraten, aber heimlich stellte sie sich vor, dass er sich auf den ersten Blick in sie verliebte. Und jetzt das!

Würde sie ihm wenigstens ein bisschen gefallen? Woher sollte sie den Mut nehmen, charmant zu ihm zu sein, wenn sie keinen atemberaubenden Anblick bot? Sie hatte sich sogar vorgestellt, wie sie ihn zum Lachen brachte, und jetzt war das einzig Lachhafte weit und breit ihre Erscheinung. O Gott, würde sie womöglich ohnmächtig werden, wenn er hereinkam? Die Chancen dafür standen nicht schlecht.

Ganz abgesehen davon war Sisi nirgends zu finden. Der dritte Stuhl in der Reihe sollte ihrer sein, aber er war leer.

»Helene«, sagte ihre Mutter missbilligend und fächelte sich in dem überhitzten Saal Luft zu. »Du bist blass. Kneif dir in die Wangen, Kind. Du willst doch nicht, dass deine Tante dich in diesem Zustand sieht.«

Diese Bemerkung jagte ihr erneut Angst ein. Ihre Tante,

Franz’ Mutter! Die wahre Herrscherin hinter dem Thron. Viel wichtiger als Franz zu gefallen, war, Sophie zu beeindrucken. Ihre Mutter hatte das ganz klar gemacht. Sophie steckte hinter dem Arrangement. Was würde passieren, wenn sie Helene dann doch für unpassend halten sollte? Blass, unsicher, nervös, wie sie war. Ein erschreckender Gedanke.

Helene wünschte, Sisi wäre da, um sie zu beruhigen. Andererseits würde sie wahrscheinlich nichts Hilfreiches sagen, wie immer, sondern so etwas wie: *Es spielt überhaupt keine Rolle, ob du der Erzherzogin gefällst. Du willst ja nicht sie heiraten.* Das würde Helene wütend machen, denn Sisi konnte einfach nicht begreifen, dass sie als werdende Kaiserin alles heiratete: den Titel, den Mann, die Familie, das Reich.

Aber Sisi begriff ja nie, wann es ernst wurde. Nicht eine Sekunde in ihrem Leben. Es liegt daran, dass unser Vater sie verwöhnt hat, dachte Helene. Immer hatte er sie zu den absurdesten Abenteuern mitgenommen, war mit ihr auf Berge gestiegen oder bei irgendwelchen Landbewohnern zum Essen eingekehrt. Als wären sie nicht von Adel.

Sisi liebte diese Ausflüge, jedes neue Abenteuer und jeden, den sie neu kennenlernte. Und alle, die sie traf, liebten sie. Nie hatte sie um irgendjemandes Liebe kämpfen müssen. Nie brauchte sie zu fürchten, dass jemand sie *nicht* lieben könnte, außer vielleicht ihrer Mutter.

Helene war sich jedoch nicht sicher, ob ihre Mutter überhaupt irgendjemanden liebte. Sie unterschied Menschen in solche, die akzeptabel waren, und solche, die es nicht waren. Letztere waren besonders zahlreich.

Im Saal war es still wie im Grab. Passend zu den Kleidern, die sie und ihre Mutter trugen. Helene biss sich auf die Wange und wünschte, sie müssten nicht so lange auf den Kaiser warten. Und sie wünschte, Sisi wäre rechtzeitig mit ihnen eingetroffen. Sie würde alles ruinieren, wenn sie mitten im Vorstellungsritual hereinplatzte, womöglich barfuß und verschmutzt.

Sisi sollte neben ihr sitzen. Sie unterstützen. Mit Schuhen an den Füßen. Wie konnte ihre Schwester sie ausgerechnet jetzt im Stich lassen? Sie bräuchte doch nur für *einen einzigen Tag* anwesend zu sein und nicht aufzufallen.

DREIZEHN

Elisabeth war spät dran, und ihre Mutter würde sich darüber furchtbar aufregen. Sie hatte zu lange im Garten gesessen, an einen Baum gelehnt und ein neues Gedicht erdacht, in dem es um zufällige Begegnungen ging, um schüchternes Lächeln und große Männer. Noch als sie sich für das Familientreffen zurechtmachte und dann durch die Korridore der Villa eilte, gingen ihr die Zeilen durch den Kopf:

Ihre roten Lippen glühten
Liebesheiß und lebenswarm.
Seines Körpers schlanke Formen
Könnt' im Licht ich deutlich seh'n,
Doch die Züge, tief im Schatten,
War'n nicht möglich zu erspäh'n.

Sie war stolz auf diese Zeilen, aber sie hatte sich verspätet. Dabei hatte sie versprochen, bei diesem Besuch keine Schwierigkeiten zu machen. Man würde es ihr übelnehmen, wenn sie nicht rechtzeitig da war und, die Beine sittsam an den Knöcheln gekreuzt, ihrem künftigen Schwager höflich zulächelte.

Bei dem Gedanken an Franz schlug ihr Herz schneller. Franz, dessen stilles Lachen verraten hatte, wie amüsant er sie fand. Sie fragte sich, wie er sich wohl bei ihrem zweiten Treffen verhalten würde, inmitten all der Pracht und Herrlichkeit der palastartigen Villa und in Anwesenheit seiner Mutter. Sie fragte sich auch, was sie empfinden würde, wenn sie ihn wiedersah, aber im nächsten Moment schalt sie sich für ihre dummen Gedanken. Es ging um Helenes Gefühle. Sie war diejenige, die Franz heiraten sollte.

Elisabeth hörte Schritte. Sie hatte den Saal, in dem sie der kaiserlichen Familie begegnen sollte, schon fast erreicht, als jemand von der anderen Seite des Korridors auf sie zukam. Weil sie sich wegen ihrer Verspätung schämte, huschte sie in die nächste Fensternische und versteckte sich hinter einem purpurnen Vorhang.

Die Schritte verstummten ganz in ihrer Nähe. Vor Scham wurde sie rot. Warum hatte sie sich versteckt? Sie musste schnell in den Festsaal, doch wie würde sie dastehen, wenn sie jetzt hinter dem Vorhang hervorkäme? Man würde sie für verrückt halten.

Auf der anderen Seite des Vorhangs ertönte eine weibliche Stimme. Die Frau sprach Italienisch, und Elisabeth war froh, dass sie diese Sprache wenigstens gut genug gelernt hatte, um zu verstehen: »Wenn ich in Venedig erzähle, dass ich beim Geburtstag des Kaisers zu Gast war, werden die Leute so schockiert sein, dass sie auf der Stelle tot umfallen.«

Neugierig lugte Elisabeth hinter dem Vorhang hervor. Die Frau hatte bräunliche Haut und schien kaum älter zu sein als Helene. Ihre dunklen Augen funkelten vor Erregung, und ihr Lächeln war hinreißend. Neben ihr stand ein nicht besonders großer Mann mit zerzausten blonden Haaren und auffälligen Koteletten. Er schien keinen großen Wert darauf zu legen, das Hofprotokoll zu befolgen. Die Jacke seiner Marineuniform war aufgeknöpft, und Elisabeth war sich sicher, dass ihm sein lässiges Auftreten wichtig war. Aber sie wusste nicht recht, ob sie das sympathisch oder bedrohlich finden sollte.

Der Mann gähnte und wandte sich ihrem Versteck zu. Mit klopfendem Herzen zog Elisabeth sich wieder hinter den Vorhang zurück. Würde sie gleich der versammelten Familie als jemand vorgestellt werden, der sich versteckt hatte und dabei erwischt worden war? Und dieses Mal gab es keinen verletzten Vogel, mit dem sie ihr Verhalten entschuldigen konnte.

Dann hörte sie die beiden weitergehen und wagte, noch einmal hinter dem Vorhang hervorzulugen. Sie standen jetzt am Fuß einer Treppe und schienen zu warten. Elisabeth stockte der Atem, als sie sah, auf wen sie warteten.

Die Erzherzogin Sophie. Dunkle Augen, dunkle Haare, schneeweiße Haut mit einem winzigen herzförmigen Muttermal neben einer perfekt gezupften Augenbraue. Genau wie auf den Porträts, die Elisabeth von ihr gesehen hatte. Ihr Kleid würde ihre Mutter der Ohnmacht nahebringen: luftig gelb mit stahlblauen Blütenstickereien an Manschetten und Kragen.

Sophie galt als knallhart und unerbittlich, und ihre gesamte Erscheinung schien das zu bestätigen. Kerzengerader Rücken, allwissender Blick, kein Härchen, wo es nicht hingehörte. Sie war Fleisch gewordene Macht, und niemand wagte, sie herauszufordern.

Hinter ihr kamen zwei junge Männer die Treppe herunter, vermutlich ihre Söhne. Einer musste Anfang zwanzig sein. In seiner schon jetzt verschwitzten Uniform schien er sich sichtlich unwohl zu fühlen. Der andere war noch ein Kind, vielleicht neun, und in seiner Miniaturuniform sah er geradezu lächerlich aus. Er drückte eine Puppe mit leuchtend grünen Augen und einem Kleid aus Hunderten handgeknüpften Schleifen an sich. Wenn Elisabeth sich nicht irrte und Porträts oder die Erzählungen ihrer Mutter richtig in Erinnerung hatte, musste der Ältere Karl Ludwig und der Jüngere Ludwig Viktor sein, genannt Luzi. Daraus schloss sie, dass der betont Lässige Maximilian war.

Sophie erreichte den Fuß der Treppe und lächelte. »Maximilian, mein schöner Junge. Du hast es also doch geschafft.«

Er nahm ihre Hand und küsste sie.

»Willkommen, mein Lieber.«

Max sah plötzlich unsicher und verletzlich aus, ganz im Gegensatz zu seinem draufgängerischen Grinsen vor wenigen Augenblicken.

Wie so oft bekam Elisabeth plötzlich Gewissensbisse. Sie durfte nicht hier sein und einen so privaten Moment belauschen. Sie zog sich wieder hinter den Vorhang zurück und drückte die Hände an ihre erhitzten, geröteten Wangen.

»Und wer ist das?« Sophies Stimme hallte durch den Korridor.

»Die bezaubernde Francesca, Baronesse von … irgendwas. Sie hat sich gerade erst von den Reisestrapazen erholt.«

Elisabeth grinste. Er war witzig, dieser Max. Vielleicht waren die anderen auch so? Vielleicht hatte sie die kaiserliche Familie falsch eingeschätzt, als sie annahm, sie sei wie die Herzöge, die sie bis jetzt kennengelernt hatte. Aber jene

Herzöge mussten um Anerkennung kämpfen; das hatte die kaiserliche Familie nicht nötig. Sie konnte es sich also leisten, lässig und zu Scherzen aufgelegt zu sein.

»Ich dachte, die Italiener hassen uns momentan.« Dieses Mal hatte Sophie gescherzt.

»Diese Italienerin nicht. Es hat sich erst im letzten Moment ergeben, dass sie mich begleitet. Ich hatte keine Gelegenheit, unser Kommen anzukündigen«, sagte Max, und Elisabeth lugte noch einmal hinter dem Vorhang hervor.

»Das macht nichts, mein Lieber. Es kommt doch überhaupt nicht darauf an, was du tust.« Sophie hatte es ganz offensichtlich nett gemeint, aber Max' Miene verriet, dass es für ihn wie ein Schlag ins Gesicht war. Elisabeth wusste, wie es sich anfühlte, wenn man der eigenen Mutter nichts bedeutete, aber gesagt zu bekommen, dass man vollkommen egal sei, war starker Tobak. Er tat ihr leid.

»Wo bleibt Franz denn nur?«, fragte Sophie und schaute sich suchend um. Für sie mochte es eine harmlose Frage sein, aber für Max war es eine erneute Erniedrigung, eine Bekräftigung, dass er unwichtig war. Dass seine Mutter nur an ihren anderen Sohn dachte.

Ätzend, aber leise sagte er: »Wahrscheinlich erstickt er gerade unter den Röcken seiner Mätresse.«

Elisabeth glaubte, ihren Ohren nicht trauen zu können. Sagte Max das nur, um seine Mutter zu ärgern? Oder war Franz tatsächlich mit einer anderen Frau zusammen? Ihr Herz zog sich zusammen. Helene würde das Gleiche bevorstehen wie ihrer Mutter. Auch sie würde stets so tun müssen, als wisse sie nicht, dass ihr Mann sich direkt vor ihrer Nase mit anderen Frauen vergnügte.

Sophie schien genauso überrascht zu sein wie Elisabeth,

doch dann verdüsterte sich ihre Miene. »Mein Lieber, niemals würde Franz seine bevorstehende Verlobung unterminieren. Denke nach, bevor du solche Anschuldigungen erhebst.«

»Willst du behaupten, er hätte keine Geheimnisse? Die haben wir doch alle. Auch du, Mutter.«

»Kaiserliche Hoheit, Eure Gäste warten im Salon«, verkündete ein Diener.

Elisabeth konnte beobachten, wie das Grüppchen durch die Eingangshalle ging. Sie wusste, dass es noch einen anderen Weg zum Festsaal gab. Wenn sie den nahm, konnte sie es gerade noch schaffen, aber nur, wenn sie rannte.

Ganz außer Atem nahm Elisabeth auf dem ihr zugewiesenen Stuhl Platz. Keine Sekunde später öffnete ein Diener die Doppeltür und kam herein. »Ihre Kaiserliche Hoheit, die Erzherzogin. Und Ihre Kaiserlichen Hoheiten, die Erzherzöge von Österreich.«

Helene sah ihre Schwester ganz panisch an; hektische Flecken erschienen auf ihren Wangen. Im nächsten Moment betrat Erzherzogin Sophie den Salon, und alle Blicke richteten sich auf sie. Sie beherrschte den Raum so vollkommen, wie Elisabeth es sonst nur von Männern kannte. Alle erhoben sich respektvoll von den Stühlen. Alle machten Hofknickse oder verbeugten sich.

»Ludovika, geliebte Schwester.« Sophie berührte Helenes und Elisabeths Mutter und küsste sie auf beide Wangen.

»Ich bitte dich um Verzeihung.« Helenes und Elisabeths Mutter senkte entschuldigend den Blick. »Die Truhe mit unseren Kleidern ist nicht mitgekommen.«

Sophie betrachtete die Trauerkleider und sah die Schwester bestürzt an. Elisabeth war sich nicht sicher, ob sie Enttäuschung oder Nachsicht ausdrücken wollte.

Dann wandte sich Sophie Helene zu, um sie zu begrüßen, doch in diesem Moment sagte ein Diener: »Seine Majestät, der Kaiser.«

Es wurde still im Salon. Elisabeth hielt den Atem an. Eine Haarsträhne lockerte sich aus ihren Zöpfen und kitzelte sie am Nacken, als sie zu Helene hinüberschaute, die der Ohnmacht nahe zu sein schien.

Franz betrat den Salon. Er hatte seine Reithose und das weiße Hemd gegen eine blau karierte Jacke und ein schieferfarbenes Halstuch getauscht, das die Brauntöne seiner Haare zur Geltung brachte. Er wirkte beschwingt, obwohl er viel ernster dreinblickte als im Garten.

Er schaute von einer Frau zur anderen, bis sein Blick an Elisabeth hängenblieb. Viel zu lange, fand Elisabeth. Oder bildete sie sich das nur ein?

»Meine Damen«, sagte er.

»Eure Majestät.« Ihre Mutter machte einen Hofknicks.

»Eure Majestät«, brachte Helene kaum hörbar heraus.

»Eure Majestät.« Bei Elisabeth klang es wie ein Witz für Eingeweihte.

Wieder sah Franz sie an. Keiner sagte etwas. Elisabeth wurde ganz mulmig zumute.

Sophie brach das Schweigen. »Das ist sie also. Lass dich anschauen, Helene. Sieht sie nicht genauso aus wie auf dem Porträt?«

Mit gesenktem Kopf machte Helene einen Hofknicks und stand dann still, um sich inspizieren zu lassen.

Sophie richtete den Blick auf Elisabeth. »Und wer ist das?«

»Sisi«, antwortete ihre Mutter.

»Elisabeth«, warf sie korrigierend ein und begriff zu spät, dass es einer Rebellion gleichkam. Ihr sank der Mut, und sie schaute an Sophie vorbei zu Franz und Max, die sie unverhohlen anstarrten. Beide hatten den Kopf auf die Seite gelegt, beinahe identisch, aber inzwischen wusste Elisabeth, wie verschieden sie waren.

Bevor sie sich entschuldigen konnte, fragte Franz: »Wie geht es dem Vogel?«

Elisabeth lächelte, dann senkte sie schnell den Blick und hörte auf zu lächeln. Es schickte sich nicht, zu lächeln. Niemand wusste etwas von dem Vogel, dem Garten, der zufälligen Begegnung. Von dem Lachen. Und wenn sie ehrlich war, wollte sie auch gar nicht, dass jemand etwas davon erfuhr. Es hätte der schönen Erinnerung die Magie genommen. Diese Erinnerung war so zerbrechlich und perfekt wie eine Schneeflocke.

Doch jetzt schmolz sie unter den fragenden Blicken der Familie.

VIERZEHN

Eine Erklärung wurde Elisabeth erspart, weil ein Diener verkündete, das Mittagessen stehe bereit. Man ging auf zwei reich gedeckte Tische zu. Auf der anderen Seite des Esszimmers begannen zwei Geiger unter dem Habsburger Adler vor einer himmelblauen Wand zu spielen. Die Musik verlieh der Atmosphäre eine heitere Note.

»Welcher Vogel?«, fragte Helene schnell und leise, als sie auf dem Weg zu ihrem Platz an Elisabeth vorbeiging.

»Ach, nichts. Denk nicht weiter darüber nach.«

»Es kann nicht *nichts* sein, wenn der Kaiser davon spricht.«

Elisabeth schüttelte den Kopf.

»Helene, meine Liebe, setz dich hierher«, sagte Sophie. »Neben Franz.«

Helene machte den Mund zu, nickte ihrer Schwester zu und ging zu ihrem Platz. Elisabeth seufzte erleichtert und ging, Sophies Anweisung folgend, zu dem anderen Tisch, um sich neben den kleinen Luzi und seine eigenartige Puppe zu setzen, die einen eigenen Stuhl hatte. Elisabeth wurde leichter ums Herz, denn es war unwahrscheinlich, dass Luzi eine Erklärung für die Sache mit dem Vogel einfordern würde.

Genauso wenig wie die Baronesse Francesca, die gegenüber von Elisabeth Platz nahm und den auf Deutsch geführten Gesprächen ganz offensichtlich nicht folgen konnte. Auch bei der Begrüßung von Sophie hatte sie ja mit Maximilian Italienisch gesprochen und ihm das Reden mit Sophie überlassen. Max saß ebenfalls an diesem Tisch, aber Elisabeth hoffte, er würde sich auf seine Begleiterin konzentrieren und nicht nach dem Vogel fragen.

Zu essen gab es einen in würziger Brühe gekochten Tafelspitz mit Apfelkompott und Meerrettich. Elisabeth griff ordentlich zu, denn mit vollem Mund konnte sie ihrer Schwester keine Schwierigkeiten machen. Außerdem konnte sie beim Essen nicht besonders darauf achten, wie Franz und Helene am anderen Tisch leise miteinander sprachen, wie Franz sich zu ihr beugte und sie auf ein Kunstwerk an den Wänden aufmerksam machte, wie Helene ihn anlächelte.

Sah es so aus, wenn zwei Menschen sich ineinander verliebten?

An Elisabeths Tisch ergriff Max das Wort. »Der Zar möchte, dass wir ihm helfen, das osmanische Reich unter uns aufzuteilen.« Er beugte sich zu Luzi. »Aber das ist keine gute Idee.«

»Warum nicht?«, fragte der Junge.

»Die Engländer und Franzosen lassen es nicht zu. Es würde zu einem unnötigen Krieg führen.«

»Ist Habsburg denn nicht unbesiegbar?«

Die Ernsthaftigkeit des Kleinen erinnerte Elisabeth an Spatz, und plötzlich vermisste sie die kleine Schwester schmerzlich.

»Niemand ist unbesiegbar, Luziwuzi. Nicht einmal Habsburg«, erwiderte Max.

Der Gedanke an Krieg beunruhigte Elisabeth. Würde sich Franz mit dem Zaren verbünden? Was würde das für Habsburg bedeuten? Was würde es für Helene als künftige Kaiserin bedeuten? Immerhin war bereits ein Attentat auf den Kaiser verübt worden. Könnte es ein weiteres geben?

Elisabeth sah Luzi an, der gerade eine lockere Schleife seiner Puppe festzog. Er tat ihr leid. Er verdiente eine unbeschwerte Kindheit und sollte keine Gespräche über einen drohenden Krieg führen. Sie griff zu dem gelben Federfächer, der ihr geschenkt worden war, und als Luzi mit der Schleife fertig war, sorgte sie dafür, dass er zu ihr aufschaute. Sie hielt sich den offenen Fächer so vors Gesicht, dass der Junge sie zwischen den Federn gut sehen konnte, und zog eine komische Fratze. Er grinste und entspannte sich sichtlich.

»Ist er immer so?«, flüsterte sie verschwörerisch und machte eine leichte Kopfbewegung in Richtung Max.

Luzis Grinsen wurde breiter. Genau wie Spatz liebte er es, von Erwachsenen ins Vertrauen gezogen zu werden.

»Deine Haare sind wunderschön geflochten, Helene.« Sophies Stimme drang bis zu Elisabeths Tisch vor. »Findest du nicht auch, Franz?«

»Sehr hübsch«, sagte er freundlich.

»Ich mache das selbst«, sagte Helene so zurückhaltend wie immer.

»Helene hat uns überhaupt nie Arbeit gemacht.« Ihre Mutter sprach lauter als alle anderen. Wie immer. Und was sie sagte, war gelogen, ebenfalls wie immer.

Elisabeth erinnerte sich lebhaft daran, wie wütend ihre Mutter gewesen war, als das Unglück am Fluss passiert war. Helene war nicht der Unschuldsengel, als den ihre Mutter sie darstellte. An jenem Tag hatte ihre Mutter sie sogar als ihr *schwierigstes* Kind bezeichnet. Ganz zu schweigen von dem Tag, als Helene im Garten ein Nest mit neugeborenen Schlangen gefunden und sie zum Spielen mit in die Kinderstube gebracht hatte. Oder von dem Ausflug in die Stadt, bei dem ihr Vater die beiden Mädchen ermuntert hatte, auf dem Marktplatz gegen Geld zu singen und zu tanzen. Oder von den zum Abkühlen auf Fenstersimse gestellte Kuchen, die Helene manchmal im Dorf stibitzte, um sie mit ihren Schwestern unter der Trauerweide am Fluss gierig zu verschlingen.

Elisabeth hoffte, dass diese Néné noch irgendwo in der Schwester steckte. Dass sich diese Néné lediglich vor ihrer Mutter verbarg. Etwas, das Elisabeth niemals tun würde.

Sie schaute zu der Schwester hinüber und versuchte, ihr telepathisch ihre Unterstützung zu versichern. Doch dann blieb ihr Blick an Franz hängen. Er saß ganz still da, während Helene mit seiner Mutter sprach, und … schaute zu Elisabeth herüber.

Ihre Haut begann zu kribbeln. Der Raum schrumpfte. Elisabeth konnte nicht anders, als ihn anzusehen. Sie versuchte, seine Miene zu entschlüsseln, die zwischen Neugier und Ernst lag. Woran dachte er? Was sah er, wenn er sie anschaute?

»Und Sie?«, platzte Max in diesen magischen Moment, und Elisabeth zuckte auf ihrem Stuhl zusammen, bevor sie den Blick auf ihn richtete. »Welche Schwester sind Sie? Die langweilige oder die aufmüpfige?«

Erstaunt hob sie die Augenbrauen und hielt sich die weichen gelben Federn ihres Fächers näher ans Gesicht. So etwas fragte man doch nicht bei einem formellen Mittagessen! Aber offenbar hielt er nichts von der Hofetikette. Und wenn sie ehrlich war, tat sie es genauso wenig und fand ihn wieder einmal witzig.

»Was glauben Sie?«, gab Elisabeth die Frage zurück.

Seine Augen blitzten auf. »Das dachte ich schon.«

Elisabeth legte den Fächer beiseite und grinste unwillkürlich.

»Und Ihre Schwester …« Max schaute zum anderen Tisch hinüber und gab sich so verschwörerisch, wie sie selbst sich gerade eben gegenüber Luzi gegeben hatte. »Ist sie die Richtige für meinen Bruder?«

Elisabeth hielt seinem Blick stand. »Ich glaube, das sollten wir Seine Majestät entscheiden lassen. Und natürlich meine Schwester.«

»Heute geht alles durch meine Kontrolle.«

»Das klingt nach einer großen Aufgabe«, sagte Elisabeth.

»Das ist es.« Max warf einen kurzen Seitenblick auf Francesca, beugte sich dann zu Elisabeth vor und sagte. »Man sollte Sie heiraten.«

Elisabeth wusste nicht, was sie davon halten sollte. Hatte Franz ihm etwas erzählt? Nein, das konnte nicht sein. Außerdem hatten sie bei der Vorstellung nur ganz kurz miteinander gesprochen, über den Vogel …

»Wie bitte?«, sagte sie.

»Nun, Sie werden bestimmt niemals fett. Das sehe ich an Ihren Handgelenken.«

Schnell nahm Elisabeth die Hände vom Tisch, aber Max sprach bereits weiter, mit einem erneuten Seitenblick auf Francesca.

»Bei ihr ist das anders. Ich muss mich aus dem Staub machen, ehe es zu spät ist.«

Elisabeth starrte ihn entgeistert an. Sich Frechheiten herauszunehmen, war eine Sache – Gemeinheiten eine andere.

»Keine Sorge«, sagte Max. »Sie versteht uns nicht.« Er lächelte Francesca zu, die unsicher zwischen ihm und Elisabeth hin und her schaute.

»Du bist wunderschön«, sagte er auf Italienisch.

»Grazie«, erwiderte sie erleichtert.

Max beugte sich zu ihr und tat so, als wollte er ihren Hals anknabbern. Sie kicherte und lehnte sich zurück. Elisabeth wandte den Blick ab und musste an ihren Vater denken. Wer sich so danebenbenahm, verdiente kein Publikum.

Die Diener brachten Kuchen herein. An Elisabeths Seite rückte Luzi den Hut seiner Puppe zurecht und stupste eine Gabel mit einem kleinen Stück Kuchen an ihren rosenroten Mund. Elisabeth lächelte und war froh, dass jemand anders als Max ihre Aufmerksamkeit in Anspruch nahm.

Das ließ Max aber nicht zu. »Luziwuzi, du verdirbst mir den Appetit«, sagte er. »Vielleicht streichelst du deine Puppe lieber in deinem Zimmer.«

Elisabeth schaute wütend zu ihm auf. Jetzt ging er zu weit. Sie setzte sich kerzengerade auf und suchte seinen Blick. »Komisch! Darum wollte ich *Sie* gerade bitten.«

Offenbar hatte sie lauter als beabsichtigt gesprochen, denn es wurde ganz still im Zimmer. Sie biss sich auf die Lippen. In den Augen ihrer Mutter machte sie wieder einmal alles falsch. Mit einem Anflug von schwarzem Humor fragte sie sich, ob gleich hier und jetzt eine Kutsche herbeigerufen würde, die sie ins Narrenhaus bringen sollte. Oder würde ihre Mutter damit warten, bis sie wieder zu Hause waren? Schwer zu sagen.

Doch unerwarteterweise betrachtete Max sie mit einem Blick, in dem keine Brüskiertheit lag, sondern … Bewunderung. Als würde er jeden Moment laut loslachen.

Elisabeth wagte es, zu Franz hinüberzuschauen. In seinem

Blick lag etwas Ähnliches: keine Missbilligung, sondern Staunen. Er schien sogar amüsiert zu sein, denn seine Mund- und Augenwinkel zuckten.

Helene warf Elisabeth einen Blick zu, der verriet, wie peinlich ihr das Ganze war. Elisabeth schüttelte kaum erkennbar den Kopf und versuchte, ihrer Schwester zu verstehen zu geben, dass es ihr leidtat. Ihre Mutter sah sie aber lieber nicht an.

Stattdessen beugte sie sich zu Max vor. »Verzeihung. Ich habe es nicht so gemeint.«

Er lachte und schüttelte den Kopf, als wollte er sagen, jemandem wie ihr sei er noch nie begegnet.

Elisabeth war erleichtert. Sie hatte Glück, dass er sie witzig fand und sie sich mit einer unbedachten Äußerung zur Abwechslung einmal keine Ablehnung einhandelte, sondern … Ja, was? Max schien von ihr geradezu entzückt zu sein.

Wieder schaute sie zu Helene hinüber und sah den Blick, den Sophie und ihre Mutter einander zuwarfen. Also gut. Nicht alle waren entzückt.

Ihre Mutter sagte zu Sophie: »Wie wäre es mit einem kleinen Spaziergang? Damit die jungen Leute einander besser kennenlernen können – ohne unliebsame Zwischenfälle.« Elisabeth wusste, dass es ein Dolchstoß in ihre Richtung war.

»Ein Spaziergang in der Nachmittagssonne – eine wunderbare Idee.« Sophie stand auf, und alle anderen folgten ihrem Beispiel.

Helene lächelte Franz schüchtern an. Nach einer Weile lächelte er ebenfalls.

Elisabeth drückte sich die Fingernägel in die Handflächen. *Es reicht, Elisabeth. Gib deiner Schwester Zeit, sich in ihn zu verlieben.*

FÜNFZEHN

Franz beugte sich über eine mit grün-weißen Schlieren verzierte Waschschüssel und spritzte sich Wasser ins Gesicht. Während des Mittagessens hatte er versucht, sich auf Helene zu konzentrieren, jedes Lächeln von ihr zu erwidern, jedes Nicken. Aber es war Elisabeth, die ihn in Wahrheit beschäftigte. Wie sie sich den kleinen gelben Fächer vors Gesicht hielt, mit Luzi sprach, Max zurechtwies.

Sie hatte Max zurechtgewiesen. Er hatte sich ein Lächeln nicht verkneifen können, und jetzt zuckte es wieder in seinen Mundwinkeln. Wie hätte er sich auf Helene konzentrieren sollen, während all das am anderen Tisch vorging?

Er trocknete sich mit einem Handtuch ab und schaute in den Spiegel. Seine Mutter wäre alarmiert, wenn sie wüsste, was er jetzt dachte und wie fasziniert er von Helenes Schwester war.

Er erinnerte sich an ein Gespräch, das er vor einem Jahr mit ihr geführt hatte. Vor dem Attentat und bevor seine Mutter Helene als seine Braut ausgesucht hatte. Nachdem ihm monatelang alle möglichen Herzoginnen und Prinzessinnen vorgestellt worden waren, für die er nichts empfand, hatte er seine Mutter gefragt, warum er sich nicht selbst eine Braut aussuchen dürfe.

»Das Wichtigste ist, die Richtige für diese Stellung zu finden«, hatte seine Mutter gesagt. »Mit Verliebtheit hat es nichts zu tun. Solange sie eine umgängliche Person ist, triffst du es besser als viele von uns in der Ehe.«

Franz wusste, dass sie vor allem ihre eigene Ehe meinte. Sein Vater betete seine Mutter an, sie war alles für ihn. Aber Franz wusste auch, dass sie nicht so empfand. Einmal hatte er sie sagen gehört, sie liebe seinen Vater wie ein Kind, das viel Fürsorge brauchte. Vielleicht residierte sein Vater deswegen in einem anderen Schloss.

Jetzt sollte Franz alles für Helene werden. Was würde seine Mutter wohl sagen, wenn sie erführe, dass ihm erhebliche Zweifel an diesem Vorhaben gekommen waren?

Ein Diener klopfte an die Tür.

»Ich komme«, sagte er, hing aber weiter seinen Gedanken nach. Ein anderes Gespräch fiel ihm ein und sein Magen krampfte sich zusammen.

»Ihre Familie gibt nicht viel auf Etikette, das muss ich gestehen«, hatte seine Mutter auf der Kutschfahrt hierher gesagt.

»Inwiefern?«

»Zum einen hält ihr Vater keine Distanz zum gewöhnlichen Landvolk. Erinnerst du dich an seine Bemerkung über unsere diesbezügliche Kritik? *Lächerlich*. Und dann die jüngere Schwester, Sisi. Meine Schwester berichtet, sie zieht es vor, heimlich in die Berge zu wandern, statt im Schulzimmer zu sitzen und zu lernen.«

Das hatte ihn amüsiert, aber jetzt sah er die Worte seiner Mutter in einem anderen Licht. Sie bedeuteten, dass seine

Mutter Elisabeth nicht akzeptierte und niemals akzeptieren würde.

»Aber Helenes Familie braucht uns nicht zu kümmern«, war seine Mutter fortgefahren. »Sie sind, wie sie sind. Konzentrier du dich auf Helene. Sie wird dir gefallen, und mit der Zeit wirst du sie liebgewinnen. Denk an deine Pflichten. Ein Kaiserreich braucht eine Kaiserin.«

Auf der Kutschfahrt waren das für Franz nur Worte gewesen. Er war bereit, Helene zu heiraten und Habsburg zu dienen. Doch jetzt begann er, anders zu fühlen. Und die Worte seiner Mutter waren zu Fesseln geworden, die sich immer enger zusammenzogen.

SECHZEHN

Mutter hat unrecht, dachte Helene. Ihre Irrtümer reichten bis zum Dach der Kaiservilla, krochen in alle Nischen und Winkel und sogen die Luft aus den eleganten blau-goldenen Zimmern. Es stimmte nicht, dass Franz von Helene nur erwartete, hübsch und höflich zu sein. Es stimmte nicht, dass alles gut würde, wenn Helene nur die Regeln befolgte. Und es stimmte nicht, dass ein Spaziergang ändern würde, was immer offensichtlicher wurde: Franz hatte kein Interesse an ihr.

Sie war glücklicher gewesen, als sie die Regeln noch nicht befolgt hatte. Als sie Frösche unter ihrer Schürze versteckt und mit Elisabeth nachts unter dem Sternenhimmel geschlafen hatte. Sogar als ihre Mutter sie geschlagen hatte, nachdem sie im Dorf Kuchen stibitzt und aus Rache für die Schläge einen von Mutters Lieblingsohrringen versteckt hatte. Und sich diebisch freute, als ihre Mutter über den Verlust rasend wurde.

Sie wünschte, sie wäre zu Hause. Oder sonst wo, nur nicht hier, wo sie sich unendlich viel Mühe geben musste, den Mann zu erreichen, den sie heiraten sollte und der nichts unternahm, um sie zu erreichen. Sie hatte sich so angestrengt, dass sie kaum noch atmen konnte, und trotzdem war seit ihrer Ankunft in Bad Ischl nichts gewesen, wie es sein sollte. Nicht die Kleider, nicht das Kennenlernen, nicht das Mittagessen, bei dem Sisi alle blamiert hatte.

Jetzt spazierten sie in den Gärten umher, den wohl schönsten, die Helene je gesehen hatte. Über das Grundstück floss ein munterer Bach, Blumen in allen Farben blühten, von dunklem Pink bis Schneeweiß, und hohe Bäume spendeten hier und da Schatten. Langsam flanierten sie über die in herrlichen Mustern gepflasterten Wege und an Brunnen mit wasserspeienden Pferdeköpfen vorbei. Es roch nach Rosen und Geißblatt. Alles hätte so perfekt sein können. Doch Helene nahm unter ihrem Schirm nur die erbarmungslose Sonne und die stechenden Insekten wahr. Und der Mann neben ihr schien mit seinen Gedanken weit weg zu sein.

Sie hätte weinen mögen.

»Ich habe ein Geschenk für Sie«, versuchte sie es und nahm Franz' Hand, als er ihr eine vermooste Treppe hinunterhalf. »Ein Geburtstagsgeschenk.«

Sie zog es unter ihrem Gürtel hervor und sah mit Entsetzen, dass sie das schöne Papier, in das es eingewickelt war, vollgeschwitzt hatte. Es war unendlich peinlich. Am liebsten wäre sie tot umgefallen.

Überrascht murmelte Franz ein Dankeschön, als er das Geschenk so vorsichtig entgegennahm, dass er Helenes Hand nicht berührte. Als sei sie giftig.

Natürlich sollten sie einander nicht berühren, außer wenn er ihr eine Treppe hinunterhalf oder ihr zur Begrüßung die Hand küsste. Aber Helene wollte, dass er sie berührte. Wenn er sie berührte, würde sie vielleicht etwas empfinden. Vielleicht würde ihre Haut dann nicht mehr so spannen und sie würde sich freier fühlen.

Stattdessen ging er wieder auf Distanz und packte das Geschenk aus. Es war ein Taschentuch, das sie bestickt hatte. Das Blumenmuster hatte sie bei der Arbeit glücklich gemacht, das Grün und Rot und Blau, das sich lebhaft von dem cremefarbenen Stoff absetzte. In eine Ecke hatte sie ein F im Stil des Bandes gestickt, das die Blumen zusammenhielt.

»Haben Sie das selbst gemacht?«, fragte er.

»Ja, Majestät.«

»Danke«, sagte er mit einem schmalen Lächeln.

Er steckte sich das Taschentuch in die Brusttasche und ging weiter. Helene folgte ihm schweigend. Gefiel ihm das Geschenk? Natürlich hatte sie keinen Freudenausbruch erwartet, aber sie wünschte, sie könnte seine Miene besser lesen. Es war ein freundliches Gesicht, aber vollkommen unlesbar. Helene glaubte, dieses Gesicht lieben zu können, sobald dieses entsetzliche Schweigen zwischen ihnen gebrochen wäre.

Vielleicht hatte Sisi die ganze Zeit über recht gehabt. Helene hatte geglaubt, das Richtige zu tun, als sie versuchte, erwachsen zu werden, ihre Pflichten ernst zu nehmen und ihre Ansichten für sich zu behalten. Sie hatte sich auf die Seite ihrer Mutter geschlagen, und zuerst war ihr das richtig vorgekommen. Immerhin hatte es ihr das Versprechen auf ein Reich und eine Verlobung eingebracht.

Im Vergleich zu dem, was sie aufgeben musste, schien dieses Versprechen jedoch nicht mehr viel wert zu sein. Der Besuch hier hatte sie größer machen sollen, wichtiger, beliebter, doch er hatte sie kleiner gemacht. Wie sollte Franz sich in so jemanden verlieben? Sie mochte sich ja selbst kaum noch. Sie hatte sich alle Ecken und Kanten abgefeilt, und übrig geblieben war ein Nervenbündel.

»Waren Sie schon einmal hier?«, fragte Franz nach einer Weile.

Helene wurde ganz panisch. Was meinte er? Die Villa, die Gärten oder einen ganz anderen Ort? Ihr fiel nichts anderes als »Nein« ein, und sie hasste sich dafür.

»Gefällt es Ihnen?«

Helene beschloss, dass er wohl die Gärten meinte.

»Ja, sie sind wunderschön.« Sie suchte nach etwas Bedeutungsvollerem, das sie sagen könnte, aber alles in ihr zog sich zusammen. Ihre Mutter hatte ihr eingeschärft, nicht zu viel zu reden, aber gerade das schien Franz zu enttäuschen.

»Das ist schön«, sagte Franz höflich, wiederum mit einem schmalen Lächeln.

Die Hitze machte Helene zu schaffen, als sie schweigend weitergingen. Schweiß tropfte ihr den Nacken und Rücken hinunter, sammelte sich unter ihren Achseln und perlte über ihre Stirn. Unauffällig versuchte sie, die Schweißtropfen abzuwischen, bevor sie ihr in die Augen fielen.

Franz sah es und hob die Hand. Helene blieb das Herz stehen. Würde er sie jetzt berühren?

Aber nein. Er hielt das Taschentuch, das sie ihm gerade geschenkt hatte, in der Hand. Kurz fürchtete sie, dass er es ihr zurückgeben würde. Dann wurde ihre Brust ganz eng. Sie wartete immer noch auf den einen, den magischen Moment, der sicher kommen würde, genau wie es die Gedichte versprachen. Den Moment, in dem zwei Seelen einander fanden. Stattdessen stand sie schweißüberströmt vor ihm und schämte sich dafür. Bestimmt wollte er ihr nur helfen, indem er ihr das Taschentuch reichte, aber mehr als Mitleid steckte gewiss nicht dahinter.

Sie nahm das Taschentuch und tupfte sich die Stirn ab, erleichtert und peinlich berührt zugleich. Sie wusste nicht, ob sie das Taschentuch einstecken oder zurückgeben sollte, und faltete es diskret in ihrer Hand.

Mit einem Blick über die Schulter sah sie, dass ihre Mutter sehr zufrieden wirkte. Von da hinten musste es sehr galant ausgesehen haben, wie der Kaiser ihr das Taschentuch reichte. Vielleicht war es das auch. Vielleicht machte Helene sich ganz unnötige Sorgen. Wie konnte sie denn erwarten, dass die Liebe gleich bei ihrer ersten Begegnung entflammte? Nein, die Liebe würde mit der Zeit kommen. Das Taschentuch war der erste Same, aus dem diese Liebe erwachsen würde. Auch die höfliche Konversation war so ein Same. Sie mussten diesen Garten einfach weiter pflegen, und dann würde die Liebe aufblühen und gedeihen. Es konnte gar nicht anders sein. Dieser Gedanke machte ihr Mut. Mit zwei Fingern berührte sie Franz' Arm. »Danke für den Spaziergang.«

SIEBZEHN

Elisabeth wünschte, sie könnte ihrer kleinen Schwester diese Gärten zeigen, sie würden ihr gefallen. Wäre Spatz hier, würde sie behaupten, Feen beherrschten diese parkartigen Gärten mit ihrer Magie. Elisabeth sah förmlich vor sich, wie ihre Augen aufleuchteten, wenn sie und ihre kleine Schwester unter Büschen und in hohlen Bäumen nachschauten, ob sie das verräterische Flattern von Feenflügeln entdecken könnten. Sie würden mit den Fingern über Baumrinde fahren und die Gesichter furchtlos daran reiben. Sie würden den Geruch der moosbedeckten Steine einatmen, die frische Luft an den Wasserstellen.

Es war der ideale Ort, um sich zu verlieben. Hier war alles voller Poesie und Möglichkeiten. Und Helene, die vor ihr ging, schien sie zu nutzen. Elisabeth konnte nicht hören, was sie und Franz zueinander sagten, aber sie sah, dass sie sich unterhielten. Auch dass Helene ihm das Taschentuch gab, an dem sie so lange gearbeitet hatte. Elisabeth wünschte sich sehnlichst, sie selbst könnte sich auf diese Weise verlieben.

Hinter ihr waren ihre Mutter und Sophie in ein Gespräch vertieft.

»Sei unbesorgt, Schwester. Franz wird um Helenes Hand anhalten«, sagte Sophie ebenso freundlich wie überzeugt.

»Weil alle Männer in deiner Familie tun, was du willst?« Es sollte ein Scherz sein, aber Elisabeths Mutter war nicht gut im Scherzen.

Elisabeth drehte sich zu den Frauen um und sah, dass Sophie ihre Mutter am Arm berührte. »Weil er weiß, dass es das Richtige ist.«

Elisabeth wünschte, sie selbst wüsste, was das Richtige ist.

»Übrigens danke ich dir, dass du den Landstreicher zu Hause gelassen hast«, sagte Sophie.

Elisabeth fand das unmöglich. Nun gut, ihr Vater war seltsam und untreu, aber er hatte nicht verdient, dass man so von ihm sprach. Sie wusste, dass der Hof nichts von dem Buch hielt, das ihr Vater geschrieben hatte. Vor allem seine Witze über Verbote und Zensur seitens der Krone waren nicht gut angekommen. Aber Elisabeth konnte sich nicht vorstellen, dass Sophie keinen Humor hatte, nicht mit einem Sohn wie Max, der die Witze seines Onkels bestimmt urkomisch fand.

»Ich bitte dich, Schwester! Wenn mein Mann eins nicht mag, ist es, sich respektabel genug für eine Reise anzukleiden«, scherzte Elisabeths Mutter zurück.

»Er könnte zu meinem Gatten nach Auhof ziehen.« Beide Frauen lachten.

»Margarete«, sagte Sophie dann im Befehlston zu der Zofe, die den Frauen stumm folgte. »Sorgen Sie dafür, dass es heute Abend Musik gibt.«

»Etwas Lebhaftes, Kaiserliche Hoheit?«

»Im Gegenteil. Etwas Gefühlvolles.« Sophies Stimme klang zuversichtlich, und ein Blick auf Helene verriet, warum. Die nämlich berührte gerade Franz' Arm, und er lächelte sie an.

Dieses Lächeln machte Elisabeth traurig, und sie konnte sich nicht recht erklären, warum. Sie hatte das Gefühl, etwas verloren zu haben. Als wäre ihr Lieblingsring in den Fluss gefallen oder ein besonders schönes Gedicht von auslaufender Tinte zerstört worden. Helene berührte den Kaiser nur kurz, aber Elisabeth konnte den Blick nicht von den beiden abwenden. Dann beschleunigte sie ihre Schritte, um nichts mehr von den Hoffnungen ihrer Mutter und Sophies hören zu müssen, und fragte sich, wie schlimm es wohl wäre, wenn sie sich in die Büsche schlüge.

Hinter ihr ertönte eine Männerstimme und lenkte Elisabeth von Helene und Franz ab, die ohnehin gerade hinter einer Baumreihe verschwanden.

Max sprach sie an.

»Das war eine Unverschämtheit vorhin.« Es klang nicht vorwurfsvoll, sondern amüsiert.

»Ich entschuldige mich nochmals.«

»Nicht nötig. Sie waren ja nur ehrlich. Sonst ist niemand ehrlich mit mir.«

Max sprach so ernsthaft, dass Elisabeth den Blick von den Bäumen losriss, wo Franz jeden Moment wieder auftauchen musste. Zu gern hätte sie gewusst, was er zu ihrer Schwester sagte.

»Es hat mir gefallen«, sagte Max.

Elisabeth lächelte und sah ihm forschend ins Gesicht. Er besaß Charme. Sie begann zu verstehen, warum er als ebenso liebenswürdig wie gefährlich galt.

»Wenn Sie mich erst mal besser kennenlernen, werden Sie feststellen, dass ich kein schlechter Mensch bin«, sagte er, als sie eine bemooste steinerne Treppe mit überhängendem Weinlaub hinabstiegen.

»Das glaube ich.« Das tat sie wirklich. Francesca gegenüber war er beim Mittagessen gemein gewesen, aber man durfte Menschen nicht nach ihren schlimmsten Momenten beurteilen.

»Genau wie Sie bin ich das schwarze Schaf der Familie.«

Elisabeth sah ihn konsterniert an.

»Wir sollten zusammenhalten.« Max verließ den gepflasterten Weg, pflückte eine gelbe Blume und kam dann mit ernster Miene auf Elisabeth zu. Näher als es sich schickte, blieb er vor ihr stehen und verbreitete einen Duft von Zedern und Zimt. Erwartungsvoll hielt er ihr die Blume hin.

Francesca war nur einige Meter hinter ihnen, und Elisabeth winkte sie herbei. Aus dem Augenwinkel sah sie Helene und Franz hinter der Baumreihe hervorkommen.

»Baronesse, der Erzherzog wollte gerade nach Ihnen schauen. Sehen Sie, was er für Sie gepflückt hat.« Die letzten Worte sprach sie in unbeholfenem Italienisch.

Francesca warf den Kopf in den Nacken und hob vielsagend die Augenbrauen, bis Max gezwungen war, ihr die Blume zu überreichen. Elisabeth registrierte so etwas wie Enttäuschung in seinem Gesicht.

»Grazie«, murmelte Francesca süßlich, doch dann gab sie ihm mit ihrem Spazierstock einen Klaps. Kein Deutsch zu können, bedeutete nicht, dass sie Körpersprache nicht deuten konnte. Elisabeth musste unwillkürlich grinsen und dachte: Wäre ihr Italienisch besser, könnten Francesca und sie Freundinnen werden.

Weiter vorne hörte sie Helene lachen. Sie freute sich für Helene – das tat sie wirklich. Aber insgeheim wünschte sie, Franz hätte sie und nicht die Schwester zum Lachen gebracht.

ACHTZEHN

Franz schuldete es seiner Mutter, sich mehr Mühe zu geben.

Beim Mittagessen hatte er sich zurückgehalten, war höflich gewesen, hatte aber nicht das geringste Interesse gezeigt. Als er jetzt mit Helene im Duft von Frühlingsblumen durch den Eichenhain ging, wollte er es besser machen. Auch als sie die gepflegten Hecken mit ihren spitzen Blättern umrundeten, wollte er es besser machen. Und als sie im Gleichschritt eine kleine Holzbrücke überquerten, versuchte er es wieder. Er stellte Helene Fragen, bedankte sich für das Geschenk, reichte ihr die Hand, um ihr eine Steintreppe hinunter zu helfen, und später, um ihr auf die gepflasterte kreisrunde Terrasse zu helfen, auf der sie eine Pause einlegen wollten.

Seine Mutter hatte recht: Helene war hübsch und elegant. Sie schien eher zu schweben als zu gehen, zu schwitzen war ihr peinlich, und sie verbeugte sich leicht, wann immer er sie etwas fragte. Sie war, wie eine Kaiserin sein sollte.

Aber Franz war müde. Es war anstrengend, sich mit Helene zu unterhalten. Und wenn sie ihn anschaute, sah er, wie enttäuscht sie von seiner Gefühllosigkeit war. Sie war voller Hoffnung und furchtbar nervös, ihre Augen strahlten, und ihre Hände zitterten – alles Anzeichen für Gefühle, die *er* haben sollte. Stattdessen fühlte er nur, wie sich eine Schlinge namens Pflicht um seinen Hals zusammenzog.

Seine Mutter hatte ihm versichert, dass es keine Liebe auf den ersten Blick gab. Was aber, wenn es sie doch gab? Was, wenn Liebe auf den ersten Blick ein heimliches Lachen in einem Garten war? Ein unerwartetes Lächeln beim Kuchenessen? Was, wenn die Liebe ganz einfach war, wenn sie plötzlich da war, ohne dass man sich darum bemüht hatte?

Franz' Kiefer schmerzte, weil er bei diesen widersprüchlichen Gedanken die Zähne fest zusammenbiss. Warum konnte er sich nicht in sein Schicksal fügen?

Bald erreichten die anderen die Terrasse. Seine Mutter und Ludovika in ein Gespräch vertieft. Diener, die Speisen und Getränke brachten. Und Max mit seiner italienischen Mätresse, die, wie Franz plötzlich erkannte, eine verblüffende Ähnlichkeit mit Isabella, seiner ersten großen Liebe, hatte.

Franz nahm ein kühles Getränk von einem Diener entgegen und reichte es Helene. Aus dem Augenwinkel sah er den anerkennenden Blick seiner Mutter. Wahrscheinlich war er auf dem rechten Weg: Er brauchte nur immer weiter das Richtige zu tun, obwohl es sich für ihn falsch anfühlte.

Sophie brachte einen Trinkspruch aus: »Auf unseren Kaiser, meinen Sohn Franz Joseph, dessen Geburtstag wir morgen gemeinsam feiern werden. Auf den Beginn eines neuen Kapitels in seinem Leben.«

Sie meinte das Kapitel Helene. Doch Franz wusste, dass es ihr nicht nur um Ehe und Thronfolger ging. Mit ihren Worten wollte sie ihn auch ermahnen, das große Ganze im

Blick zu behalten, das nächste Kapitel in der Geschichte des Hauses Habsburg. Sophies Meinung nach sollte er sich für eine Seite im Konflikt zwischen Russland und Frankreich entscheiden. Dass er einen Krieg vermeiden wollte, missfiel ihr. Sie hatte ihm gesagt, dass sein Kabinett ihn für schwach und unentschlossen hielt. Er jedoch hielt es für falsch, dass sein Kabinett den Krieg auf die leichte Schulter nahm.

War es ein Zeichen von Schwäche, wenn man verstand, wie schrecklich ein Krieg war? Die anderen wussten nicht, wie es sich anfühlte, wenn einem ein Messer in den Hals drang und man sich vom Leben verabschiedete, weil man sich sicher war, dass es vorbei war. Die Russen mochten bereit sein, Tausende Soldaten auf diese Weise zu verlieren – Franz war es jedenfalls nicht.

Er erinnerte sich an eines seiner Lieblingsgedichte, es war von Longfellow:

Auf denn, was Geschick auch senden
Immer mög', wirkt rastlos fort,
Zum Beginn wie zum Vollenden
Sei Geduld dein Segenshort!

Einer so schwerwiegenden Entscheidung würde er sich langsam nähern. Keine überhasteten Allianzen, keine unüberlegten Angriffe, keine Schnellschüsse. Franz wollte das Beste für Habsburg, wusste aber nicht so genau, wo er anfangen sollte. Mit dem Ausbau des Straßennetzes vielleicht. Des Eisenbahnnetzes. Der Beendigung der Unruhen, die ihn beinahe das Leben gekostet hätten. Krieg konnte nichts von alledem erreichen.

Die Stimme seiner Mutter holte ihn in die Gegenwart zurück. »Und auf dich, meine liebe Helene. Wie schön, dass du gekommen bist. Ich hoffe, wir können bald etwas Großes ankündigen.«

Über Franz zwitscherte ein Vogel, ein anderer antwortete ihm; beide klangen fröhlich und friedlich. Er schaute zu Elisabeth am anderen Ende der Terrasse hinüber und fragte sich, ob er je wieder mit ihr allein sein würde. Ob ihm noch ein magischer Moment, ein Lachen mit ihr vergönnt war, bevor sich diese Tür für immer schließen würde.

NEUNZEHN

Elisabeth hatte den Vogel satt, das heißt, nicht den Vogel als solchen, sondern die Fragen, mit denen ihr die arme kleine Kreatur ungewollt das Leben schwer gemacht hatte.

Sie befanden sich in einem korallenfarbenen Korridor mit Girlanden goldener Blätter an der Decke. Ihre Mutter zu ihrer Linken, Helene zu ihrer Rechten, Elisabeth einen halben Schritt hinter ihnen. Sie waren auf dem Weg in ihre Zimmer, und beide drehten sich fragend zu ihr um.

»Ich schwöre, es hat nichts zu bedeuten. Ich war heute Morgen im Garten und da … hat er mich gesehen.«

»Habt ihr miteinander gesprochen?« Alarmiert rutschte Helenes Stimme in die Höhe.

»Nein.«

»Das ist die letzte Warnung, Sisi«, sagte ihre Mutter, eher bissig als alarmiert, und setzte Elisabeth ihren kleinen schwarzen Fächer auf die Brust.

Die beiden gingen weiter, und Elisabeth folgte ihnen. Es war kein schönes Gefühl, sie anzulügen, aber die Wahrheit hätte zu einem Kreuzverhör geführt. Die Erinnerung an den

Morgen war ohnehin schon von Schuldgefühlen überlagert, und sie wollte nicht, dass Mutter und Schwester sie gänzlich vergifteten und so taten, als hätte Elisabeth Helenes Zukunft ruiniert.

Ihre Mutter sagte zu Helene: »Für das Fest morgen müssen wir noch einmal unsere Garderobe durchgehen.«

Elisabeth atmete langsam aus und blieb stehen. Sie wollte nicht schon wieder in hysterische Szenen hineingezogen werden, bei denen es um Kleider oder – noch schlimmer – Frisuren ging. Inzwischen hatten sich so viele Strähnen aus ihren Zöpfen gelöst, dass sie sich ganz frei fühlte, wie ein Fuchs, ein Falke oder eine Fee.

»Er wollte kaum etwas über mich wissen«, sagte Helene leise. »Er hat kaum etwas gefragt.«

Elisabeth schwirrte der Kopf. Sie hatte mehrfach den Eindruck gehabt, dass die beiden intensiv miteinander sprachen. Aber vielleicht hatte sie sich getäuscht. Vielleicht war Franz nicht mit dem Herzen dabei.

Ihre Mutter machte eine wegwerfende Handbewegung. »Er braucht nur zu wissen, dass du hübsch bist und dich benehmen kannst. Wenn er etwas lernen will, soll er in die Bibliothek gehen.«

Helene sagte nichts mehr, und Elisabeth hoffte, dass die dümmliche Bemerkung ihrer Mutter von Helene als tröstlich empfunden wurde. Obwohl sie schrecklich war.

Ihre Mutter und Schwester bogen in einen anderen Korridor ein, und Elisabeth blieb an einem einfachen, weiß getünchten Fenster stehen und stützte sich auf die Fensterbank. Feine weiße Vorhänge neben ihr bauschten sich in einer leichten Brise, und sie schloss die Augen. Spürte das glatte Holz unter ihren Händen, die immer noch heißen Sonnenstrahlen auf der Haut, das seichte Heben und Senken ihrer Brust. Und sie dachte noch einmal an den Morgen. Eine Reihe ebenso zufälliger wie glücklicher Momente mit einem Mann, mit dem sie unbedingt wieder sprechen wollte.

Im Korridor um die Ecke hörte sie ihre Mutter sagen: »Diese fürchterliche Hitze! Wie kann man sich bei so einer Hitze verlieben?«

Das ist ganz einfach, Mutter, dachte sie. *Ebenso einfach wie unmöglich.*

ZWANZIG

Franz war noch keine fünf Minuten mit seinen Gedanken allein – die Hand auf dem kühlenden Marmorgeländer, Vogelgezwitscher drang durchs offene Fenster –, als Max die Treppe zu ihm heraufkam.

»Du heiratest also das bayrische Schaf, was?« Max war so taktlos wie immer.

»Hast du was dagegen?«

»Gar nicht. Sie ist genau die Richtige für dich. Mein Geschmack ist sie natürlich nicht. Dafür ist sie zu …« Er wedelte mit der Hand, als versuchte er, das passende Wort aus der Luft zu schnappen.

»Anständig?«, schlug Franz mit beißender Ironie vor.

»Vorhersehbar.«

Es sollte eine Beleidigung sein, aber Franz ging nicht darauf ein. Stattdessen legte er seinem Bruder eine Hand auf die Schulter und sagte: »Erzähl mir mehr von deiner Reise.«

Max sah ihn mit hochgezogenen Augenbrauen an. »Bei deinen Truppen ist alles in Ordnung. Und das Reich …« Max wurde plötzlich so lebhaft, wie Franz ihn schon lange nicht mehr gesehen hatte. Er ging zwei Stufen hinauf, um mit

Franz auf gleicher Höhe zu sein. »Unser Reich ist wirklich aufregend. Die Menschen sind so bunt und vielartig.«

»Das freut mich zu hören.«

»Aber eins haben alle gemeinsam.« Max' Stimme hatte jetzt etwas plump Vertrauliches, und er sah dem Bruder direkt in die Augen. »Keiner mag dich.«

Franz konnte seinen Ärger und die Gefahr körperlich spüren. Das war nichts Neues. Er wusste, wie unbeliebt er war. Das Messer an seinem Hals hatte es ihn spüren lassen. Auch die aufgebrachte Menge bei der Hinrichtung. Kaum war eine Gefahr gebannt, entstanden tausend neue, und die Messer wurden bereits in dunklen Gassen gewetzt.

Als Franz nichts sagte, versuchte Max es mit: »Das sollte ein Witz sein, Franz.« Aber das stimmte nicht. »Im Ernst, Franz, ich mache mir Sorgen. Wir sind nicht beliebt. Besser gesagt: *Du* bist nicht beliebt.«

Franz' Herz schlug schneller, und sein Hals wurde eng.

»Die herrschende Vorstellung ist, dass Mutter alle Entscheidungen trifft und du dir vor Angst vor den Franzosen und Russen in die Hose machst. Aber keine Sorge. Ich habe allen gesagt, dass du schon seit Jahren nicht mehr in die Hose machst.«

»Danke, Maxmilian. Es reicht.« Franz hatte genug von Max' kindischem Humor. Genug von Gerüchten, Meinungen und Drohungen, die ihm schon bekannt waren. Derlei wollte er schon gar nicht von jemandem hören, der eigentlich sein Verbündeter sein sollte.

Aber Max gab keine Ruhe. »Die Leute sagen, du hättest keine Visionen.«

Das saß. Franz hatte sehr wohl Visionen. Er brauchte lediglich Zeit, um herauszufinden, wie er Habsburgs alte

Größe wiederherstellen könnte und welche Schritte er zuerst einleiten sollte. Wenn es so weit war, würden die Menschen begreifen, wie tiefgründig seine Visionen waren.

Max senkte den Blick. »Aber was verstehe ich schon davon? Ich bin ja nur eine dekorative Marionette.« Er ging weiter und warf diese letzte Bemerkung über die Schulter, als spielte sie keine Rolle. »Sag Bescheid, wenn ich wieder irgendwo eine Scheune einweihen soll.«

Vor wenigen Wochen hatte ihre Mutter Franz gebeten, Max an den Hof zurückzuholen. *Er schädigt unseren Ruf*, hatte sie gesagt und verlangte von Franz, dem Bruder Einhalt zu gebieten und ihn in die Regierungsgeschäfte einzubinden. Seither hatte Franz begriffen, wie recht sie hatte. Er glaubte aber nicht, dass es reichte, Max Aufgaben zuzuweisen, denn der nahm diese Aufgaben nicht ernst. Das war gefährlich. Genau wie seine Art, sich Feinde zu machen. Diese Feinde konnten zu Rebellen werden. Fern des Hofes konnte Max größeren Schaden anrichten als zu Hause, wo Franz ein Auge auf ihn haben konnte. Franz hatte beschlossen, die Gefahr, die von Max ausging, ganz in seiner Nähe zu halten.

Er überbrückte die Distanz zwischen ihnen mit einem einzigen Satz. »Ich möchte, dass du mit mir nach Wien kommst.«

Max drehte sich um und sah Franz forschend an, um zu sehen, ob es ein Scherz sein sollte.

»Als mein Berater«, sagte Franz.

Zum ersten Mal in seinem Leben war Max sprachlos.

»Ich brauche jemanden, dem ich trauen kann.« Natürlich traute Franz seinem Bruder *nicht*. Dafür war er zu impulsiv und hartherzig. Und er genoss es, andere zu verletzen. Franz traute auch nicht dem Lächeln, das sein Bruder jetzt aufsetzte. Ein verschlossenes, allenfalls amüsiertes Lächeln.

»Ich werde darüber nachdenken«, erwiderte Max. Jetzt hatte sein Lächeln etwas Triumphales, denn er konnte nicht verbergen, dass er sich genau das immer gewünscht hatte.

Er ging weiter die Treppe hinauf, während Franz in die Eingangshalle zurückging. Eigentlich wusste er gar nicht, wohin er wollte. Irgendwohin, wo er seine Frustration loswerden konnte, ohne dabei beobachtet zu werden.

EINUNDZWANZIG

In der Villa war es unerträglich heiß. Ganz besonders in dem schweren schwarzen Kleid. Und noch mehr, wenn Elisabeth sich vorstellte, mit ihrer aufgeregten Schwester und Mutter im selben Zimmer zu sein. Also schlich sie sich in ein leeres Zimmer und legte sich auf den kühlen Holzfußboden.

Hier kam sie wieder zu Atem.

Niemand sonst war in diesem Teil der Villa. Keine Schritte waren zu hören, keine Stimmen. Nur Vogelgezwitscher vor dem offenen Fenster.

Es war ein ereignisreicher, überwältigender Tag gewesen. Elisabeth sehnte sich nach der Stille einer Wildblumenwiese, eines Bergpfads, nach einem Ort, an dem sie ihre Gedanken sammeln konnte. Aber sie war in der Villa gefangen und musste mit dem leeren Zimmer und dem Fußboden vorlieb nehmen. Sie fuhr mit den Händen über die Kerben im Holz.

»Ist Ihnen nicht gut?«

Elisabeth erschrak und drehte den Kopf.

Franz stand über ihr; seine Miene war undurchdringlich. Elisabeth setzte sich auf, und vor Scham wurden ihre

Wangen wieder ganz heiß. Warum erwischte er sie immer in ihren unwürdigsten Momenten?

»Nein, ich … ich meine: doch.«

»Aber was machen Sie da?« Er klang neugierig, nicht ablehnend.

»Es ist so heiß, und der Fußboden ist schön kühl.«

Einen Moment lang stand Franz reglos da. Dann ließ er sich zu Elisabeths Überraschung nieder und setzte sich neben sie. Von so Nahem konnte sie sehen, wie sich seine Haare hinter den Ohren kräuselten, wie akkurat sein Bart geschnitten war, das kleine Grübchen an seinem Kinn. Sie hätte ihn den ganzen Tag anschauen können.

Er legte sich hin, genau wie sie vorher, und faltete die Hände auf dem Bauch. Seine Arme lagen nur Zentimeter neben Elisabeths. Auch Elisabeth legte sich wieder hin. Beide betrachteten jetzt die reich bemalte Zimmerdecke. Der Hintergrund war hellblau, und darauf tollten Drachen umher, als flögen sie in einem echten Himmel. Ihre geschwungenen Schwänze waren pfeilspitz. Die Flügel schwangen in alle Richtungen, manche klein wie die eines Vogels, andere reptilartig wie Klauen geformt.

»Sie haben recht«, sagte Franz. »Es *ist* schön kühl.« Er sprach ganz sanft. Es klang intim, aber nicht fordernd. Genau so, wie Elisabeth von einem Mann angesprochen werden wollte.

Sie drehte den Kopf und sah, dass er sich ihr bereits zugewandt hatte. Und sie genauestens betrachtete. Ihre Gesichter lagen nah beieinander, ihre Schultern noch näher. Noch nie hatte Elisabeth den Schwung seiner Lippen so deutlich gesehen, und wenn sie gewollt hätte, hätte sie seine Wimpern zählen können. Ihr Herz begann, schneller zu schlagen, und ihre Haut erhitzte sich trotz des kühlenden Fußbodens.

»Ich habe gehört, was Sie beim Mittagessen zu meinem Bruder gesagt haben.«

Elisabeth setzte sich auf. »Tut mir leid. Manchmal kann ich einfach nichts dagegen tun.«

»Wogegen können Sie nichts tun?« Franz' Mundwinkel zuckten, und ein Funkeln lag in seinen Augen, als auch er sich aufsetzte.

Elisabeths Herz schlug immer schneller. Sie hatte ihn also nicht verärgert.

»Dass ich sage, was ich denke.« Nun ja, das stimmte nicht ganz, denn sonst hätte sie jetzt über seine Augen gesprochen und gesagt, dass sie freundlich, ernst und tiefgründig waren, alles zugleich. Und sie hätte gesagt, dass ihr die Art, wie er am Morgen im Garten gelacht hatte, das Gefühl gab, ihn gut zu kennen. Sie hätte ihm gebeichtet, dass er ihr wie der Protagonist eines Heldengedichts vorkam, die Sorte Mann, von dem sie gern … geküsst würde. Ein gefährlicher Gedanke. Unerwartet. Beunruhigend. Aufregend.

»Vielleicht können Sie es mir beibringen«, sagte er. »Ich könnte Nachhilfe im Aussprechen meiner Gedanken gebrauchen.«

Elisabeth lachte. Wie hatte sie nur glauben können, dass er genauso arrogant wie die ihr bekannten Herzöge war? Im Gegensatz zu ihnen war er bescheiden, kannte seine Grenzen und wollte dazulernen.

Franz hielt ihren Blick fest. »Sie haben da etwas im Haar.«

Seine Hand kam zu ihr herüber, und jetzt konnte Elisabeth ihn sogar riechen: Nelken und Kardamom und etwas Erdiges, wie nach einem Frühlingsregen. Sie bekam Gänsehaut an den Armen und hoffte, er hörte nicht, wie sie nach Luft schnappte, und spürte nicht, wie elektrisiert sie war.

Noch nie hatte sie sich so *ganz* gefühlt, noch nie hatte ihre Haut so gekribbelt, ihr Herz so geklopft. Als sei sie vorher ein bloßer Schatten gewesen, der erst durch Franz' Berührung zum Leben erweckt wurde. Nicht einmal die Schuldgefühle gegenüber Helene konnten den Sturm besänftigen, den Franz' Finger in ihr entfachten.

Behutsam teilte er Elisabeths Haare und holte die geflochtene Strähne von Puck hervor. Ihr Souvenir, das für Freiheitsdrang, Freundschaft und Liebe stand. Für die Berge. Und Abenteuer. Für Wind im Gesicht und einen schnellen Ritt in der freien Natur.

»Das sind nicht meine Haare«, sagte sie nach einer Weile. »Ich habe sie nur eingeknüpft.«

»Wem gehören sie dann?«, fragte Franz beinahe zärtlich.

»Puck. Damit ich nicht vergesse, wie er war.«

Franz sah sie fragend an.

»Mein Pferd«, sagte Elisabeth mit einem Lächeln, in dem die Atemlosigkeit dieses Augenblicks und die Traurigkeit, die ihm folgen würde, lagen.

Franz lächelte zurück, und seine Mundwinkel zuckten auf eine Art, mit der sich Elisabeth vertraut zu fühlen begann. Als teilten sie ein Geheimnis, so wie Elisabeth es sich immer gewünscht hatte.

ZWEIUNDZWANZIG

Ein Pferd. Kein Mann, ein Pferd. Vor Freude und Erleichterung wurde Franz beinahe schwindelig. Er hatte es gewagt, ihren Hals zu berühren, er hatte gesehen, wie sie die Lippen öffnete. *Die* zu berühren, hatte er nicht gewagt. Aber eines Tages …

Seine Mutter hätte eine Menge dagegen; er verbannte sie aus seinen Gedanken.

»Sagen Sie bloß nicht, ich sei verrückt«, sagte Elisabeth. »Das höre ich schon viel zu oft.«

Jetzt schlug Franz das Herz schneller. Er wusste nur zu gut, wie es sich anfühlte, wenn man fürchtete, verrückt zu werden. Und Elisabeth schien zu wissen, wie es sich anfühlte, wenn man dessen beschuldigt wurde. War sie jemand, dem er sich anvertrauen durfte? War es das, was sein Herz ihm sagen wollte? Erkannte es, dass er bei Elisabeth in Sicherheit war?

Sie legte den Kopf auf die Seite, sodass ihr die geflochtenen Zöpfe über die Schulter fielen. Dort saß ein kleines Muttermal, das Franz gern geküsst hätte.

Er mahnte sich, nichts zu überstürzen, sondern es erst einmal mit einem kleinen Geheimnis zu versuchen. Nicht um sie, sondern sich selbst auf die Probe zu stellen. Brachte er es über sich, ihr etwas zu offenbaren?

»Einmal habe ich Max verprügelt und ihm dabei einen Zahn ausgeschlagen. Diesen Zahn habe ich aufbewahrt. Ist das verrückt?« Das stimmte zwar, war aber nichts Wichtiges. Nicht annähernd so wichtig wie das, was er ihr eigentlich erzählen wollte. Er hielt den Atem an, als er auf ihre Reaktion wartete.

Dann kam sie: ein Lächeln. Strahlend und betörend.

»Komplett verrückt«, sagte sie schalkhaft.

Beide lachten, und ihr Lachen mischte sich mit dem Vogelgezwitscher vor dem Fenster. Dann griff Elisabeth zu ihm hinüber, und er fragte sich, ob sie spürte, wie der Atem in seiner Lunge gefror.

Doch es war nicht *er*, nach dem sie griff, sondern die ewig präsente Narbe, die bis über seinen Hemdkragen reichte. Alarmiert hob er die Hand, griff nach ihrer und zog sie fort.

»Tut es noch weh?«, fragte Elisabeth so zärtlich, dass Franz das Herz aufging.

Er hatte nie zugelassen, dass jemand die Narbe berührte oder ihn auch nur daran erinnerte. Aber jetzt, bei ihr … Er wünschte, er hätte ihre Hand nicht fortgezogen. Wünschte, dass sie ihm mit den Fingern über den Hals strich, auch unter dem Kragen. Dieser Teil von ihm, die ständige Erinnerung an die Gefahr, in der er schwebte – plötzlich wünschte er, genau dort berührt zu werden. Elisabeths Zärtlichkeit zu spüren. Sie zu genießen. Die Hitze des Lebens zu spüren, nicht die Kälte des Todes.

Aber all das durfte er nicht empfinden und denken. Wenn er hierblieb, würde er sie küssen. Und dann wäre er nicht besser als Max, der Frauen küsste, die nicht für ihn bestimmt waren.

»Nein, es tut nicht mehr weh.« Franz seufzte, griff sich an die Narbe und stand auf.

Auch Elisabeth stand auf.

»Ich danke Ihnen für …« Franz überlegte, wie er fortfahren sollte, aber ihm fiel nichts ein. Stattdessen verbeugte er sich. »Es war sehr … interessant.« Er hätte sich ohrfeigen können, weil er sich so reserviert gab. Er hatte ihr so viel zu sagen und sagte doch so wenig.

Noch als er sich zum Gehen wandte, spürte er ihre Gegenwart. Sie sah ihm hinterher, mit all ihrer Energie, ihrem Feuer und ihrem Freiheitsdrang.

DREIUNDZWANZIG

Helene hatte das Gefühl, der Dreh- und Angelpunkt des ganzen Tages war das Esszimmer. Erst das lange Mittagessen, dann der Spaziergang und nun wieder das Esszimmer für Kaffee und Kuchen mit ihrer Mutter, Sophie und Sisi, die erst gekommen war, als ihre Mutter einen Diener losgeschickt hatte, um sie aufzuspüren, wo auch immer sie sich versteckt haben mochte. Helene probierte ein Törtchen und war von der zitronigen Geschmacksexplosion in ihrem Mund überrascht. Genauso überraschte es sie, dass sie sich gleich besser fühlte. Vielleicht war ihr nur wegen der Hitze so elend gewesen und weil sie viel zu wenig gegessen hatte. Beim Mittagessen war sie zu nervös gewesen, um mehr als ein paar Bissen hinunterzubekommen.

Jetzt entspannte sich ihr ganzer Körper. Von der anderen Seite des Tisches lächelte Sophie zu ihr herüber. Ihre Mutter war ungewöhnlich ruhig. Ab und an beugte sie sich zu ihrer Schwester hinüber und tätschelte ihr die Hand. Abseits gesellschaftlicher Anlässe und damit einhergehender Formalitäten schienen die beiden sich näherzustehen, als Helene gedacht hatte.

Sogar Sisi benahm sich. Zufrieden beobachtete Helene,

wie ihre Schwester ganz still dasaß, die Beine an den Knöcheln gekreuzt, und an ihrem Kaffee nippte.

Nachdem ein paar Höflichkeiten getauscht worden waren, kam Sophie unverblümt auf den Punkt und fragte Helene: »Wie war es mit Franz?«

»Sehr nett, Majestät.«

»Und was hältst du von ihm?«

»Er ist ein ehrbarer, freundlicher Mann, Majestät.«

»Das ist er.« Sophie war anzusehen, wie stolz sie war. »Der folgsamste meiner Söhne.«

Helene nahm an, dass sie ihn mit Max verglich, Sisis Komplizen bei der unschönen Szene während des Mittagessens. Oder ihr Gegner. Helene wusste es nicht. Sie hatte die beiden in den Gärten zusammen gesehen, ziemlich eng beieinander und offenbar in bestem Einverständnis. Sie hoffte, Sisi würde sich an diesem Wochenende endlich verlieben, aber dass es ausgerechnet Max sein sollte, machte ihr Sorgen. Er war genauso impulsiv wie Sisi. Sisi brauchte jemanden, der sie zähmte und nicht ihre Zügellosigkeit unterstützte.

»Wie hat Helene dem Kaiser gefallen?«, platzte Sisi jetzt heraus, und Helene blieb die Luft weg. Sie war sich nicht sicher, ob sie die Antwort hören wollte.

Sophie sah Sisi mit hochgezogenen Augenbrauen an. *Was für eine impertinente Frage*, schien sie zu denken. Und das war es. Dann machte sie eine wegwerfende Handbewegung. »Du weißt ja, wie die Männer sind. Sie sprechen nicht über ihre Gefühle, es sei denn, sie gehören zu der poetischen Sorte. Und das tut Franz ganz gewiss nicht.«

Helene war enttäuscht. Alles wäre so viel einfacher, hätte Franz seiner Mutter erzählt, dass ein Funken übergesprungen war.

»Entspricht alles deinen Erwartungen?«, fragte Sophie Helene.

Helene zögerte. Sollte sie sich zurückhalten oder Sisis Beispiel folgen und sagen, was sie wirklich dachte? Sie entschied sich für den Mittelweg. »Ich muss gestehen, Hoheit, dass ich mir seiner Gefühle genauso ungewiss bin wie Sie.«

Sophie streckte die Hand über den Tisch und drückte Helenes. »Keine Sorge, liebe Helene. Der Junge wird tun, was man ihm sagt. Das tut er immer. Außerdem wächst die Liebe erst mit der Zeit.«

»Und von Sorgen bekommt man Falten«, fügte Helenes Mutter wenig hilfreich hinzu.

»Dabei weiß jeder, dass Falten das Schlimmste sind, was man bekommen kann«, flüsterte Sisi kaum hörbar.

Ihre Mutter jedenfalls schien es glücklicherweise nicht gehört zu haben, denn sie sah ungerührt ihre Schwester an, als diese weitersprach.

»Sei nicht zu bescheiden, Helene. Du bist ein wunderschönes Mädchen, anmutig und wohlerzogen, wie deine Mutter es uns versichert hat. Es gibt absolut keinen Grund, warum Franz sich nicht in dich verlieben sollte.«

Das war der Trost, den Helene brauchte. Sie hing Sophies Worten nach, und ihr Herz weitete sich bei dem Gedanken, dass die Liebe nicht mehr lange auf sich warten lassen würde.

Nach dem Kaffeetrinken war Helene unerwarteterweise allein in ihrem Gästezimmer, das sie mit Sisi teilte, und es war schön, ihre Mutter einmal nicht um sich zu haben. Vor dem Spiegel der Frisierkommode machte sie ihre Zöpfe auf und ließ die Haare locker herunterfallen. Die Spannung in ihrer Kopfhaut ließ nach. Das schwache Licht einer Lampe schmeichelte ihrem Gesicht, ließ ihre Haare und Augen weicher erscheinen.

In diesem Moment schien alles viel einfacher zu sein. Nachdem sie eine Weile ihren Gedanken nachgehangen hatte, konnte sie ihr Spiegelbild ganz entspannt ansehen. Sie hatte sich ganz unnötige Sorgen gemacht und war Sisis romantischen Fantastereien auf den Leim gegangen – Liebe auf den ersten Blick, Wogen der Leidenschaft, von denen man erfasst wurde. Darüber hatte sie ihre eigenen Überzeugungen vergessen.

Es spielte keine Rolle, ob Franz sich auf den ersten Blick in sie verliebte. Sie hatte von Anfang an recht gehabt: Die Liebe war wie ein Baum, den man pflanzte und pflegte und dem man geduldig beim Wachsen zuschaute. Die Woge, von der man erfasst wurde, war die Pflicht. Was man der Welt und der eigenen Familie schuldete. Das war es, was einem den Boden unter den Füßen wegziehen konnte.

Sie wusste, dass ihr nächstes Gespräch mit Franz einfacher sein würde. Besser. Sie würde ruhiger sein. Und sie würden einander auch im Schweigen finden. Sie konnte es sich vorstellen: Sie würde beim Tee sitzen, die Füße unter ihrem rosa-weißen Spitzenumhang gekreuzt. Endlich war die fehlende Truhe angekommen. Eine Schärpe aus gesticktem Weinlaub würde ihre schlanke Taille umspielen, und sie würde die silberne Halskette tragen, die ebenfalls die Form einer Weinrebe hatte.

Franz würde sich zu ihr setzen und sie so freundlich wie immer anschauen. Abseits jeder Realität waren sie in Helenes Vorstellung allein. Niemand würde von einem Gartenweg aus zu ihnen herüberschauen, niemand ihr Gespräch unterbrechen. Ihr wurde erst jetzt klar, wie sehr diese Dinge zu dem Druck beitrugen, den sie empfand. Nicht Franz, sondern Sophie und ihre Mutter setzten sie unter Druck. Um sie stolz zu machen, gab sie sich so viel Mühe.

Helene ging zum Bett hinüber, legte sich hin und schloss die Augen. Sie stellte sich vor, wie sie eine Hand auf Franz' legte, als er sich auf der Couch neben sie setzte. »Ist etwas nicht in Ordnung, Hoheit?« Eine so forsche, direkte Frage zu stellen, würde ihr Herzklopfen bereiten.

»Sind Ihr Herz und Ihr Kopf je miteinander im Krieg gelegen?«, würde der Franz, den sie sich vorstellte, zurückfragen.

Sie würde leise und ganz natürlich auflachen. »Jeden Tag.«

Er würde eine Augenbraue heben. »Und was tun Sie dagegen?«

Sie würde kurz überlegen, was sie sagen sollte. Als Sisi in den Fluss gefallen war, hatte sie beschlossen, erwachsen zu werden. Sie hatte sich für ihren Kopf und gegen ihr Herz entschieden. Und genau das würde sie wieder tun, hier in Bad Ischl. Die richtige Entscheidung treffen, egal was sie empfand. Egal wie lange es dauern würde, bis sich überhaupt Gefühle einstellten.

»Ich fürchte, ich halte es mit der Logik, Hoheit.«

»Bitte nenne mich Franz.« Was für ein Gefühl, wenn er das sagte! »Und dann erkläre mir, was du mit Logik meinst.« Die Vorstellung, er könnte sie nach ihrer Meinung fragen, sie um Rat bitten!

»Das Herz ist ein wankelmütiger Geselle.« Genau das würde sie zu ihm sagen.

Er würde nachdenklich nicken. »Danke, süße Helene. Das habe ich gebraucht.«

Helene schlug die Augen auf, kehrte in die Realität zurück. Sie lächelte. So, genau so sollte sich ihre Beziehung anfühlen. Ungezwungene Gespräche in einem sonnendurchfluteten Zimmer, zwei Menschen, die entschlossen waren, das Richtige zu tun – und dabei die Liebe finden würden. So würde es sich von jetzt an anfühlen.

Helenes Gedanken wanderten weiter, zu der anderen intimen Sache, die ihnen bevorstand. Franz, der in Wahrheit noch besser aussah als auf dem Porträt, würde mehr tun, als sie nur zu umschwärmen. Sie stellte sich seine Lippen vor und strich sich mit den Fingern über ihre eigenen. Sie war noch nie geküsst worden, konnte es sich aber vorstellen: Haut an weicher Haut und ein Gefühl, das sich, von den Lippen ausgehend, bis in ihr Herz ausbreiten würde. Es musste elektrisierend sein.

Sie strich sich weiter über die Konturen ihres Gesichts, die empfindsame Haut des Halses hinunter, übers Schlüsselbein bis zu den nur von einem dünnen Nachthemd bedeckten Brüsten. Wie würde es sich für ihn anfühlen, wenn er das Gleiche tat? Sie merkte, wie sich ihre Brustwarzen versteiften und ein aufregendes, Furcht erregendes Verlangen aus ihrem Unterleib aufstieg.

Unwillkürlich begann sie zu zittern. Es würde nicht mehr lange dauern, bis Franz sie auf diese Weise berührte und ihr klar wurde, wohin diese Gefühle und Sehnsüchte, diese Tagträume und Vorahnungen führten.

VIERUNDZWANZIG

Als es sich gegen Abend abkühlte, schlich Elisabeth barfuß in den Garten, spürte die von der Sonne erwärmten Steine und schaute in das Laub der Bäume, das gegen die Abendsonne viel dunkler wirkte. Geißblatt aromatisierte die Luft. Die untergehende Sonne tauchte den Garten in sanftes Licht.

Sie streckte die Hand zu den Büschen auf ihrer Rechten aus und fuhr durch das perfekt gestutzte Grün, ging weiter und atmete tief ein und aus. Endlich, endlich hatte sie Zeit zum Nachdenken. Die Anspannung des Tages fiel von ihr ab.

Beim Kaffeetrinken hatte sich bestätigt, was Elisabeth schon früher gehört hatte: Sophie war die wahre Macht hinter dem Thron. Franz würde tun, was man von ihm verlangte. Eine schmerzhafte Erkenntnis. Genauso bedrückend wie das Gefühl, das sie beschlichen hatte, als sie Sophie zum ersten Mal gesehen hatte, im Treppenhaus, zusammen mit ihren Söhnen. Die Jungen waren ihr wie Grashalme vorgekommen, Sophie wie ein starker Wind, der sie beugte. Die Herzogin war die Schachmeisterin, alle anderen ihre Spielfiguren.

Aber das ist in Ordnung, sagte sie sich. Sogar richtig. Franz war ein Gentleman und für Helene bestimmt. Hier, im kühlen, stillen Garten, konnte sie ihren Gefühlen freien Lauf lassen. Die Hände öffnen und wegfliegen lassen, was immer es war, das da zwischen ihr und Franz entstanden war. Wie den kleinen Vogel, als er wieder zu sich gekommen war. Sie hoffte, dieses Etwas, das sie davonfliegen ließ, würde in Helenes Herz landen.

Sie folgte einer Wegbiegung, bis die Villa nicht mehr zu sehen war. Stattdessen kam der kleine Flusslauf in Sicht, den sie am Nachmittag überquert hatten. Sie hockte sich ans Ufer und tauchte die Finger in das klare kalte Wasser.

»Guten Abend.«

Sie erstarrte. Das konnte doch nicht wahr sein! Gerade hatte sie ihre Gedanken von ihm befreit. Und jetzt war er schon wieder da, und ihr war, als hätten ihre Gefühle mitten im Flug die Richtung geändert und wären zurückgeflogen, um sich auf ihre Schulter zu setzen.

»Sie!«, sagte sie etwas dümmlich, stand auf und drehte sich zu ihm um.

»Ja, ich.« Einladend zeigte er auf den Gartenweg. »Würden Sie ein wenig mit mir spazieren gehen?«

Sie kannte die richtige Antwort, entschied sich aber doch für die falsche. »Selbstverständlich, Majestät.«

»Was führt Sie in den Garten?« Aufmerksam beobachtete er sie, während sie losgingen. Elisabeths Füße drückten sich in weiches Moos und raue Steine, sie hörte seine Sohlen auf dem gepflasterten Weg.

»Ich bin es nicht gewohnt, den ganzen Tag Menschen um mich zu haben. Manchmal ist mir die Gesellschaft von Bäumen lieber. Und was führt Sie hierher?«

»Ich muss nachdenken. In der Villa sind zu viele Menschen, und manche von ihnen scheinen mehr Platz zu beanspruchen als andere.«

Elisabeth lächelte und glaubte zu wissen, dass ihre Mutter einer davon war. Wahrscheinlich auch Max. Und das bisschen Luft zum atmen, das Franz noch blieb, wurde von den Erwartungen, die der Hof an ihn hatte, womöglich auch noch erstickt.

»Sie bevorzugen also die Stille?«, fragte er nach einer Weile.

»Manchmal.«

»Rede ich jetzt auch zu viel?«

Er wirkte nervös, und ohne zu überlegen, was sie da tat, legte Elisabeth ihm eine Hand auf den Arm. »Nein, gar nicht. Ich mag es, wenn Leute die Wahrheit sagen.«

Durch seinen Ärmel konnte sie seine Wärme spüren, und ihre eigene Haut wurde davon ganz warm. Sie merkte, dass sie errötete, und zog ihre Hand weg.

»Und wenn ich jetzt die Wahrheit sage?«

Elisabeths Herzschlag schien kurz auszusetzen. Dann sagte Sie: »Bitte, nur zu.«

»Manchmal wünschte ich, ich könnte einfach fortgehen, die Welt bereisen wie mein Bruder. Keine Entscheidungen. Keine Sorgen. Freiheit. Niemand, der etwas von mir erwartet. Niemand kommt zu Schaden, weil ich eine falsche Entscheidung getroffen habe.«

Elisabeth war überrascht. Sie hatte sich nicht klargemacht, wie schwer es sein musste, Kaiser zu sein. Wenn man Entscheidungen treffen musste, von denen das Volk satt wurde oder hungerte, die ihm ein Leben in Freiheit oder Knechtschaft bescherten.

»Würden Sie die Kaiserwürde niederlegen, wenn Sie könnten?«

Ohne zu zögern schüttelte er den Kopf. »Nein, ich möchte ein guter Kaiser sein. Ich möchte Veränderungen herbeiführen. Aber ich wünschte, ich hätte beides – die Verantwortung eines Kaisers *und* eine Stunde am Tag nur für mich.«

Gerührt sah Elisabeth ihn an. Sie wünschte ihm von Herzen, dass er beides miteinander vereinen konnte. Wünschte, sie könnte diejenige sein, die ihm half, seine Verpflichtungen für eine kurze Zeit zu vergessen.

Wie gerne würde sie die Stelle küssen, an der sein Kinn in den Hals überging, und mit dem Finger über die Linie zwischen seinem Kinn und dem Ohr streichen. Diese Gedanken kamen ihr, ohne dass sie es wollte, und wenn Elisabeth nicht schon errötet wäre, würde es spätestens jetzt passieren. Sie musste damit aufhören. Warum spielte ihr Herz ihr schon wieder Streiche?

»Könnte ich Ihnen Flügel geben, würde ich es tun«, sagte sie.

»Aber wir haben keine Flügel, noch können wir fliegen. Wir haben jedoch Füße, mit denen wir klettern und wandern können«, sagte Franz in Anlehnung an ein Gedicht, das er liebte, und er sagte es hauptsächlich zu sich selbst.

Elisabeth klappte der Mund auf, und sie konnte ihr Staunen nicht verbergen. »Sie haben Longfellow gelesen?« Hatte der Kaiser gerade auf ihr Lieblingsgedicht angespielt? Das konnte nicht wahr sein. Genauso gut hätte er ihr direkt in die Seele blicken können, um nachzusehen, was darin zu finden war. Gedichte und Flügel, Natur und Sehnsucht, Wahrheit in Reime verpackt.

»Ich lese ihn, wenn ich das Bedürfnis habe, einen Sinn im Leben und der Welt zu finden.«

Elisabeth war sprachlos.

»Ist das töricht?« Er blieb an einer kleinen gusseisernen Bank stehen und forderte Elisabeth mit einer Geste auf, sich mit ihm hinzusetzen.

»Nein, es ist das Beste, was man tun kann«, sagte sie leise und fragte sich beinahe im selben Moment, ob das zu ehrlich war. »Jedenfalls wünsche ich mir einen Kaiser, der das tut.«

Er war sichtlich überrascht. »Ich habe in der Poesie nie etwas Wichtiges für das Kaiserreich gesehen. Ich beschäftige mich nur aus Freude damit.«

»Was soll für ein Kaiserreich denn wichtig sein, wenn nicht die Poesie?«

Franz überlegte, dann sagte er: »Stärke.«

»Poesie ist Stärke.«

Er lächelte, seine Mundwinkel gingen nach oben, und der Schein einer Gartenleuchte spiegelte sich in seinen Augen. »Sie haben mir eine Lektion im Aussprechen der Wahrheit versprochen. Sagen Sie mir doch bitte: Wenn man sich behaupten will, gegen die Wünsche eines anderen – woher weiß man dann, dass man im Recht ist?«

»Das weiß man nie.« Elisabeth zuckte mit den Schultern.

»Aber als Kaiser muss man es wissen.«

»Aber wenn auch der Kaiser nur ein Mensch ist, kann er es nicht.«

»Sie scheinen sich ja sehr sicher zu sein.«

»Ich bin mir nicht sicher, aber ich lasse mich nicht von anderen verbiegen. Und wenn ich nicht ausspreche, was meine Wahrheit ist, wird man mich verbiegen.«

»Sie meinen also, dass es einem verdammt egal sein sollte, was andere davon halten, wenn man sich durchsetzt, weil niemand anders das Recht hat zu entscheiden, wer und wie man ist?«

Elisabeth lachte. Er ließ es so einfach klingen, dass ihr das Herz leicht wurde. Es war das erste Mal seit Langem, dass jemand ihre eigenen Überzeugungen so klar formulierte. Das erste Mal seit Monaten, dass jemand sie wirklich verstand. Wie aufregend!

»Sie sind auf dem besten Weg dahin, wenn Sie schon *verdammt* sagen können.«

Er lachte wieder, und es ging ihr unter die Haut.

FÜNFUNDZWANZIG

Wäre es doch nur Elisabeths anstelle von Helenes Porträt, das in Franz' Schlafzimmer stand! Wie einfach alles sein könnte, wären Pflichterfüllung und seine tiefste Sehnsucht miteinander vereinbar! Wie viel einfacher sein Leben ohne den Kampf in seinem Herzen und die Kämpfe an den Grenzen des Reichs wäre!

Wieder war er Elisabeth zufällig begegnet, und in seinem tiefsten Herzen glaubte er, dass Zufall und Schicksal gar nicht weit auseinanderliegen. Wäre es wirklich so schlimm, wenn er sie statt Helene zur Frau nähme? Wenn er die Pläne seiner Mutter durchkreuzte? Das Einzige, was passieren würde, wenn er dieses eine Mal seine eigene Entscheidung träfe, konnte doch nichts anderes als Freude sein! Pure Freude. Lachen.

Es war lange her, dass jemand ihn daran erinnert hatte, wer er eigentlich war. Schließlich war er nicht nur Kaiser, sondern auch Franz. Der Franz, der bei Kerzenlicht Gedichte las und bis spät in die Nacht darüber nachdachte, wie er die Dinge zum Besseren wenden könnte. Dieser Franz war verschwunden, seit Sorgen, Gefahren und endlose Verpflichtungen überhandgenommen hatten. Seit ihm klar geworden war, welche desaströsen Konsequenzen sein Handeln haben konnte.

Was würde aus ihm, wenn er der Liebe zu Elisabeth den Vorzug gab? Was, wenn er es nicht tat?

Er ging auf den Hintereingang der Villa zu, als Max plötzlich neben ihm stand, eine Zigarette in der Hand. »Ein nächtlicher Spaziergang im Garten, Bruder? Das sieht dir gar nicht ähnlich.«

Wie konnte Max so etwas sagen? Er liebte nächtliche Spaziergänge, aber das wusste Max offenbar nicht. Er war im Laufe des Jahres, in dem das Haus Habsburg immer mehr unter Druck geraten war, ja kaum zu Hause gewesen. In diesem Jahr hatte Franz diese nächtlichen Spaziergänge schätzen gelernt.

Franz presste die Lippen zusammen. Er hätte gern gefragt, was Max um diese Uhrzeit hier draußen trieb, aber die Antwort wäre wahrscheinlich etwas Verbotenes. Und wenn Franz ihn nicht durch Fragen zu einem Gespräch ermunterte, würde er ihn vielleicht zufrieden lassen.

Doch sein Bruder hüpfte einen Schritt voraus, drehte sich dann um und ging rückwärts weiter, von Angesicht zu Angesicht mit Franz. »Lass uns über etwas anderes als deine Spaziergänge sprechen. Ich schlage vor: Helenes Schwester. Ich wette, sie liebt genauso leidenschaftlich, wie sie jemanden beim Mittagessen zurechtweist.«

Franz sagte nichts. Seine Miene verhärtete sich, und all seine Hoffnungen schwanden dahin. Hatte Max sie zusammen gesehen? Wenn ja, wäre es Munition für ihn. Er würde sein Wissen benutzen, um Franz wehzutun. Er würde ihm drohen, das Geheimnis auszuplaudern, falls er nicht dieses oder jenes bekäme, oder er würde es herausposaunen, um mit ein, zwei Sätzen die Pläne aller anderen zunichte zu machen.

Doch dann wurde ihm plötzlich klar, dass es nicht um ihn ging, sondern um Max selbst. Er hatte es genossen, als Elisabeth ihm beim Mittagessen Paroli bot.

»Deine Braut mag ja so tugendhaft sein, wie alle behaupten, aber mit ihrer Schwester scheint man allerlei anstellen zu können, wenn man sie für sich allein hat.« Max grinste, Franz hingegen wurde noch ernster.

Nicht, dass er nicht schon selbst daran gedacht hätte. Er hatte sich vorgestellt, wie es sich anfühlte, sie zu küssen, ihr mit dem Finger über den Hals zu streichen, seine Lippen auf ihre Schulter zu drücken. Aber davon, dass Max die gleichen Fantasien hatte, wurde ihm übel.

»Lass sie zufrieden, Max.«

Max warf die Hände in die Luft. »Das würde ich ja gern, aber ich glaube, ihre Mutter hat sie extra mitgebracht, damit auch sie einen Mann findet.«

»Du kannst die Schwester der Frau, die Mutter zur Kaiserin erwählt hat, nicht in einen Skandal verwickeln.«

»Wer spricht denn von einem Skandal? Vielleicht heirate ich sie. Werde endlich anständig.«

Franz ballte die Fäuste. »Spiel nicht mit ihr, Max.«

»Warum ist dir das so wichtig?« Max sah den Bruder forschend an.

»Weil du uns alle zum Narren machst. Du bist ein Habsburger. Die Regeln gelten auch für dich.«

»So wie du? Wie erklärst du das Louise?«

Franz biss sich auf die Lippen. Eine diskrete Affäre war etwas anderes als hundert nicht so diskrete Affären, und das wusste Max genau.

Als Franz nichts sagte, fuhr Max fort: »Du kriegst alles, was du willst, Regeln hin oder her. Habsburg. Erst Isabella, dann Louise. Mutter schenkt dir ihre ganze Aufmerksamkeit. Vater hat zu deinen Gunsten abgedankt. Was willst du denn noch? Die Regeln, die eigentlich für alle gelten sollten, machen einen großen Bogen um dich, und du merkst es nicht einmal. Also erzähl du mir nichts von Regeln. Mir bleibt nichts anderes übrig, als sie zu brechen.«

Es war zum Lachen, wenn Max glaubte, dass Franz über den Regeln stünde. Insbesondere weil Max derjenige war, für den Regeln immer außer Kraft gesetzt wurden. Ihre Mutter sah ihm alles nach, auch wenn er die ganze Familie mit seinen unverschämten Kommentaren und zahllosen Affären schlecht aussehen ließ. Ihre Mutter vergab ihm selbst dann, wenn sich adlige Familien, deren Unterstützung sie brauchten, seinetwegen von ihnen abwandten.

Franz zwang sich, die Stimme nicht zu erheben, als er zum eigentlichen Thema zurückkehrte. »Wenn du Elisabeth nicht um deiner Familie willen zufrieden lässt, dann, weil du jetzt ein kaiserlicher Berater bist. Es ist die Position, die du immer haben wolltest. Jetzt hast du sie. Und größere Macht bei Hofe ist mit größerer Verantwortung verbunden.«

Es war nur die halbe Wahrheit. Max sollte Elisabeth nicht zufrieden lassen, weil er Franz' Berater war, sondern weil er gefährlich war. Elisabeth hatte etwas Besseres verdient. Sie verdiente jemanden, der sie liebte. Jemanden wie … Franz.

Die Wahrheit drängte sich ihm immer deutlicher auf, aber er versuchte, sie zu ignorieren.

SECHSUNDZWANZIG

Helene lag schon im Bett, als Sisi ins Zimmer kam. Die Haare offen, der Körper befreit vom Korsett. In der Hoffnung auf eine kühle Brise waren die Fenster geöffnet. Helene lag auf dem Rücken und starrte an die dekorativ bemalte Zimmerdecke. Was war dort in Gold dargestellt? Ein Drache, ein Baum oder eine Frau? Vielleicht alles drei, je nachdem, in welchem Winkel man hinaufschaute.

»Ich finde, er sieht viel besser aus als auf dem Bild«, sagte Helene, als Sisi zu ihr ins Bett kam. Helenes Kopf lag auf dem Kissen, Sisis am Fußende. »Findest du nicht auch?«

Sisi antwortete nicht.

Helene klopfte der Schwester mit einer Hand aufs Bein. »Was ist los? Hörst du mir überhaupt zu?«

»Ja, natürlich.« Sisi setzte sich auf, drehte sich um und schmiegte sich an Helene. Sie hatten oft so dagelegen. Es war ein schönes Gefühl, beinahe tröstlich.

»Ich kann kaum abwarten, dass es Morgen wird.« Helene dachte an den Tagtraum von vorhin, der sich so real angefühlt hatte, so stimmig. Sein Heiratsantrag würde alles ändern, da war sich Helene inzwischen sicher. Ihr Zusammensein würde nicht mehr so distanziert sein, so unbeholfen. Vielmehr würde er sich ihr öffnen. Sie wünschte es sich so sehr. »Ich glaube, ich kann ihn lieben, Sisi.« Sie probierte aus, wie es sich anfühlte, wenn sie es laut aussprach. »Ist das nicht ein großes Glück?«

Schweigen. Helene war drauf und dran, den Mut zu verlieren. War Sisi anderer Meinung? Helene wünschte sich so sehr, dass sie sagte: *Ja, Helene, deine Mühe wird sich auszahlen, ganz bestimmt.* Schließlich hatte Sisi gesagt, sie werde eine gute Kaiserin abgeben, und das wollte sie jetzt noch einmal hören.

Sisi drückte das Gesicht in Helenes Haare und küsste sie auf den Kopf. Das war ganz schön, aber weit entfernt von der Begeisterung, auf die Helene hoffte.

»Wo warst du überhaupt schon wieder?«

»Nirgendwo«, erwiderte Sisi leise.

»Glaubst du immer noch, dass ich eine gute Kaiserin abgeben werde?«, fragte Helene und wünschte, sie bräuchte diese Bestätigung nicht. Wünschte, ihre Hoffnungen wären nicht so zerbrechlich.

»Natürlich. Du bist dafür gemacht.« Sisi sagte, was sie sollte, aber ihr Herz war ganz woanders. Und Helene merkte es. Das tat weh.

»Lieber ich als du, stimmt's?« Helene versuchte, Nähe herzustellen und Sisi in ein Gespräch hineinzuziehen.

Sisi wurde ganz steif. »Was soll das heißen?«

O nein! Hatte sie etwas Kränkendes gesagt? Sie versuchte zu erklären, was sie meinte. »Du hast doch selbst gesagt, dass du nie weißt, was man bei Hofe sagen darf und wie man sich zu benehmen hat.«

»Das ging Maria Theresia aber nicht anders.«

Helene drehte sich zur Schwester um.

»Maria Theresia war vierzig Jahre lang Königin und hat sich nie um Benimmregeln geschert«, fuhr Sisi fort.

»Da hast du wohl recht«, gab Helene zu und fragte sich, wohin dieses Gespräch wohl führen sollte.

»Es heißt, sie ist durch die Korridore geritten. Sie machte, was sie wollte.«

»Ich weiß, Sisi. Wir haben dieselben Bücher gelesen.«

»Ich heiße *Elisabeth*«, sagte sie scharf.

Helene nahm zur Kenntnis, dass sie diesen Spitznamen ab sofort genauso wenig benutzen durfte wie ihre Mutter. Das tat weh. Wieder war eine Mauer zwischen ihnen errichtet worden, und das ganz unerwartet. Helene wusste nicht, was sie falsch machte.

»Tut mir leid … Elisabeth.«

»Schon gut.« Die Schwester drehte sich zum Nachttisch und löschte das Licht.

»Alles in Ordnung mit dir?«, flüsterte Helene in die Dunkelheit.

»Alles bestens.«

»Ich wollte nicht sagen, dass du keine gute Kaiserin wärst.«

»Ich weiß.«

Helene schaute in den Sternenhimmel vorm Fenster. Was hatte ihre Schwester nur? Vielleicht war ihr der ganze Besuch hier zu viel. Es war Helenes Idee gewesen, sie mitzunehmen. Aber vielleicht wäre sie lieber zu Hause geblieben.

Dann wurde ihr klar, dass es die Bemerkung über das Kaiserinsein war, die Elisabeth verstimmt hatte. Wie konnte sie, Helene, so gedankenlos sein? Wenn sie darüber sprach, Kaiserin zu werden, sagte sie im selben Atemzug, dass sie Elisabeth verlassen würde. Sie hatte der Schwester noch gar nicht gesagt, dass sie sie für immer mit nach Wien nehmen wollte. Elisabeth kannte ihre Pläne nicht. Dieser Gedanke erleichterte Helene, zugleich aber hatte sie ein schlechtes Gewissen. Elisabeth musste furchtbar traurig sein, und sie, Helene, plapperte einfach fröhlich drauflos, über ihre Hoffnungen, ihr neues Leben, und machte damit alles nur noch schlimmer. Natürlich würde Elisabeth sie vermissen, denn sie liebte ihre Schwester trotz allem immer noch.

Helene sagte nichts mehr. Für den Moment überließ sie Elisabeth ihren Gefühlen. Vielleicht konnten sie morgen über eine gemeinsame Zukunft in Wien sprechen. Und vielleicht würden sich beide dann wieder wohler fühlen.

SIEBENUNDZWANZIG

Helene schlief, aber Elisabeth war hellwach und träumte vor sich hin. Im Mondlicht saß sie auf der Fensterbank und schrieb ein Gedicht.

Denkst du der Nacht noch im leuchtenden Saal?
Lang, lang ist's her …
Wo sich zwei Seelen getroffen einmal,
Wo unsre seltsame Freundschaft begann.
… dafür gab ich der Seele Licht, Freund,
Mehr als ein Freund,
Ja, das war mehr!

Leise klopfte es an der Tür, überraschend um diese späte Zeit. Elisabeth setzte den Bleistift ab und war noch so in die Worte, die Bilder, die Gefühle des Gedichts vertieft, dass ein zweites Mal geklopft wurde, ehe sie begriff, dass sie reagieren musste. Sie glitt von der Fensterbank, ging an die Tür und öffnete sie einen Spalt breit.

Der Diener, der dort stand, verbeugte sich. »Würden Sie mir bitte folgen, Herzogin?«

»Ich?« Waren es Schmetterlinge, die plötzlich in ihrem Bauch flatterten? »Warum denn?« Durfte sie dem Diener überhaupt folgen? Würde sie keinen Ärger bekommen, wenn sie mitten in der Nacht ihr Zimmer verließ? Andererseits: Durfte sie Nein sagen? War es vielleicht ihre Mutter oder Sophie, die sie rufen ließ? War einer von beiden etwas passiert? Und wenn es das nicht war – wohin wurde sie dann geführt? Welches Abenteuer erwartete sie?

Sie schaute sich zu Helene um, die immer noch fest schlief, und traf eine Entscheidung. Ob es nun erlaubt war oder nicht – keiner würde merken, dass sie nicht in ihrem Zimmer war. Sie würde dem jungen Mann folgen und erfahren, worum es ging.

Vorsichtig und geräuschlos machte sie die Tür ganz auf und folgte dem Diener in den dunklen Korridor. Ihre nackten Füße bewegten sich lautlos über den glatten Holzfußboden, aber alles war so still, dass die Geräusche ihres schwingenden Nachthemds zu hören waren. Elisabeth fragte nicht, wohin sie gingen, und mit jedem Schritt wurde sie neugieriger. Als der Diener in den Villentrakt einbog, der allein der kaiserlichen Familie vorbehalten war, erhöhte sich ihr Puls, und aus Neugier wurde Hoffnung.

Noch einmal um die Ecke, noch ein Bogengang, dann führte der Diener sie durch weiße, mit goldenen Weinreben und grünem Weinlaub beschnitzte Türen. Ein eleganter Raum lag vor ihr, mit tiefroten und gelben Tapeten und hohen Balkontüren, die zu dem von Elisabeth so geliebten Springbrunnen hinausgingen. Dann sah sie … Franz.

Er stand am Fenster, den Blick zu den Sternen erhoben, mit dem Rücken zu ihr. Diese breiten Schultern, diese welligen Haare hatte sie genau genug betrachtet, um sie sofort wiederzuerkennen, sogar aus ihrem jetzigen Blickwinkel. Er war so zwanglos gekleidet wie bei ihrer ersten Begegnung: weißes Hemd mit hochgeschlagenem Kragen, Hosenträger, eine schwarze Hose.

»Ihre königliche Hoheit, die Herzogintochter«, sagte der Diener und verbeugte sich, als Franz sich umdrehte. »Und der Champagner, Majestät.«

Ein Schauer lief Elisabeth über den Rücken. Champagner. Franz. Es war wie der Traum einer Nacht, die einen zu Poesie und Kunst inspiriert. Und dennoch war es gefährlich. Wegen so einer Nacht konnte Elisabeth ins Narrenhaus gesperrt werden, und so eine Nacht konnte auch Helenes Zukunft zerstören.

»Auf Ihre Gesundheit«, fuhr der Diener fort. »Ich wünsche eine gute Nacht.« Dann verließ er den Raum.

Elisabeth hatte die Arme um den Körper geschlungen, als müsse sie sich selbst Halt geben. »Sie haben mich also zu so später Stunde holen lassen, um mit mir Champagner zu trinken?«

Sie war froh, dass ihre Stimme nicht zitterte, obwohl ihr das Herz bis zum Hals schlug. Mitten in der Nacht hatte er sie rufen lassen. Das musste etwas zu bedeuten haben, sie wusste nur nicht, was.

»Ich habe Geburtstag«, sagte Franz, als erklärte das alles.

»Herzlichen Glückwunsch, Majestät.«

In der Ferne schlug eine Uhr Mitternacht.

»Habe ich Sie geweckt?« Franz kam auf sie zu, und wieder konnte sie seinen Duft riechen – Erde nach einem Frühlingsregen und Nelken.

»Nein. Ich bin nachts oft wach.«

»Das überrascht mich nicht.«

»Warum nicht?«

»Ich kann mir nicht vorstellen, dass Sie mehr als ein paar Minuten am Tag schlafen. Sonst würde Ihnen zu viel entgehen. Und Sie würden der Welt entgehen.«

Elisabeth entspannte sich ein wenig. Es stimmte, dass sie nach dem Leben lechzte wie die Wüste nach Regen. Deswegen schlief sie so wenig wie möglich. Keinen neuen Stern, der am Himmel aufging, wollte sie verpassen. Auch keinen Sonnenaufgang.

»Aber ich wundere mich, warum Sie noch nicht schlafen«, sagte sie. »Ich nehme an, dass man sich manchmal vom Regieren ausruhen muss.«

Sie schien einen wunden Punkt getroffen zu haben, und ihm war anzusehen, dass er mit sich kämpfte. Dann sagte er: »Ich schlafe nicht viel wegen der … Albträume.«

»Albträume?«

»Von …« Franz ließ den Satz unvollendet, legte aber eine Hand an den Hals, wo die Narbe aus seinem Kragen lugte, und machte auf diese Weise klar, was er meinte.

»Wollen Sie darüber sprechen?«

»Sie werden mich für verrückt halten.«

»Na, dann passen wir ja gut zusammen, denn mich hält man auch für verrückt.«

Franz' Schultern wurden lockerer. Er zeigte auf das Sofa, und sie setzten sich, nur Zentimeter voneinander entfernt. Und als könne er nicht länger zurückhalten, was ihn seit Monaten quälte, quoll alles aus ihm heraus – Albträume, Ängste, Gefahren. Er sprach von Schweißausbrüchen und Schreien, einer Düsternis, die seine Visionen trübte, von einem Körper, der sich selbstständig zu machen schien und den er nicht kontrollieren konnte. Elisabeth wünschte eine Schutzmauer aus Mitgefühl um ihn errichten zu können, um einen Mann, der so vieles gleichzeitig war: ein starker Kaiser, ein heimlicher Liebhaber der Poesie, eine verletzliche Seele.

»Und jetzt, hier mit mir, sind Ihr Körper und Ihre Seele beide anwesend?«, fragte sie.

»Vollkommen.«

Das anschließende Schweigen hatte etwas Intimes und raubte Elisabeth beinahe den Atem. Ihr Blick suchte den seinen. Doch dann schob sich plötzlich Helenes schlafendes Gesicht dazwischen, und sofort bekam sie wieder Schuldgefühle. Sie besann sich. *Du darfst das nicht.* Abrupt stand sie auf, und Franz tat es ihr gleich. »Ich muss zurück, bevor sie merkt, dass ich weggegangen bin. Ich hätte nicht kommen dürfen.«

Sie wollte sich zur Tür umdrehen, aber Franz' Stimme ließ sie innehalten.

»Bleib.« Es klang wie ein Befehl, aber es war eine Bitte. »Ich bitte dich.« So viel Sehnsucht in so kurzen Wörtern. Und so viel Ungesagtes dazwischen.

Sie sah ihn an. Er verdiente die Wahrheit. »Ich habe versprochen, an diesem Wochenende nichts durcheinanderzubringen.«

»Dafür ist es zu spät«, sagte Franz leise.

Er war ihr jetzt ganz nah, und sie sahen einander in die Augen. Noch ein Schritt, und sie könnte ihn berühren, seine starken Muskeln unter ihren Händen spüren.

Aber sie war hin- und hergerissen. Unbändige Freude und Schuldbewusstsein kämpften miteinander. Was würde aus ihrer Schwester? Was aus dem Versprechen, das sie gegeben hatte? Ihre Füße waren drauf und dran, in ihr Zimmer zurückzukehren, aber ihr Herz ließ sie stehen bleiben.

»Ich muss gehen, Majestät.«

»Können wir nicht Du sagen, Elisabeth?«

Ihr Name in seinem Mund – Elisabeth wusste nicht, wie ihr geschah.

Er reichte ihr das Champagnerglas, das sie bisher ignoriert hatte. »So heißt du doch, oder?«

Sie nahm das Glas, war sich aber nicht sicher, ob sie es festhalten konnte. »Ja. Ich bin aber schon lange nicht mehr so genannt worden.«

Sie nippte an dem Champagner. Es hieß, Champagner trinken sei wie Sternschnuppen verschlucken, und sie verstand jetzt, warum. Vor allem wenn sie beim Champagnertrinken in die Augen des Mannes schaute, der ihr gegenüberstand. Dann setzte sie ihr Glas ab und er seins.

»Du hast mich heute an etwas erinnert«, sagte er. »An den Mann, der ich war, bevor ich Kaiser werden musste.«

»Und wie war dieser Mann?«

»Lebendig.« Sein Lächeln war groß, und er hielt nichts zurück.

Wie gern Elisabeth es ihm gleichtun wollte. Aber der Gedanke an Helene zerrte immer noch an ihr, und so schüttelte sie kaum sichtbar den Kopf, als Franz ihr näher kam. »Nein. Das dürfen wir nicht. Du heiratest meine Schwester. So ist es doch ausgemacht worden.«

Trotzdem rührte sie sich nicht vom Fleck. So wenig wie sie ihre Schwester ignorieren konnte, konnte sie ihr eigenes Herz ignorieren.

Franz sah ihr forschend ins Gesicht. »Aber ich will dich.«

Ganz einfache Worte, aber doch unmöglich!

Er fuhr fort: »Mein ganzes Leben lang wurde mir gesagt, was ich tun und lassen soll.«

Wie sich das anfühlte, wusste Elisabeth nur zu gut. Klein gemacht zu werden, Ecken und Kanten abgeschliffen zu bekommen. Tu dies, lass das! Einfach unerträglich. Und jetzt erzählte der Kaiser ihr, dass er das Gleiche erleiden musste.

Auch seine nächsten Worte waren ein Echo ihrer Empfindungen. »Ich kann das nicht mehr.«

Genauso erging es ihr. Sie ähnelten sich so sehr, dass einer des anderen Spiegelbild zu sein schien.

»Seit Monaten bin ich innerlich tot. Aber seit du da bist, habe ich plötzlich Lust, meinen Geburtstag zu feiern.«

»Du kennst mich doch gar nicht.« Einerseits stimmte das, aber andererseits auch nicht. Obwohl sie so wenig Zeit miteinander verbracht hatten, kannte er sie wirklich. Kannte sie so genau, wie es kaum möglich erschien.

Er nahm die Herausforderung an. »Du sagst die Wahrheit, auch wenn kein anderer es tut. Und du siehst die Dinge anders als andere.«

Elisabeth wurde ganz warm ums Herz. Sie hatte sich immer gewünscht, dass jemand einmal genau das zu ihr sagen würde. Dass ihre Ehrlichkeit und ihre Wahrnehmung liebenswert waren, nichts, was man ihr abgewöhnen musste. Dass ihre Sensibilität charmant war, nicht irritierend.

»Ich brauche jemanden wie dich.«

Sie sog diese Worte ein. Jemanden wie sie. Kein *Behalte deine weibischen Ansichten für dich, Sisi.* Kein *Du sollst nicht barfuß gehen, Sisi.* Kein *Tu gefälligst, was ich sage, nicht was du willst, Sisi.* Sie hätte weinen mögen – und lachen zugleich. Sie hatte ihre große Liebe gefunden, das wusste sie jetzt. Ihr war, als könne sie fliegen, und zugleich wusste sie, dass sie eine Grenze überschritt und damit jemanden verletzte. Aber das konnte sie nicht verhindern.

»Du bist nicht, wie ich erwartet habe«, flüsterte sie. »Du siehst aus wie ein Soldat, aber innen drin bist du ganz anders.«

»Meinst du: schwächer?« Sein Lächeln verschwand.

»Nein, stärker.«

Er schaute ihr in die Augen, und ihr schien das Herz kurz stehenzubleiben, als er eine Hand hob und ihr sanft, so sanft über Wangen und Hals strich. Unwillkürlich schloss sie die Augen und gab sich ganz seiner Berührung hin. Es war, was alle Poesie versprach: Feuer und Eis, Tränen und Gesang. Unbändiges Glück und ein zarter Schmerz.

Dann küsste er sie, die Hände an ihrem Gesicht. Seine Lippen waren weich und warm. Sie drückte sich an ihn, öffnete den Mund, erwiderte den Kuss. Seine Finger gruben sich in ihre Locken.

Ihr war, als flöge sie davon, zugleich schien sie zu versinken. Sie war ein Sturm, eine Meereswoge, erhob sich in die Lüfte, sank in die Tiefe und war verloren.

Doch nein. *Nein!*

Helene! Sie schadete Helene!

Elisabeth zog sich zurück und versuchte, nicht in Tränen auszubrechen. Sie wusste, wenn sie ihn noch einmal ansähe, seinen Schreck, seine Sehnsucht, sein Unverständnis sähe, würde sie es nicht über sich bringen, zu gehen.

Also drehte sie sich auf der Stelle um und verließ den Raum, das Gesicht eine Maske der Verzweiflung.

ACHTUNDZWANZIG

Der Kuss bedeutete ihm alles. Diese Nacht bedeutete ihm alles. *Sie* bedeutete ihm alles.

Sie hatte ihn erkannt, ihm in die Seele geschaut, und was sie gesehen hatte, fand sie *stark*. Er hatte ihr die Wahrheit gesagt, und das hatte sie angezogen, nicht abgestoßen.

So hatte er sich noch nie gefühlt.

Doch dann war sie gegangen, und er wusste, warum. Nicht seinetwegen, sondern wegen ihrer Familie. Wegen der Pflichten, die andere ihr auferlegten.

Sie war so wunderschön gewesen: die vom Küssen geröteten Lippen, Wangen und Hals ebenfalls gerötet, die strahlenden Augen, die lockigen Haare.

»Du heiratest meine Schwester«, hatte sie gesagt. Wusste sie denn immer noch nicht, dass das keine Rolle mehr spielte? Nichts spielte mehr eine Rolle, nichts außer dem Moment, in dem sie einander gesehen und erkannt hatten.

Dennoch war sie gegangen. Er hatte sie aufhalten wollen, doch sie hatte sich ihm entzogen.

Jetzt schaute er ihr nach, wie sie den Korridor entlanglief und sich immer weiter entfernte. Die Haare, die ihr über den Rücken fielen, schaukelten im Takt ihrer Schritte. Ihre nackten Füße lugten unter ihrem dunkelblauen Nachthemd hervor. Natürlich war sie wieder einmal barfuß, der Erde so nah wie möglich.

Er trat in seine Gemächer zurück und zog die Schuhe aus, um die Füße an den warmen Holzfußboden zu drücken. Er schloss die Augen und wünschte, wenn er das Gleiche spürte wie sie, würden sie einander nah bleiben. Dann legte er sich sogar auf den Fußboden, strich mit den Fingern darüber und dachte an den Nachmittag zurück. Wie früher als kleiner Junge handelte er impulsiv und nahm alles um sich herum ganz bewusst war. Das orangefarbene Licht des Wandleuchters. Den glatten Fußboden. Den Duft von Zitronen.

Er war innerlich tot gewesen, und sie hatte ihn ins Leben zurückgeholt. Alles war grau gewesen, und sie hatte die Farben zurückgebracht.

Aber dass sie gegangen war …

Würde sie wirklich ignorieren, was da zwischen ihnen war, die spürbare Verbindung? Wenn sie auch nur halb so viel fühlte wie er, würde sie das nicht können.

Oder doch?

NEUNUNDZWANZIG

Beim Einschlafen dachte Franz noch einmal an den Kuss und wachte später mit einem Albtraum auf. Das Messer war an seinem Hals. Er lag schreiend am Boden, doch er bekam kaum einen Ton heraus. Sein Herz schlug gegen seinen Brustkorb, als wollte es seinem gequälten Körper entfliehen. Er zitterte vor Kälte, und mit jeder Bewegung schossen ihm, ausgehend von der Wunde am Hals, Schmerzen durch den ganzen Körper.

Nein, nein, *nein*! Er wollte nicht sterben. Um ihn herum wurde alles dunkel, seine Arme und Beine schienen zu vereisen. Seine Wangen wurden heiß von seinen Tränen, und seine Schreie zerrissen seinen Körper.

Er war wach und doch nicht wach, wusste, dass alles nicht real und er gar nicht mehr *dort* war. Er schlug die Augen auf und sah die silbernen Vorhänge vom Baldachin seines Betts herunterhängen, die dunkelblaue Zimmerdecke mit den aufgemalten silbernen Sternen. Immer noch spürte er das kalte, scharfe Messer am Hals. Seine Lippen wurden taub, sein Hals ganz eng.

Du bist nicht dort, Franz. Du bist hier. In Sicherheit.

Ein unerträglicher Druck lastete auf seiner Brust – das unsichtbare Entsetzen über ein beinahe verlorenes Leben. Er konnte es körperlich spüren. Er ballte die Hände zu Fäusten und öffnete sie wieder. Erleichtert stellte er fest, dass er sich bewegen konnte, und grub sich die Fingernägel in die Handflächen, um sich zu vergewissern, dass er am Leben war.

Seine Wangen schmerzten. Im Schlaf musste er sich wieder gebissen haben, als er zu schreien und wegzulaufen versuchte. Auch sein Kiefer schmerzte. Er drehte sich vom Rücken auf den Bauch und drückte das Gesicht ins Kopfkissen, um seinen Schrei zu ersticken. Vorm Schlafengehen war er so glücklich gewesen, und jetzt … fand er sich in der Hölle wieder.

Er schlug mit der Faust auf die Matratze. Das ging nun seit Monaten so. Wann würde es endlich aufhören?

Er hatte sich so verstanden gefühlt, als er Elisabeth von den Albträumen erzählt hatte, aber jetzt zog er das alles in Zweifel. Albträume schienen nicht so schlimm zu sein, wenn man sie selbst nicht erlebte. Wenn man nicht derjenige war, der schweißgebadet, schreiend und mit wundgekauten Wangen aufwachte. Was dachte er sich nur? Sollte Elisabeth jede Nacht neben ihm aufwachen und ihn so sehen? Er konnte doch nicht von ihr verlangen, ein solches Leben zu führen!

Er atmete in das Kissen, drückte die verschwitzte Stirn in den weichen Stoff und roch die Lavendelessenz, mit der seine Diener die Laken parfümierten. Wann würde sein Herz aufhören zu rasen?

Als ihm wieder einfiel, dass er heute Geburtstag hatte, entfuhr ihm ein Laut – eine Mischung aus verächtlichem Lachen und verzweifeltem Schluchzen. Heute sollte er seine Verlobung mit Helene bekanntgeben. Letzte Nacht war er sich sicher gewesen, dass sich dieser Plan, diese Pflicht erledigt hatte. Doch dann war Elisabeth fortgegangen, und zwar genau wegen dieses Plans und seiner Pflicht. Das Haus Habsburg war in Dinge verstrickt, die größer und wichtiger waren als diese merkwürdig magische Verbindung zwischen Elisabeth und ihm. Es gab gute Gründe, warum er sein Herz nicht irgendeiner Frau schenken durfte. Die Wahl einer Kaiserin und die Erziehung eines Thronfolgers konnten über Aufstieg und Fall eines Kaiserreichs entscheiden. Die drohenden Gefahren für das Reich konnten nicht mit Gedichten und verliebten Blicken abgewendet werden. Jederzeit konnte ein Krieg ausbrechen, ob man es wollte oder nicht.

Die Zuneigung, die Elisabeth und er füreinander empfanden, würde von den äußeren Umständen erstickt werden. *Sie* würde erstickt werden. Insofern hatte sie letzte Nacht vollkommen recht gehabt. Es war richtig gewesen, dass sie ihn an sein Heiratsversprechen gegenüber Helene erinnert hatte, dass sie fortgegangen war und ihn daran gehindert hatte, dem Kuss noch mehr folgen zu lassen.

Die Welt, in der er lebte, war sein Albtraum. Der Kuss dagegen war nur ein Traum.

Franz begriff, dass er nicht beides haben konnte.

DREISSIG

Elisabeth wünschte, sie hätte Franz eher kennengelernt. Vor den Herzögen und Grafen. Vor dem Brief, den Helene und nicht sie bekommen hatte. Vor all den Abmachungen, Erwartungen und der Drohung mit einer Einweisung ins Narrenhaus.

In der Nacht, als Helene neben ihr schlief, hatte sie in ihr Tagebuch geschrieben:

Zu spät, zu spät sind wir begegnet
Uns auf des Lebens Dornenpfad;
Zu weit schon hat uns fortgetragen
Der Zeiten unaufhaltsam Rad.
Zu spät hat deiner tiefen Augen
Magnet'scher Blick auf mich geschaut,
Selbst unter diesen warmen Strahlen
Hat's starre Herz nicht mehr getaut.

Dann war sie auf dem Bauch eingeschlafen, den Kopf auf das aufgeschlagene Tagebuch gelegt. Das Gedicht galt einem Freund, der mehr war als das.

Jetzt war ein neuer Tag. *Der* Tag. Franz würde seine Verlobung mit Helene verkünden. Es war das Ende von etwas, das gerade erst begonnen hatte. Elisabeth wünschte, ihre Kleider wären gestern nicht angekommen, denn Trauerkleidung zu tragen, erschien ihr passender.

Sie hoffte, man könne ihr ihre Gefühle nicht ansehen, als sie im Ankleidezimmer stand und zuschaute, wie Helene die letzte Anprobe ihres Festkleids über sich ergehen ließ. Der lachsrosa Stoff ließ viel von ihren blassen Schultern sehen, Ärmel und Rock waren bezaubernd gebauscht. Helene sah in diesem Kleid strahlend schön aus, und wenn Franz ihr den Antrag machte, würde sie nur noch mehr strahlen.

Elisabeth wünschte, es wäre anders, und zugleich hasste sie sich dafür. Schließlich war sie hier, um ihre Schwester zu unterstützen. Stattdessen wünschte sie ihr eine Niederlage, denn heimlich hoffte sie immer noch, dass Franz Nein sagen würde. Nein zu seiner Mutter, Nein zu den vereinbarten Hochzeitsplänen. Aber Ja zu etwas Unmöglichem: einem Leben mit Elisabeth. Ja zu etwas, das Elisabeth noch vor wenigen Stunden selbst abgelehnt hatte.

Die Schneiderin hatte letzte Hand an Helenes Kleid gelegt und den Saum begradigt. Jetzt trat sie einen Schritt zurück. Helene drehte sich um sich selbst und ließ ihre Röcke schwingen. In dem halben Dutzend Spiegeln um sie herum sah es aus, als drehte sich eine ganze Gruppe Ballerinen im Tanz.

»Sehr schön!« Ihre Mutter war sichtlich zufrieden. »Du bist so schlank geworden. Das steht dir gut.«

Helene lächelte, senkte den Blick und schaute dann zu Elisabeth auf. »Wie sehe ich aus?«

Sie war so voller Hoffnung, dass es Elisabeth wehtat und ihre Schuldgefühle wieder aufflammten. Ihre Schwester brauchte eine Vergewisserung, aber sie, Elisabeth, hatte ihren Zukünftigen erst vor wenigen Stunden geküsst. Sie hatte ihn nicht nur geküsst, sondern begehrt. Helene würde sehr enttäuscht sein, nein, nicht nur enttäuscht, sondern erschüttert. Was sollte sie bloß sagen? Sie versuchte zu lächeln.

»Traumhaft schön, Néné.« An die Schneiderin gewandt fragte sie: »Bekomme ich auch noch eine Anprobe?«

Wenn sie schon nicht haben konnte, was sie sich am meisten wünschte, wollte sie wenigstens so gut wie möglich aussehen, während sie ihren Traum zerrinnen sah. Nachdem die Verlobung verkündet wäre, würden sie abreisen. Elisabeth würde sich etwas einfallen lassen, um bei Helenes Hochzeit nicht dabei sein zu müssen. Oder in der Zwischenzeit wenigstens dafür sorgen, sich Franz aus dem Kopf zu schlagen. Zu vergessen, wie ihr Herz geklopft hatte, wie offen und ehrlich sie gewesen war und wie sehr Franz genau das geschätzt hatte.

Sie wusste, dass sie sich etwas vormachte. Dass sie ihn nie vergessen würde. Aber immerhin könnte sie Haltung wahren und eine gute Figur machen, während das Unvermeidliche seinen Lauf nahm.

Ihre Mutter sah sie anerkennend an, Helene überrascht. Die Schneiderin bedeutete Elisabeth mit einer Geste, dass sie vor den großen Spiegel treten sollte.

Zum ersten Mal im Leben ließ sich Elisabeth ankleiden, ohne zu protestieren. Der Blick in den Spiegel war überaus zufriedenstellend: Sie sah wunderschön aus. Ihre Lippen waren rot geschminkt, das stahlblaue Kleid schmeichelte ihren Kurven. Ihrer Mutter gegenüber würde sie jedoch niemals zugeben, dass sie vielleicht gar nicht so falschlag, wenn sie Kleider und Frisuren so wichtig fand. Aber sie verstand jetzt, warum Helene Prozeduren mit Haarnadeln, Gesichtsbehandlungen mit Rosenwasser und Haarwäschen mit rohen Eiern immer klaglos über sich ergehen ließ.

Auf Befehl hob sie die Arme, drehte sich nach links und rechts und ließ ihre Röcke schwingen. »Was meint ihr?«

»Spatz würde sagen, du siehst aus wie eine gute Fee«, sagte Helene, als die Schneiderin noch einmal über Elisabeths eng geschnürte Taille und den blauen Stoff strich.

Oder eine Sirene, dachte Elisabeth bitter. Eine Verführerin, die den zukünftigen Mann ihrer Schwester übers Meer zu sich rief.

EINUNDDREISSIG

Helenes Kleid lag kühl und federleicht auf ihrer Haut. Wenn sie sich drehte, schimmerte und funkelte der Stoff. Noch nie hatte Helene sich mit ihrer schlanken Figur, den goldblonden Haaren so schön gefühlt wie in diesem Kleid, ergänzt von tropfenförmigen Ohrringen, die ihre Wangen umspielten. Mit diesem Kleid, dieser Schönheit würde sie den nächsten Samen pflanzen, aus dem Liebe erwuchs. Vielleicht stand schon jetzt der entscheidende Moment bevor, in dem sich Franz in sie verlieben würde.

Widerstrebend zog sie das Kleid wieder aus, aber nach der Anprobe bestanden die Friseure darauf, dass sich die Schwestern bis auf die Unterröcke auszogen, damit die Kleider nicht zerknittert wurden. Dann saßen sie in schlichtem weißem Leinen zurückgelehnt auf Stühlen, von Dienerinnen umschwirrt, die ihnen die Haare kämmten, flochten, lockten und jede einzelne Strähne an der richtigen Stelle feststeckten.

Es hatte alle überrascht, dass auch Elisabeth diese Prozedur über sich ergehen lassen wollte und nicht einmal zuckte, wenn besonders fest an ihren Haaren gezogen wurde. Helene schöpfte Hoffnung und glaubte, Elisabeth sei bereit, ihre Rolle als Schwester der zukünftigen Kaiserin anzunehmen. Und selbst wenn dieser Sinneswandel darauf beruhen sollte, dass Elisabeth Gefühle für den unberechenbaren Max entwickelte, überwogen Helenes Hoffnungen.

Voller Zuneigung drückte sie Elisabeth die Hand. Sie hatten noch nicht über Wien gesprochen, aber jetzt freute Helene sich auf das Gespräch. Als Kaiserin war es ihr bestimmt erlaubt, ihre Schwester zur Hofdame zu machen. Vielleicht war das die Lösung schlechthin, denn wenn Bad Ischl Elisabeth dazu brachte, beim Frisieren stillzuhalten, würde sie am Wiener Hof wahrscheinlich lernen, größere Verantwortung zu übernehmen. Von Glanz und guten Manieren umgeben zu sein, war etwas anderes, als nur darüber zu lesen und in einem sterilen Schulzimmer Benimmregeln zu lernen. Ihre Mutter würde Elisabeth auch nicht mehr mit dem Narrenhaus drohen, wenn Helene dafür sorgen konnte, dass Elisabeth keinen Unfug anstellte.

Zuerst musste Helene natürlich ihre Mutter und Sophie fragen, aber dann könnte sie mit Elisabeth darüber sprechen, und alles würde gut.

Ihre Mutter verließ das Ankleidezimmer, um ein vergessenes Band aus der Truhe zu holen, und Helene wandte sich scherzhaft an Elisabeth.

»Du solltest dich öfter frisieren lassen. Zum ersten Mal dieses Jahr, wenn wir drei zusammen waren, hat Mutter sich keinen Sherry bringen lassen.«

»Oder behauptet, dass sie von innen verblutet«, ergänzte Elisabeth. »Aber vielleicht gönnen wir ihr zu viel Ruhe. Da ich heute ganz friedlich bin, solltest du etwas unternehmen, um ihr Magengeschwür zu reizen. Einem Stalljungen zuzwinkern oder so.«

Helene kicherte und sagte frecher als seit Langem: »Vielleicht lasse ich vor dem Essen ein Stück Bein sehen.«

Es war schön, so ungezwungen mit Elisabeth zu sprechen. Die Spannungen der letzten Monate lösten sich immer mehr und schienen ganz zu verschwinden. Auch die Vorstellung, die Schwester in Wien an ihrer Seite zu haben, war schön. Jeden Tag könnten sie sich frisieren lassen und miteinander scherzen. Es wäre das ideale Leben. Helene sah es förmlich vor sich.

ZWEIUNDDREISSIG

Als Sophie kam, um Franz zu wecken, war er bereits aufgestanden. Halb angezogen stand er am Fenster und schaute in die Gärten, über denen noch der Morgennebel hing. Von dem Albtraum waren seine Glieder noch bleischwer, seine Gedanken düsterer denn je. Es war dumm, zu glauben, etwas so Zerbrechliches und Erfüllendes wie seine Gefühle für Elisabeth könnte sich gegen die harsche Realität behaupten.

»Neuerdings bist du ein Frühaufsteher«, sagte Sophie und trat zu ihm ans Fenster.

»Ich hatte einen Albtraum.« Es war ein ganz einfacher Satz und zugleich ein Geständnis, das sein Blut in Wallung brachte.

Sophie machte eine wegwerfende Handbewegung. »Heute findet deine Verlobung statt, mein Lieber. Kein Tag, um Träumen nachzuhängen.«

Sie begriff nicht, dass der Albtraum und die Angst immer noch präsent waren. Genau wie der Verlust, den er letzte Nacht erlitten hatte. Und wenn er schon den einzigen Menschen aufgeben musste, der ihn verstand, brauchte er jemanden, der es wenigstens versuchte.

Er setzte noch einmal an. »Es war mehr als ein Traum, Mutter. Es geht um das Attentat und …«

Sophie schnitt ihm das Wort ab. Mit vollkommen veränderter Stimme fuhr sie ihn an: »Darüber haben wir oft genug gesprochen. Die Männer wurden bestraft, sie sind tot. Es hat keinen Sinn, noch länger über ihre Taten nachzudenken. Das hast du nicht nötig, Franz. Du musst mehr Stärke zeigen.«

So einfach ging sie über ihn hinweg und machte ihn mundtot. Er hatte ihr noch nicht einmal von den Panikattacken und Erinnerungen erzählt, die ihn immer wieder überfielen, und trotzdem hielt sie ihn für schwach. Er durfte sich ihr nicht anvertrauen, musste auf Distanz gehen.

Als er nichts sagte, fuhr Sophie fort: »Wenn du glaubst, deine Schwäche bringt dir Sympathie beim Volk ein, irrst du dich gewaltig.«

Noch ein Schlag in die Magengrube. Sophie hielt ihn nicht nur für schwach, sondern glaubte, er wolle alle Welt auf sich aufmerksam machen. Das war besonders pikant, weil es ihr anderer Sohn war, der permanent auf sich aufmerksam machte und einen Skandal nach dem anderen verursachte. Trotzdem hatte ihre Mutter ihn immer geliebt. Max hatte oft gesagt, Franz sei Mutters Lieblingssohn, aber in Momenten wie diesem erkannte Franz immer wieder, dass das Gegenteil der Fall war. Ihre Mutter gestand Max jegliche Freiheiten zu. Er durfte so auffällig, rücksichtslos, unzuverlässig und brutal sein, wie er wollte – Franz durfte nichts dergleichen.

Er wünschte, Elisabeth wäre hier. Sehnte sich nach den flüchtigen Momenten, in denen er sich von ihr verstanden fühlte. Noch vor wenigen Minuten war er davon überzeugt gewesen, dass Elisabeth zu Recht fortgegangen war und sich ihm verweigert hatte. Er hatte beschlossen, ihre Schwester zu heiraten und nicht mehr an die Magie zu glauben, die zwischen Elisabeth und ihm am Werke zu sein schien. Doch nun … Verzichtete er, wenn er Elisabeth aufgab, auf die einzige Verbindung zu seinem wahren Ich?

»Komm, es ist Zeit.« Sophie forderte Franz auf, mitzukommen.

Sie hatte recht. Es war Zeit. Aber Franz wusste immer noch nicht, was er tun sollte.

Ein Tisch war mit raffinierten Kuchen und Torten, reich verziert mit Blumen und Früchten, zu Pyramiden aufgetürmten Windbeuteln und rosafarbenen Bonbons beladen. Unter den hohen Decken und glitzernden Kronleuchtern standen die festlich gekleideten Gratulanten in gebührendem Abstand vor Franz, der sich noch nie zuvor so allein gefühlt hatte – abgesehen von dem Tag, an dem er beinahe gestorben wäre.

Was sollst du jetzt tun, Franz? Die Antwort war ein zweischneidiges Schwert, denn er hatte die Wahl zwischen Verrat an Reich und Familie auf der einen und Verrat an sich selbst auf der anderen Seite.

Er wünschte, er könnte Elisabeth fragen, was er tun sollte, und dass er genau das nicht tun konnte, empfand er als Ironie des Schicksals. Sie befanden sich im selben Raum und waren doch Welten voneinander entfernt. Hatte sie ihm nicht deutlich genug zu verstehen gegeben, was sie wollte, als sie in der Nacht fortgegangen war? War das die Antwort, die er suchte? War in Wahrheit nicht alles ganz einfach? Nein, das war es nicht. In vollem Einverständnis und wissend, wen sie jeweils vor sich hatten, hatten sie einander geküsst.

Die Türen wurden geöffnet, und eine Reihe von Dienern kam herein und sang aus vollem Hals ein Geburtstagslied.

Franz gegenüber standen die Geburtstagsgäste, jeder ein Glas Champagner in der Hand, bereit, ihn zu beglückwünschen und auf seine Gesundheit zu trinken. Franz versuchte, Elisabeths Blick einzufangen und eine Antwort darin zu finden. Was wog mehr: Gefühl oder Pflicht?

Doch sie mied seinen Blick. Franz war zum Heulen zumute, aber die Anwesenheit all der Würdenträger erforderte Haltung.

Helene stand in ihrem modischen lachsrosa Kleid neben Elisabeth und strahlte. Ihre Haare waren ganz bezaubernd hinter ihrem schlanken Hals zusammengebunden. Ihr Lächeln wog schwer auf seinen Schultern. Sie hatte ja keine Schuld daran, dass zwischen ihnen kein Funke übergesprungen war. Und jetzt bereitete er ihr eine enorme Enttäuschung, egal, wie er sich entscheiden würde. Egal ob er sie heiratete, obwohl er ihre Schwester liebte, oder ihre und die Hoffnungen seiner Mutter gleich hier und jetzt zunichte machte.

Das Geburtstagslied war zu Ende. Die Diener verließen den Raum. Sophie nickte Franz auffordernd zu. Es war Zeit.

Elisabeth wagte einen kurzen Blick auf Franz, und in diesem Moment wusste Franz, was er tun musste.

DREIUNDDREISSIG

Elisabeth war dem Zusammenbruch nahe. Innerlich war sie schon vollkommen aufgelöst, und sie konnte sich nur noch bemühen, sich ihren Zustand so wenig wie möglich ansehen zu lassen. Ihr war kalt, obwohl der Festsaal vollkommen überhitzt war. In ihrem bescheidenen Festkleid fühlte sie sich beinahe nackt, obwohl das wattierte blaue Jäckchen über dem weiten Rock hoch geschlossen war. Die große Spange, die ihre Zöpfe hielt, war ihr plötzlich zu schwer. Ironischerweise fühlte sie sich wie in der Hölle, obwohl sie wie ein Engel aussah. Gleich würde ihren Träumen der endgültige Todesstoß versetzt werden, und dann musste sie so tun, als sei sie glücklich und zufrieden.

Franz schaute in die Gesichter der Gratulanten, und als Elisabeth ihn schließlich länger ansah, kamen ihr die Tränen. Seine Größe, seine breiten Schultern, das markante Kinn, die freundlichen Augen, die Lippen, die sie so intensiv gespürt hatte … er war ihr Zuhause. Wäre er doch bloß nicht der Kaiser! Wäre er doch bloß nicht Helene versprochen! Wäre sie, Elisabeth, letzte Nacht doch bloß nicht vor ihm weggelaufen!

Er hatte gesagt, dass er sie wollte, und sie hatte sich geweigert, obwohl sie sich nach ihm sehnte. Sie hatte das Glück ihrer Schwester über ihr eigenes gestellt, und das war richtig so, sie wusste es. Aber wie konnte sich das Richtige so falsch anfühlen, so grundfalsch?

Franz hob sein Glas. »Danke. Danke, dass ihr gekommen seid.«

Elisabeth starrte auf den Fußboden und konnte kaum etwas hören, weil ihr Herzschlag in ihren Ohren dröhnte.

»Ich habe etwas zu verkünden«, fuhr Franz fort.

Mit jedem Wort, das er sagte, kam das Ende näher. Am liebsten hätte Elisabeth sich die Ohren zugehalten, um endgültig nichts mehr zu hören, oder sich wie Spatz unter dem Tisch versteckt. Helene griff nach ihrer Hand, und Elisabeth hoffte, die Schwester merkte nicht, wie kalt und feucht sie war. Nach außen hin ruhig zu bleiben, forderte ihre ganze Kraft.

»Ich möchte eine junge Dame um ihre Hand bitten«, sagte Franz mit unsteter Stimme.

Elisabeth schloss die Augen. Das war's.

»Die Herzogin in Bayern.«

Elisabeth macht sich auf das endgültige Aus gefasst.

»Elisabeth.«

Alle im Saal hielten die Luft an. Elisabeth glaubte, sich verhört zu haben. Sie schlug die Augen auf. Hatte er … *Elisabeth* gesagt?

Er sah sie an, mit fragend lächelnden Augen, das Glas erhoben.

Elisabeth und Helene sahen einander fassungslos an. Helene war vor Schreck blass geworden, und Elisabeth hatte keine Ahnung, was ihr selbst anzusehen war. Erstaunen? Erleichterung? Schuldgefühle? Helene ließ ihre Hand los.

»Nein!«, entfuhr ihrer Mutter als Erster eine Reaktion.

Doch fast im selben Moment sagte Francesca: »Congratulazioni!« und strahlte. Offensichtlich war ihr nicht klar, welche Wendung die Dinge soeben genommen hatten.

Aus dem Augenwinkel sah Elisabeth, dass der sonst so gelassene Max deutliche Anzeichen von Verärgerung zeigte. Sophie schien vollkommen schockiert zu sein. Und es war das Gesicht ihrer Mutter, das ihr verriet: Was hier passierte, war real. Elisabeth hatte sich nicht verhört. Franz hielt um ihre Hand an. Nicht um Helenes.

Ich will dich, hatte er letzte Nacht gesagt. Und aus irgendeinem Grund hatte sich daran nichts geändert, obwohl sie weggegangen war. Es war ein Versprechen gewesen. Was sie für das Ende gehalten hatte, war in Wahrheit ein Anfang.

Ihre Blicke fanden einander. Elisabeth spürte noch einmal ihrem Kuss nach und fragte sich, was wohl noch alles kam. Wie sie beieinanderliegen würden, einander vollkommen hingegeben. Wie sie einander auf jede erdenkliche Weise erkunden und kennenlernen würden.

Neben ihr machte ihre Schwester ein Geräusch, das einem Tränenausbruch voranging, und Elisabeth erstarrte. Es war also wirklich wahr, das Wunderbare, das Desaster.

VIERUNDDREISSIG

Die zukünftige Kaiserin? Elisabeth? Helene schüttelte sich bei diesem Gedanken. Da hatte sie Samen für eine keimende Liebe gelegt, sich durch Spaziergänge gequält, ihre Enttäuschung überwunden und war guten Mutes und voller Hoffnung geblieben. Sie hatte sich wirklich Mühe gegeben. Und die ganze Zeit über hatte ihre Schwester daran gearbeitet, ihr die Zukunft zu stehlen.

Es war grausam. Nie hätte sie gedacht, dass Elisabeth zu so etwas fähig wäre.

Und nun stand sie, Helene, in einem exquisiten Saal mit sechsstöckigen Torten und handgefertigten Marzipanblumen, während Sonnenstrahlen durch die Gardinen drangen. Sie hatte geglaubt, sie sei die Schönste hier, mit ihrem eleganten Seidenkleid, den Perlenohrringen und der Hoffnung, die sie versprühte. *Hoffnung*. Wie schwer es gewesen war, sie aufrechtzuerhalten! Und jetzt das!

Sie konnte nur noch verschwommen sehen und wusste, dass sie nicht bleiben konnte. Zurückgewiesen zu werden, war eine unerträgliche Schande. Sie lief los und an Franz vorbei, ohne ihn eines Blickes zu würdigen.

Den Korridor sah sie nur noch durch einen Tränenschleier, aber sie lief weiter, die Treppe hinauf.

»Warte, Helene!« Es war Sisi, die Verräterin, die sie, Helene, hinterrücks erdolcht hatte.

»Bitte, Helene! Ich wusste nicht, dass er das tun würde.«

Sisi erhaschte Helenes Ellenbogen, und wütend wirbelte Helene zu ihr herum.

»Rühr mich nicht an!«

Helene schüttelte den Kopf und betrachtete die Schwester fassungslos. Zur Abwechslung saßen ihre Haare, ihre Kleider waren nicht verknittert, und sie trug sogar Schuhe, schwarze Schuhe mit kurzen Absätzen, die unter ihrem tiefblauen Rock hervorlugten. Alles war so schlicht, so viel weniger schön als Helenes Aufmachung. Wie hatte das passieren können?

»Du musst Nein sagen«, drängte sie.

Sisi sah sie gekränkt an, als sei sie diejenige, die verletzt worden war.

»Bitte!«, flehte Helene. »Bitte!« Ihre Wut wurde zu Verzweiflung. »Sag Nein, Sisi! Dann lässt sich alles klären. Es ist noch nicht zu spät.«

»Doch, es ist zu spät, Néné.«

Am liebsten hätte Helene die Schwester geohrfeigt. Wie konnte sie es wagen, sie in diesem Moment mit ihrem Spitznamen anzureden? Sie war doch diejenige, die das schwesterliche Vertrauen missbraucht und in den Staub getreten hatte.

»Ich habe so etwas noch nie gefühlt.« In Elisabeths Stimme lag so viel Zärtlichkeit, dass es wehtat. Als würde sie sich selbst Salz in eine offene Wunde reiben.

Ungläubig öffnete Helene den Mund, und Wut gewann wieder die Oberhand. »Hast du dich gestern in sein Bett geschlichen, damit er dich wählt?«

Das saß. Vor Schreck wurde Elisabeth ganz blass. *Gut*, dachte Helene. *Dann bin ich nicht die Einzige, die sich schämen muss.*

»Nein, so war das nicht«, sagte Elisabeth und wollte Helenes Hand nehmen.

Helene entzog ihr die Hand. »Was ist dann passiert? Warum sollte er *dich* haben wollen?«

Sisi war doch noch ein Kind. Jeder Gelegenheit, auf ein Leben wie dieses vorbereitet zu werden, hatte sie sich entzogen. Sie hatte es nicht verdient. Im Gegensatz zu Helene. *Sie* hatte dafür gearbeitet und *sie* hatte es verdient. Jetzt konnte sie sich nicht mehr zurückhalten.

»Ich meinte, was ich gesagt habe: Du wirst *niemals* eine gute Kaiserin. Du wirst ihn ruinieren.«

Plötzlich verstand Helene, warum Sisi so brüskiert war, als Helene gesagt hatte, sie sei nicht für den Thron gemacht. Für Sisi war es mehr als eine theoretische Möglichkeit. Und ihr Problem war nicht, dass Helene sie in Richtung Wien verlassen würde.

Helenes Miene verdüsterte sich. Sie hatte gedacht, Sisi würde die Schwester vermissen. Dass sie sie liebte. Stattdessen hatte sie die ganze Zeit gegen sie intrigiert. Es war unfassbar. Und es tat mehr weh, als Franz zu verlieren. Sie hatte die Schwester verloren, und es gab keinen Weg zurück. Helenes Herz wurde zu Stein. Sie raffte ihre Röcke und ging weiter die Treppe hinauf.

Elisabeth folgte ihr und zog sie im Korridor in das nächstbeste Zimmer. Es war irgendjemandes Schlafzimmer. Überall lagen Kleidungsstücke herum, leere Weingläser, das Bett war zerwühlt.

»Was soll das?«, fragte Helene mit schneidender Stimme.

»Ich will es dir erklären, und im Treppenhaus könnte uns jemand hören.«

Helene verschränkte die Arme. »Nur zu!«

»Wir sind uns ein paarmal zufällig begegnet. Im Garten, als ich einen Vogel gerettet habe. Und einmal, als ich mich in einem kühlen Zimmer einfach nur von der Hitze erholen wollte. Ich wollte nicht, dass das passiert!«

Helene fühlte sich beschämter denn je. Sie hatte so viel dafür getan, dass Franz sie lieben lernte, und Sisi war seine Liebe *per Zufall* zugeflogen. Die ganze Zeit über hatte sie sich zum Narren gemacht. Es war genau wie in ihrer Kindheit: Sisi wurde von allen geliebt, während Helene übersehen wurde.

»Letzte Nacht hat er mich rufen lassen.«

Überrascht und schockiert schaute Helene auf.

»Aber ich bin gegangen, Helene. Ich habe mich für dich entschieden und bin weggegangen. Das musst du mir glauben.«

Elisabeth nahm Helenes eiskalte Hand, aber wieder entzog Helene sie ihr und wandte sich von der Schwester ab.

»Ich wollte nie Kaiserin sein. Ich wollte nur … ihn.«

Die Zärtlichkeit in Sisis Stimme war Grund genug für Helene, das Gespräch zu beenden. Sie stürmte an der Schwester vorbei und aus der Tür. Kalt warf sie über die Schulter zurück: »Folge mir nicht. Sprich nicht mit mir. Komme nie wieder in meine Nähe!«

FÜNFUNDDREISSIG

Alle außer Franz, Sophie und Ludovika hatten den Festsaal verlassen.

»Raus!«, hatte Sophie gesagt, und alle Gäste hatten sich zurückgezogen. Diese Macht besaß sie. Und diese Macht hatte Franz infrage gestellt.

Sein Entschluss war gefallen, als Elisabeths Blick seine Albträume und Zweifel verscheucht hatte. Wenn jemand ihm über diese Albträume hinweghelfen konnte, sollte es sie sein. Wenn sich jemand an seiner Seite den Gefahren stellen konnte, die sich im Habsburger Reich zusammenbrauten, sollte es sie sein.

Er war sich nicht sicher, ob das, was sie verband, stark genug war, um sich in dieser Welt zu behaupten, aber er wollte es versuchen.

Ruhig, aber streng sagte seine Mutter: »Die Frau, die du heiratest, wird Kaiserin des zweitgrößten Reichs in Europa. Du hattest deinen Spaß. Jetzt muss damit Schluss sein.«

Gefasster, als ihm zumute war, sagte Franz: »Es ist kein Spaß, Mutter.«

Sophie sah ihn verständnislos an. »Ich habe gründlich darüber nachgedacht, was für eine Frau Habsburg braucht. Es ist eine göttliche Pflicht, die wir zu erfüllen haben, Franz.«

Franz atmete tief durch. Das hier war der wahre Test. Seine Mutter und er von Angesicht zu Angesicht. Er hatte ihr sein Leben zu verdanken, und er dankte es ihr mit Ungehorsam, mit einer Entscheidung, die ihre strategischen Pläne durchkreuzte.

»Helene ist so gut vorbereitet, Majestät«, mischte sich Ludovika ein und trat Franz entgegen. »Sie wird Ihnen keinerlei Mühe machen.«

Als ginge es darum! Als hätte er sich für Elisabeth entschieden, weil Helene ihm Mühe machen könnte!

»Sisi ist so …«, setzte Ludovika nach. Franz sah sie an, als wollte er sie davor warnen, etwas Negatives über die Frau zu sagen, die er liebte. Ludovika dachte einen Moment nach und wählte ihr letztes Wort mit Bedacht. »… unreif.«

Franz wandte sich wieder seiner Mutter zu, nahm seinen ganzen Mut zusammen und spürte, dass er das Richtige tat. *Sie* hatte ihm Zuversicht gegeben, das Mädchen mit den zerzausten Haaren, den nackten Füßen und dem Kopf voller Gedichte.

»Es ist Elisabeth oder keine.«

Sophie ballte die Hände zu Fäusten, und Franz wusste, dass sie wütender war, als sie es sich anmerken lassen wollte.

»Ich werde mit ihr sprechen«, sagte Sophie schließlich, drehte sich um und ging auf die Tür zu.

Franz folgte ihr, genau wie Ludovika.

Als sie Elisabeths Zimmer erreichten, wurden sie von einem Diener angekündigt. Elisabeth hatte auf dem Fußboden gesessen, die Röcke um sich herum ausgebreitet. Jetzt stand sie auf. Bei ihrem Anblick wurde Franz gleich ruhiger.

Am liebsten hätte er sie in die Arme geschlossen, aber er beherrschte sich. Außerdem war Ludovika schneller und trat auf ihre Tochter zu.

»Sag deiner Tante, dass alles nur ein Missverständnis ist. Sag es ihr, Sisi!«

Sophie hob eine Hand. »Genug, Schwester! Ich möchte es von Elisabeth selbst hören.« Bis auf wenige Zentimeter trat sie an Elisabeth heran und schaute ihr forschend ins Gesicht. »Willst du Habsburgs Kaiserin werden?«

Eine Weile lang herrschte Schweigen. Zu lange. Franz' Herz zog sich zusammen. Nach allem, was passiert war, musste sie doch Ja sagen! *Sag Ja, Elisabeth!*

»Ja.«

Franz merkte erst jetzt, dass er den Atem angehalten hatte, aber jetzt atmete er erleichtert aus. Elisabeth suchte seinen Blick, und sie schauten einander lange an, bis Franz über das ganze Gesicht lächelte.

Elisabeth hatte noch keine Gelegenheit gehabt, Ja zu sagen, und es war ganz erstaunlich, wie befreiend es war und wie gründlich es ihre Zweifel zerstreute. Dieses Ja konnte Berge versetzen und den Gefahren begegnen, die Habsburg drohten. Nicht auszudenken, wenn er diese Gewissheit seinen Albträumen geopfert hätte.

Sophie fragte sie ernst: »Und du weißt, was es bedeutet, Kaiserin zu sein? Du weißt, dass du dich nicht nur einem Mann, sondern einem ganzen Reich gegenüber verpflichtest?«

Elisabeth hielt ihrem Blick stand und sagte noch einmal: »Ja.«

»Und du bist gewillt, alles Nötige zu tun, um eine taugliche Herrscherin zu werden?«

»Ja.«

Mehr sagte Sophie nicht, sondern sah Elisabeth nur an. Aber Franz wusste, dass sie seine Entscheidung noch lange nicht akzeptiert hatte. Sie würde geduldig abwarten, bis sich die nächste Gelegenheit bot, seine Pläne zu durchkreuzen. »Die Welt beugt sich nicht deinen Wünschen, nur weil du sie anschreist oder weinst«, hatte sie einmal zu ihm gesagt. »Wenn du aber geduldig abwartest, bist du ihre Schwachstelle erkannt hast, wird sie sich dir beugen.«

Jetzt trat sie erst einmal beiseite und forderte ihre Schwester auf, den jungen Leuten einen Moment allein zu gewähren. Beide Frauen verließen den Raum.

Endlich waren sie allein miteinander, dieses Mal nicht einmal heimlich. Franz ging auf Elisabeth zu, hob eine Hand, um ihr mit dem Daumen über Stirn und Gesicht zu streichen. Beinahe ungläubig sah er sie an. Sie gehörte zu ihm. Er gehörte zu ihr. Sie hatten es geschafft. Alles würde gut werden.

Sie schloss die Augen und genoss seine Berührung. Sein Daumen strich jetzt über ihre Lippen, und sie öffnete sie leicht. Franz beugte sich vor, um sie zu küssen, umschloss ihre Unterlippe zärtlich mit seinen. Sie lächelte, und er küsste beide Mundwinkel und die Lachfältchen neben ihren Augen, die ihr Lächeln ausmachten. Dann berührten sich ihre Lippen erneut, und sie vertieften den Kuss. Franz streichelte ihren Rücken, ihren Nacken, drückte die Finger in ihre Haare. Dann bewegten sich seine Hände hinab, über ihre Schultern, den Rückenbogen, die Hüften. Er zog sie an sich, während sie ihm über Hals und Wangen strich und ihn schließlich fest umarmte und ihren ganzen Körper an ihn drückte. Er zog sie noch näher.

Sie löste sich von ihm, ganz außer Atem, und legte die Hände an die geröteten Wangen. Hatte sie eben noch vor Glück gestrahlt, wurde ihr jetzt sichtlich unwohl.

»Was ist denn?«, fragte Franz.

Elisabeth schüttelte den Kopf und schloss die Augen. »Das wird sie mir niemals verzeihen.«

Franz wusste, dass sie Helene meinte. Er hatte Helenes Gesichtsausdruck gesehen und die erregten Stimmen der Schwestern im Korridor gehört. Er zog Elisabeth wieder in seine Arme und legte das Kinn auf ihren Kopf.

»Bedauerst du deine Entscheidung?« Er war sich nicht sicher, ob er die Antwort hören wollte.

Elisabeth umarmte ihn. »Nein. Ich bedaure, wie gekränkt sie ist. Was dich betrifft, bedaure ich nichts.«

Franz lächelte erleichtert. Noch nie hatte er sich so frei, so stark und so wohl in seiner Haut gefühlt. Die ungewöhnlichste Frau, die er kannte, hatte sich in ihn verliebt. In ihn, nicht in seine Macht. Es war atemberaubend. Sie hatte so viel zu verlieren, aber sie bereute es nicht. Bedauerte nicht die Entscheidung für ihn.

»Wie geht es jetzt weiter?«, fragte sie.

»Jetzt fährst du nach Hause, und in einigen Monaten heiraten wir in Wien.«

Heiraten. Es war das erste Mal, dass er dieses Wort vor ihr aussprach. Und statt sich eingesperrt zu fühlen, fühlte er sich frei. Er musste sie nicht umschmeicheln, doch er *wollte* es.

Wieder löste sie sich aus seiner Umarmung und sah ihn überrascht an. »In einigen *Monaten*?«

Er nickte.

Ihre Augen blitzten, als sie sagte: »Und wenn ich in der Zwischenzeit jemand anders kennenlerne, den ich heiraten möchte?«

Er berührte ihre Lippen. »Dann ist er ein glücklicher Mann.«

Sie lachte. In diesem Lachen lösten sich die Spannungen, die sich aufgebaut hatten, und sie dachte nicht mehr an die anderen.

Sie stellte sich auf die Zehenspitzen und küsste ihn. Er konnte an nichts anderes als ihre sanfte Haut denken. Er zog an den Bändern ihres Kleids. Sie begann, den ersten Knopf seiner Uniformjacke aufzuknöpfen, tastete sich zum zweiten und dritten vor.

Dann klopfte es an der Tür. Beide erschraken.

Ein Diener kam herein. »Eure Majestät, Ihre Mutter hat mir einen Befehl erteilt.«

Franz sah ihn fragend an.

»Ich darf Sie mit der jungen Dame nicht allein lassen.«

Franz hatte gewusst, dass seine Mutter Elisabeth und ihm nur wenige Minuten gönnen würde, aber jetzt traf ihn die Enttäuschung wie eine kalte Dusche. Er knöpfte sich die Jacke zu, strich Elisabeth eine widerspenstige Haarsträhne hinters Ohr und trat einen Schritt zurück. »Wir sehen uns bald wieder.«

Sie nickte, und er spürte ihre Blicke im Rücken, als er dem Diener aus dem Raum folgte.

In der Eingangshalle lehnte Max an der Wand, die Hände in den Taschen, den Kopf schief gelegt. »Du hast also bekommen, was du wolltest. Wieder mal. Auch wenn du dafür einen Skandal in Kauf nehmen musstest. Bravo, Bruder. Ich hätte nicht gedacht, dass ich das noch erleben würde.«

Max klang amüsiert, aber sein Gesicht verriet, dass er es nicht war. Genauso hatte er dreingeschaut, als er von der Sache mit Louise erfahren hatte. In seinem Blick lagen Eifersucht und Schmerz. Franz fragte sich einen Moment lang, ob die Gefühle echt sein könnten. Aber er kannte Max zu gut. Sein Bruder war wie immer nur verärgert, dass Franz bekommen hatte, was er wollte. Jeder Sieg für Franz war ein Verlust für Max.

An jedem anderen Tag hätte Franz sich über Max geärgert, aber heute ließen ihn seine Worte kalt. Dafür war er einfach zu glücklich. Zu erleichtert. Er lächelte den Bruder an und imitierte Max' Angewohnheit, einen imaginären Hut zu lüften, als er an ihm vorbeiging. Trotzdem war ihm bewusst, dass es nur eine Frage der Zeit war, bis Max seiner Wut freien Lauf lassen würde. Ein weiterer Grund, ihn nicht aus den Augen zu lassen.

SECHSUNDDREISSIG

Ihnen blieb ein einziger Tag, ihr Glück zu genießen, einander liebende Blicke zuzuwerfen, sich unauffällig im Vorbeigehen zu berühren und hier und da eine Minute miteinander allein zu sein. Und in jedem dieser Momente flogen zwischen ihnen Funken, und sie fühlten sich in eine andere Welt versetzt.

Noch nie war sich Elisabeth ihres Körpers so bewusst gewesen, ihrer Brüste, der Innenseiten ihrer Unterarme und Schenkel. Ihr ganzer Körper war voller Verlangen.

Einmal zog sie Franz hinter einen schweren Vorhang. Er küsste ihren Hals und Nacken rund um den Ausschnitt ihres Kleids, und seine Lippen berührten Hautpartien, die noch nie berührt worden waren.

»Kaiserin«, flüsterte er.

»Noch nicht.« Ihre Antwort wurde zu einem Kuss an seinem Hals.

»Wenn ich das Reich lenke und leite und du mich, dann bist du es schon.«

Sie lachte leise, aber sie musste an Helene denken. Sie hatte diese Position angestrebt. Jetzt sprach sie nicht mehr mit Elisabeth und schaute sie nicht einmal mehr an. Elisabeth verstand nicht, wie man so glücklich und zugleich so traurig sein konnte.

»Ich glaube, ich habe meine Schwester verloren«, gestand sie ihm und strich mit dem Finger über den Rand seines Kragens.

»Sie wird sich beruhigen. Sie braucht nur ein wenig Zeit.«

Aber er kannte Helene nicht. Nicht wirklich. Er hatte nur die wohlerzogene, gehorsame Seite von ihr kennengelernt. Elisabeth jedoch kannte auch ihre andere, inklusive der Sturheit, mit der sie einen Groll aufrechterhalten konnte. Das machte ihr Sorgen, obwohl sie jeden Moment mit Franz genoss.

Sie legte den Kopf an seine Brust und atmete seinen Duft ein. Seine Wärme und Zuversicht linderten ihre Sorgen und ließen sie klarer denken. Vielleicht hatte er recht. Helene konnte nicht ewig wütend bleiben. Dafür hatten sie sich zu lange zu sehr geliebt und waren Verbündete gewesen. Die letzten Monate würden nicht ihre Beziehung bestimmen, das würde Elisabeth nicht zulassen. Natürlich konnte sie nicht erwarten, dass Helene ihre Enttäuschung schnell überwand. Aber in einigen Tagen, Wochen, vielleicht Monaten würden sie wieder zueinanderfinden. Elisabeth würde sich so lange darum bemühen, bis Helene ihr verzieh.

Plötzlich wurde der Vorhang beiseitegezogen und eine verkniffen dreinblickende Esterházy stand vor ihnen, die Hände in die Hüften gestemmt. Als sie Franz sah, entglitten ihr kurz die Gesichtszüge, sie ließ die Hände sinken und machte einen Hofknicks. »Verzeihung, Eure Majestät. Die Familie der Herzogin wartet auf Sie.«

Elisabeth vermutete, die Frau dachte, sie allein hätte sich hinter dem Vorhang versteckt, und fragte sich, was sie verraten hatte: ein Zeh, der unter dem Vorhang hervorlugte, ein zu lautes Flüstern?

Widerstrebend löste sie sich von Franz. Erst Monate später würden sie sich wiedersehen. Noch wenige Stunden zuvor hatte sie diese Monate herbeigesehnt, weil sie gehofft hatte, Franz nach und nach vergessen zu können. Jetzt lagen sie als eine endlose Wartezeit vor ihr. Und Warten war etwas, das Elisabeth noch nie leichtgefallen war.

Nur widerwillig traten sie hinter dem Vorhang hervor, ohne den Blick voneinander abzuwenden. Als Elisabeth Esterházy folgte, streckte er die Hand nach ihr aus, als wollte er sie festhalten.

Als Elisabeth das Zimmer ihrer Mutter betrat, stand Helene am Fenster und starrte reglos hinaus.

Ihre Mutter eilte auf Elisabeth zu. »Sisi, die Kutschen warten schon. Es ist höchste Zeit.«

Elisabeth seufzte und spürte noch immer Franz' Berührungen.

»Wir müssen los. Bist du bereit?« Wild gestikulierend trieb ihre Mutter sie zur Eile an. »Du – eine Kaiserin … Wer hätte das gedacht?« In ihrer Stimme lag ebenso viel Enttäuschung wie Erstaunen. Die Zukunftschancen einer Tochter hatten sich zerschlagen, aber die der anderen waren plötzlich rosiger als erwartet. Elisabeth wusste, dass es nicht den Wünschen ihrer Mutter entsprach, aber auch so würde es ihrer Mutter den Rang verschaffen, auf den sie immer gehofft hatte. Sie fuhr fort: »Wir haben viel Arbeit vor uns. Helene wäre ja vorbereitet gewesen, aber du …«

Am Fenster zuckte Helene zusammen. Elisabeth wollte auf sie zugehen, aber Helene machte eine abwehrende Geste, schlang die Arme um den Körper und verließ das Zimmer.

Ihre Mutter sagte: »Wir müssen sofort anfangen, gleich morgen.«

Elisabeth erwiderte nichts, folgte ihrer Schwester und Mutter aber aus dem Zimmer und die Treppen hinunter in die marmorne Eingangshalle. Am Fuß der Treppe lag ein großer Teppich auf dem Boden, in den eine Karte des Habsburger Reichs eingewebt war. Auf einschüchternde Weise zeigte sie seine enormen Ausmaße und Machtsphären. Elisabeth blieb stehen, um sie zu betrachten. Für mehr als halb Europa würde sie bald verantwortlich sein. Zahllose Verpflichtungen kamen auf sie zu. Ein kalter Schauer fuhr ihr den Rücken hinab, und sie begann die Bürde zu spüren, die sie sich aufgeladen hatte.

Wenn Elisabeth ein paar Schritte ging, fegten ihre Röcke über die Karte, über ihr Land. Es war furchteinflößend. Aber es war auch aufregend. Denn mit ihrer Verantwortung kam die Möglichkeit, etwas zu verändern, Gerechtigkeit herzustellen. Sie konnte etwas gegen die Armut tun, die Elisabeth aus Büchern kannte. Die Gründe beseitigen, aus denen das Volk Franz hatte töten wollen. Die Verantwortung bedeutete nicht nur ein Ende von Elisabeths bislang ungezwungenem Leben, sie wies auch einen Weg in die Zukunft. Den Weg für ein besseres Habsburg.

Sie hatte immer gedacht, sie müsse sich zwischen Pflicht und Herz entscheiden, aber jetzt wusste sie, dass es kein Gegensatz war. Beides gehörte zusammen. Das eine war nicht ohne das andere zu haben. Sie hatte sich für beides entschieden und würde es wieder tun.

»Hörst du mir überhaupt zu, Sisi?«

Elisabeth blickte von der Karte auf und sah ihre Mutter an. Sie musste endlich dafür sorgen, dass ihre Mutter sie so nannte, wie sie es bereits unzählige Male erbeten hatte. »Nenn mich Elisabeth«, forderte sie ihre Mutter auf.

Diese sagte nichts, sondern verließ die kühle Halle und ging in die schwül-warme Einfahrt hinaus.

Elisabeth riss sich von der Karte los, bewegte sich aber nicht. Sie wollte die Abfahrt so lange wie möglich hinauszögern. Stundenlang würde sie mit ihrer Mutter und Helene in der engen Kutsche sitzen. Ihre Mutter würde ihren ambitionierten Visionen freien Lauf lassen, Helene in ihren Schmerz versunken sein. Beides war unerträglich. Sie wünschte, sie könnte hierbleiben oder direkt nach Wien fahren. Oder lieber noch mit Franz hinter dem nächsten Vorhang verschwinden, seine Uniformjacke aufknöpfen und die Hand an seine nackte Brust drücken. Sie würde seinen Herzschlag fühlen, und ihr eigenes Herz würde seinen Rhythmus übernehmen.

»Sisi!« Die Stimme ihrer Mutter hallte durch den Raum. Sie hatte zu lange getrödelt.

Sie seufzte und zwang sich, loszugehen. Hinter ihr kam eine unbekannte Stimme durch eine halb geöffnete Tür.

»Machen Sie sich keine Sorgen, Kaiserliche Hoheit. Auch das wildeste Gras ist biegsam.«

Elisabeth blieb stehen und horchte.

Sophies Stimme, selbstsicher und schneidend wie immer, antwortete: »Ich mache mir keine Sorgen. Wenn etwas sich nicht biegt, dann muss es brechen.«

Elisabeth wurde eiskalt. Es waren harsche, gefährliche Worte. Ihr war klar, dass es um sie ging. Sie war das wilde Gras, das sich nicht biegen wollte. Dabei hatte sie gedacht,

Sophie würde sich auf ihre Seite schlagen. Aber was sie jetzt gehört hatte, versetzte ihr einen gehörigen Dämpfer.

Unglücklich ging sie auf ihre Kutsche zu. In einem der oberen Fenster war ein vertrauter Haarschopf zu sehen. Franz. Ihre Blicke trafen sich.

Sei vorsichtig, Franz. Mein Herz bleibt hier bei dir. Hüte es gut.

Sie konnte nur hoffen, dass sie stark genug waren, um alles zu überstehen, was auf sie zukam.

TEIL II

SIEBENUNDDREISSIG

Helene wollte etwas an die Wand schmeißen. Franz hatte Sisi vierundvierzig Briefe geschrieben. *Vierundvierzig.*

Vor der geplanten Verlobung hatte Helene gerade mal einen bekommen, und selbst der war nicht von Franz, sondern Sophie. Wie dumm sie gewesen war! Sie lachte bitter auf. Ein Mann, der Interesse an ihr hatte, hätte selbst geschrieben. Ein Mann, dem es um Liebe ging, hätte vierundvierzig geschrieben.

Manchmal wurde es Helene zu anstrengend, immer noch wütend zu sein. Doch dann kam der nächste Brief und entfachte ihre Wut erneut. Jeder Brief war ein Beweis für ihr Versagen. Für die Leichtigkeit, mit der Sisi erreicht hatte, worauf sie, Helene, monatelang hingearbeitet hatte, wofür sie sich verbogen und worüber sie sich die allergrößten Sorgen gemacht hatte.

Ihr Ziel war die große Liebe gewesen, aber die hatte ihr die kalte Schulter gezeigt.

Manchmal fühlte sie sich für wenige Augenblicke etwas besser, und zwar wenn sie Sisis Gesicht sah, nachdem sich

Helene geweigert hatte, ihr die Butter über den Tisch zu reichen, ihr eine Frage zu beantworten oder mit ihr spazieren zu gehen. Das Einzige, was ihr blieb, war die Macht, Sisi zu kränken, und sie konnte nicht aufhören, davon Gebrauch zu machen.

Jetzt stand sie im Flur vor Sisis Zimmer, bereit, den jüngsten Brief zu stehlen. Damit würde sie sich foltern, während Sisi unten im Schulzimmer französische Konjugationen übte.

Vorsichtig öffnete sie die Tür und verfluchte das vertraute Quietschen, das sie verraten könnte. Sie betrat Sisis Zimmer, das wie immer aussah, als sei ein Sturm hindurchgebraust. Das Fenster stand weit offen, und Blätter und Federn lagen auf der Fensterbank. Auf dem Fußboden stapelten sich Kleiderhaufen in Schwarz, Weiß und Lila. Das Bett war ein Schlachtfeld: ungemacht und überhäuft mit Büchern, Tagebüchern, Gedichten und dem, was Helene suchte – Franz' Briefe.

Nicht nur Franz' Briefe, sondern auch eine halb fertige Antwort von Sisi. Damit konnte sich Helene nur selten quälen, weil sie immer schnell abgeschickt wurden.

Sie nahm das Blatt vom Bett und verschob damit vorsichtig zwei, drei Briefe. Ihrer Schwester würde es nicht auffallen, weil sie nie darauf achtete, wo sie etwas hinlegte. Ginge jemand durch Helenes Sachen, würde sie es sofort merken. Bei ihr hatte alles seine Ordnung. Genauso sollte eine Kaiserin sein: ordentlich, aufmerksam, diszipliniert.

Helene hielt das Blatt verkrampft fest und las die halb fertige Antwort. An einer Zeile blieb sie hängen und malmte mit den Zähnen. *Wer könnte einen Mann wie Dich nicht lieben?* schrieb Sisi. Am liebsten hätte sie das Blatt zerrissen und weggeworfen. Verbrannt und in Rauch aufgehen sehen, wie ihre Träume. Sie wusste, auch das würde Sisi nicht merken.

Sie würde nur annehmen, sie hätte das Blatt verlegt. Niemals würde sie Helene dafür die Schuld geben, es gar nicht erst erwähnen. Sie würde einfach einen neuen Brief schreiben, genau wie das letzte Mal, als Helene einen Brief zerrissen hatte.

Als Nächstes griff sie nach einem steiferen Blatt. Es war ein Brief von Franz, den Helene bereits gelesen hatte. Der erste, den er mit »Dein Schneider« unterschrieben hatte. Ein Scherz zwischen den beiden, die Antwort auf etwas, das Sisi ihm nach einer besonders schwierigen Französischstunde geschrieben hatte: *Ich wünschte, Du wärst ein Schneider, nicht der Kaiser. Ich wollte doch nur Dich, nicht das alles hier.*

Es war schrecklich, wie viele Briefe der beiden Helene inzwischen auswendig kannte. Es war schrecklich, darüber nachzudenken, was sie ihm geschrieben hätte: etwas über ihre wilde Kindheit, die gestohlenen Kuchen, das Ausspionieren ihres Vaters? Wie sie im Garten Kröten gesucht hatte und sich freute, wenn sie eine davor gerettet hatte, in den Brunnen zu fallen?

Unten im Haus wurde eine schwere Tür geschlossen, und Helene wusste, dass sie sich beeilen musste. Sie hob einen letzten Brief an. Er war nicht von Franz, sondern von Max.

Seine Briefe waren immer interessant, und er hatte einen guten Schreibstil. Seine geschwungene Schrift mit den zahlreichen Verzierungen war elegant. Helene fragte sich, ob er sich diese Schrift angeeignet hatte, als er diversen Hofdamen schrieb. Immerhin entspräche das seinem Ruf.

Fast immer schrieb er über seine Reisen und Ausritte. Sisi hatte immer von Griechenland geträumt, und in seinem letzten Brief hatte Max ihr versprochen: *Dann fahren wir nach Griechenland. Nach Ungarn, Spanien und Frankreich. Und nach Genf.*

Im Gegensatz zu Franz' waren Max' Briefe nicht romantisch, aber Helene konnte zwischen den Zeilen lesen. Auch der Bruder des Kaisers war in Sisi verliebt. Das ging eindeutig aus der Häufigkeit seiner Briefe, dem Versprechen auf Reisen und Abenteuer hervor. Auch dass er auf einen schamlosen Flirt verzichtete, sprach Bände, denn offenbar wollte er der künftigen Kaiserin keinen Grund liefern, ihn für den Draufgänger zu halten, der er war.

Es versetzte Helene einen Stich. Wieder einmal zeigte sich, wie mühelos ihrer Schwester alle Herzen zuflogen. Für Helene war Max' Verhalten ein weiterer Pfeil in dem Munitionsdepot, das sie gegen ihre Schwester anhäufte.

Schnell ging sie aus dem Zimmer, bevor jemand sie erwischte. Aber auf sie achtete dieser Tage ohnehin niemand, nicht einmal ihre Mutter. Sie, die Versagerin, führte ein Schattendasein, ein Geschoss, das früher oder später losgehen würde. Sisi versuchte immer wieder, sie zu besänftigen, aber alle anderen bemühten sich, außer Schussweite zu bleiben.

Ein beschämender Gedanke. Es war nur zu verständlich, dass alle sie mieden. Sie selbst würde sich meiden. Noch nie hatte sie so grundsätzlich mit sich gehadert. Jetzt tat sie es pausenlos. Früher hatte sie allenfalls gefürchtet, sie könne zu langweilig, zu ängstlich sein. Aber gehasst hatte sie sich nie. Nicht so wie jetzt. Jetzt war sie ein brodelnder Kessel aus Wut und Scham, und wenn sie ganz ehrlich mit sich war, fand sie schrecklich, was aus ihr geworden war.

Etwas in ihr war zerbrochen, und sie wusste nicht, wie sie es reparieren konnte.

ACHTUNDDREISSIG

Elisabeth war ohne ein bestimmtes Ziel losgeritten und fand sich in den Hügeln ihrer bayrischen Heimat wieder, erklomm Gipfel und ritt wieder hinab, spiegelglatten Seen entgegen. Wie schon so oft staunte sie über das üppige Grün und seine zahllosen Schattierungen: dunkles Kieferngrün, hellgrünes Laub, das vereiste Grün der Edeltannen.

Sie brachte ihr Pferd zum Stehen und stieg vom Sattel. Ihre nackten Füße gruben sich in den steinigen Bergpfad, und tief atmete sie den Geruch regenfeuchter Erde ein. Mittlerweile war sie nur noch selten allein; umso mehr genoss sie es, die Freiheit, die Weite. Keine französische Konjugation. Keine Lektion über Tafelsilber. Nur sie und die Vögel und … an *ihn* denken. Sie war ganz und gar von ihm erfüllt.

Sie führte ihr Pferd zu einem Wäldchen, band es fest und schlüpfte zwischen die Bäume, um sich vorzustellen, wie Franz sich dort einen Weg zu ihr bahnte. Mit geschlossenen Augen dachte sie an seine Lippen. Wie es wohl wäre, ihn jetzt zu küssen, dieses Mal ohne schlechtes Gewissen. Seine

Arme um ihren Körper spüren, seine Hände in ihren Haaren. Dann würde er ihr langsam das Kleid ausziehen.

Sie drückte den Rücken an einen rauen Baumstamm und hob das Gesicht, um einen Sonnenstrahl zu erhaschen, der durchs Laub drang. Immer weiter ließ sie ihre Gedanken wandern, ohne sich Schranken aufzuerlegen. Jeden Tag schwelgte sie in Erinnerungen an ihn. Die Küsse hinterm Vorhang. Wie er sie an sich gezogen hatte, als ihre Mütter gegangen waren, als seien sie ein und derselbe Körper. Wie aufregend es war, neben ihm auf dem Fußboden zu liegen, ihm in die Augen zu schauen und ihn fast zu berühren. Die Unsicherheit in seiner Stimme, als er sie gefragt hatte, ob er ihr ein Geheimnis anvertrauen dürfe.

Hier in der Stille unter den Bäumen überlegte sie, welche Bilder sie sich noch einprägen könnte. Ihre Finger, wie sie langsam die Knöpfe seiner Uniformjacke geöffnet hatten, über seine breiten Schultern gestrichen waren, ihm Jacke und Hemd ausgezogen hatten. Wie sich ihre Brust an seine gedrückt hatte, beide nackt. Die Küsse auf Hals und Wangen. Sein Mund auf ihrer Schulter, wie er sich tiefer und tiefer vortastete …

Sie leckte sich die Lippen und schwelgte in diesen Bildern. Beinahe spürte sie seine Hände auf ihrer Haut, und ihr Hals, ihre Arme, ihr Bauch, ihre Brüste kribbelten. Mit nur der leichtesten Berührung konnte er sie entflammen. Sie fuhr mit der Hand unter ihre Röcke und drückte sie an den Oberschenkel, erkundete die weiche Haut mit den Fingern und stellte sich vor, es seien nicht ihre.

»Ich liebe dich«, probierte sie die Worte laut aus und fand sie noch schöner als auf Papier.

Sie zitterte am ganzen Körper, als sie den Druck ihrer

Finger verstärkte, und dachte an Worte eines Gedichts, das er in einem Brief für sie geschrieben hatte, während ihr Körper auf einen Höhepunkt zusteuerte:

Sperling, flieg herbei,
Flieg zu mir …
Und eile …
Ich brauche dich …
Ich brauche dich!

Sie bewegte sich im Rhythmus der Worte, bis sie über ihr zusammenschlugen. Sie drückte sich an den rauen Baumstamm und ließ ihre Seele davonfliegen.

»Franz«, flüsterte sie. Dann sagte sie es lauter; es war ja weit und breit kein Mensch zugegen. »Franz!«

Bald würden sie zusammen sein. Bald würden das lange Schweigen und die noch längeren Unterrichtsstunden in ihrem erstickenden Zuhause hinter ihr liegen. Und dann wären es seine Finger, die ihre Brüste streichelten, die weiche Haut ihrer Schenkel. Er wäre es, der Sensationen zwischen ihren Beinen herbeiführte.

Sie fühlte sich wie im Rausch, als sie daran dachte und ihrer Sehnsucht nachspürte. Nur noch zwei Tage brauchte sie zu warten.

NEUNUNDDREISSIG

Von Liebe hatte Franz noch zu keiner Frau gesprochen. Natürlich hatte er Affären gehabt, wie alle jungen Männer. Seine körperlichen Bedürfnisse hatte er bei atemlosen, heimlichen Rendezvous gestillt. Aber das hier war ganz anders. *Sie* war ganz anders.

In seinen Briefen hatte er das Wort zum ersten Mal benutzt, und auch jetzt lag es ihm auf der Zunge. Ihr Briefwechsel war zu einem Dauergespräch geworden, wie Lachen und Geflüster bei Kerzenlicht.

Er saß in seinem Zimmer und schrieb einen Brief, den letzten, bevor sie kommen würde. Vielleicht würde sie ihn nicht einmal rechtzeitig bekommen, aber er stellte sich das Lächeln vor, das der Brief ihr ins Gesicht zaubern würde, wenn sie ihn kurz vor ihrer Abreise in den Händen halten würde. Er setzte den Stift ab und las noch einmal ein Gedicht, das sie ihm geschrieben hatte:

Ob Jahrtausende geschwunden,
Ob entflohen nur Sekunden,
Trennung gibt's nicht mehr, noch Zeit!

Endlich, endlich ihn gefunden,
Hält ihn tausendfach umwunden
Meine Seele, lodernd heiß;
Sterne könnte sie versengen,
Feuer in die Meere mengen,
Göttersohn, mein Achilleus!

Franz drückte eine Hand an seine Halswunde, spürte ihre Ränder und das gespannte Narbengewebe. Als Elisabeth sie zum ersten Mal berührt hatte, war das der Moment gewesen, in dem er sich verliebt hatte, der Moment, nach dem es kein Zurück mehr gab. Er war vollständig bekleidet gewesen und hatte sich doch nackter gefühlt als mit jedem anderen Menschen zuvor. Sie hatte erst seine Seele berührt, dann seinen Körper, und mit jeder Faser hatte er sie von diesem Moment an begehrt. Ein Begehren, das intimer und erotischer war als Sex.

Jetzt dachte er an sie, das blaue Kleid auf ihrer leicht gebräunten Haut, die Sommersprossen auf ihren Armen, ihre Brüste, die sich mit jedem Atemzug hoben und senkten, das Lächeln, das zu jeder Zeit in ihren Mundwinkeln lauerte. Und ihre Augen, so tief, dass es einem den Atem raubte.

Er stellte sich vor, was er tun würde, wäre sie jetzt bei ihm. Wie er die Schleife ihres Kleids lösen und ihre Haut entblößen würde. Jeden Zentimeter würde er küssen, um sich alles genau einzuprägen. Jede Kurve ihres Körpers würde er nachzeichnen und zwischen ihren Hüften verweilen. Er würde ihren Nabel küssen, die Bauchrundung. Von Begierde erfasst würde sie den Rücken anheben. Sie würde nicht mehr süß und unschuldig daliegen, sondern kühn und verwegen nach ihm verlangen. Und er würde ihr alles geben.

In ihren Briefen hatte sie ihn immer wieder als stark bezeichnet, als stark und als Träumer. Ihm ging das Herz auf, wenn er spürte, wie vollkommen sie ihn durchschaute und wie sehr sie liebte, was sie sah. Sie hatte ihn ermutigt, auf sein Herz zu hören. Das hatte noch nie jemand getan. Alle hatten ein bestimmtes Bild davon, wie und was er sein sollte, und alle gaben ihm Ratschläge. Elisabeth war die Erste, die ihn stark genug, weitsichtig genug und klug genug fand, um seine eigenen Entscheidungen zu treffen.

Nicht zum ersten Mal wünschte er, das Habsburger Reich verfüge über eine Eisenbahn. Immer schon hatte er eine bauen wollen, aber die Trennung von Elisabeth hatte ihm vor Augen geführt, wie dringend sie gebraucht wurde und wie viele Probleme eine Eisenbahn lösen würde. Im Grunde war nicht zu verstehen, warum er nicht unkompliziert zu Elisabeth reisen konnte. Eine Eisenbahn würde nicht nur ihm, sondern allen Einwohnern seines Reichs helfen. Ganz abgesehen davon würde sie Geschäfte aller Art und den Handel beflügeln. Sie würde Menschen und Familien des ausgedehnten Reichs zusammenführen. Die Städte könnten einfacher mit Lebensmitteln beliefert werden, und unzählige andere Möglichkeiten würden sich eröffnen. Diese Lösung war beinahe zu einfach.

Es klopfte an der Tür, und er schreckte auf. Dann kam seine Mutter hereingerauscht, ernst und einschüchternd wie immer.

»Mutter.« Franz stand auf und bat sie mit einer Geste, auf der nahen Couch Platz zu nehmen.

Er war noch dabei, sich in den Sessel ihr gegenüber zu setzen, als sie ohne Vorrede sagte: »Ich muss dich noch einmal bitten, deine Wahl zu überdenken. Noch ist es nicht zu spät. Du hast noch zwei Tage Zeit.«

Als er nicht antwortete, fuhr sie fort: »Muss ich dich daran erinnern, dass Elisabeth …«, sie suchte nach einem Wort und nestelte an ihren Haaren, »… unberechenbar ist? Bei Hofe sind gutes Benehmen und Vornehmheit gefragt. Nichts davon sind Attribute der jüngeren Herzogintochter.«

Natürlich hatte sie recht. Elisabeth mochte vieles sein, aber als zurückhaltend und höfisch würde Franz sie nicht bezeichnen. Aber wer bestimmte, dass nur diese Eigenschaften bei Hofe wichtig waren? Dass unberechenbare Menschen bislang ferngehalten worden waren, hieß nicht, dass sie bei Hof versagen würden. Oder nicht sogar strahlen.

Seit sie nach Wien zurückgekehrt waren, hatten Franz und Sophie dieses Gespräch bereits mehrfach geführt, und jedes Mal, wenn seine Mutter ihre Bedenken erneut vortrug, fand er sie leichter zu entkräften. Je mehr Briefe Elisabeth ihm schrieb, desto unmöglicher wurde es für ihn, diese Verbindung infrage zu stellen.

Unangestrengt und ganz bei sich selbst sagte er: »Dann verstehe ich umso weniger, warum du so begeistert warst, als ich Max in die Hauptstadt zurückbeordert habe. Wenn einer unberechenbar ist, dann er.«

Sophie schüttelte den Kopf. »Aber er ist ein Mann, mein Lieber. Ein Mann hat bei Hofe mehr Möglichkeiten als eine Frau.«

So hatte Franz das noch gar nicht gesehen, aber sie hatte recht. Für die Frauen bei Hofe gab es nur wenige, dafür aber genauestens festgelegte Rollen. Ihm war aber nie klar gewesen, dass ihnen diese Rollen aufgezwungen wurden. Dieser Gedanke machte ihn wütend.

»Du meinst also, wir hätten Frauen bei Hofe keine anderen Möglichkeiten zugestanden. Höchste Zeit, das zu ändern.«

Sophie versuchte es auf einem anderen Weg. »Du bist immer vernünftig gewesen, Franz. Schon als Kind warst du der Klügste und Disziplinierteste unter deinen Brüdern. Nie hast du den einfachsten Weg gesucht, sondern den richtigen. Und du bist zu genau dem Mann herangewachsen, der du sein musst, um das Reich zu beherrschen.« Nach einer kurzen Pause fuhr sie fort: »Ich bitte dich, mein Lieber, lass auch jetzt Vernunft walten! Noch ist es nicht zu spät. Sicher, sie ist schön und charmant und zieht alle Blicke auf sich. Aber das ist nicht, was eine gute Kaiserin ausmacht.«

Franz schloss die Augen und schaute erst eine Weile später wieder auf. Es war wirklich schade, dass seine Mutter mit seiner Wahl nicht einverstanden war und Elisabeth nicht zur Schwiegertochter haben wollte. Aber er war nicht mehr derselbe. Er hielt Herz und Verstand nicht mehr auseinander. Nie wieder würde er zulassen, dass jemand Teile von ihm ausblendete.

»Du wirst es akzeptieren müssen, Mutter.« Er stand auf und bedeutete seiner Mutter, zu gehen. »Die Kaiserin trifft in Kürze ein.«

VIERZIG

Die Kutschen hielten auf einem baumgesäumten Weg an. Wälder streckten sich zu allen Seiten. Der Herbst deutete sich in diesem Jahr früh an, und die Waldränder leuchteten hier und da schon golden. Auch durch diesen Anblick fühlte Elisabeth sich beflügelt, und sie konnte es kaum erwarten, in Wien anzukommen.

Sie hatte die Kutschen anhalten lassen, angeblich um sich zu erleichtern, aber in Wahrheit wollte sie einen kurzen Spaziergang machen, die erdige Luft einatmen und für einen Moment allein sein. Schon als sie aus ihrer Kutsche stieg, fühlte sie sich so befreit, als schnappte sie nach längerer Zeit unter Wasser zum ersten Mal wieder Luft.

Mit Helene und ihrer Mutter in der Kutsche hatte sie sich wie in einer Streichholzschachtel gefühlt. Enttäuschung und vorwurfsvolles Schweigen hingen in der Luft. Spatz war zwar auch dabei, aber sie war klug genug, um den Mund zu halten. Die Kutsche, in der ihr Vater saß, war ebenfalls voller Enttäuschung, denn er konnte immer noch nicht fassen, dass sein Wildfang von Tochter jemand anderes werden wollte. Sie hatte ihm versichert, dass das nicht der Fall sei, aber das konnte er nicht glauben, und sie konnten nicht mehr so unbeschwert miteinander lachen wie früher. Er war so ernst wie sonst nie, und das drückte ihre Stimmung erheblich. Sie wünschte, er könnte immer ihr Verbündeter sein, nicht nur, wenn es ihm gerade in die Karten spielte.

Gefallenes Laub und kleine Steine knirschten unter ihren Füßen, und sie ging weiter in den Wald, bis sie die Kutschen nicht mehr sehen konnte. Aber aus der Kutsche der Frauen kamen die Geräusche eines erregten Gesprächs, und in der Kutsche ihres Vaters rumpelte es, weil er wahrscheinlich eine Zigarre suchte. Sie drückte den Rücken an den Stamm einer Kiefer, warf den Kopf in den Nacken und schloss die Augen. Sie wünschte, sie wären schon in Wien oder Franz wäre bei ihr in diesem Wald. Er würde über seine Kindheit sprechen, und ihre Briefe würden zu echten Gesprächen.

Mit jedem Brief war ihre Liebe gewachsen. Die letzte Geschichte, von der er berichtet hatte, handelte von seinem Versuch, alle Pferde aus den kaiserlichen Ställen in Bad Ischl zu befreien, als er zehn Jahre alt gewesen war. Ihm war klar geworden, dass Pferde in Freiheit leben sollten, und er hatte bereits über ein halbes Dutzend befreit, als ein Stallbursche merkte, was da vor sich ging. Die meisten Pferde waren schnell wieder eingefangen, aber zwei Stuten waren einen steilen Berg hinaufgestiegen, und es dauerte den ganzen Tag, bis auch sie wieder im Stall standen.

Franz schrieb, dass seine Mutter noch nie so wütend gewesen war. Nicht wegen der Pferde, sondern weil eine hochrangige Delegation zu Besuch war und Franz das Haus Habsburg lächerlich gemacht hatte. Inzwischen konnte er darüber lachen, aber damals war es schrecklich gewesen. Er schämte sich, weil er etwas falsch gemacht hatte, und später schämte er sich noch mehr, als Sophie ihn bestrafte, weil er geweint hatte.

»Beeil dich, Kind!«, hörte Elisabeth ihren Vater rufen. Der Moment der Ruhe, den sie sich erkämpft hatte, war vorbei. Dabei hatte sie inzwischen beinahe vergessen, wo sie sich befand.

Sie strich ihre Röcke glatt und stieß sich von dem Baum ab. Als sie aus dem Wald trat, beugte sich ihr Vater aus der Kutsche, eine Zigarre zwischen den Fingern. Er zog daran. »Wahrscheinlich war es das letzte Mal, dass du in einen Wald pisst.«

»Bitte, Papa!« Tadelnd sah Elisabeth ihren Vater an. »Es heißt: Es war das letzte Mal, dass Sie in einen Wald gepisst haben, *Majestät*!« Er war witzig, aber sie war witziger.

Er grinste. »Das ist mein Mädel!«

Elisabeth stieg zu ihm in die Kutsche, setzte sich ihm gegenüber und streckte fordernd eine Hand aus. Die Kutsche setzte sich in Bewegung, und Elisabeth schüttelte die Schultern aus, um ihre Aufregung zu zügeln. Dann machte sie eine ungeduldige Handbewegung. Ihr Vater schmunzelte und gab ihr eine Zigarre.

»Kein Wort zu deiner Mutter!«

Elisabeth sah ihn gereizt an. »Seit wann musst du mir das sagen?«

»Seitdem du eine Majestät bist. Ich habe keine Ahnung, wie Kaiserinnen sich ihren Müttern gegenüber benehmen.«

Elisabeth schnaubte. »Ich bin immer noch ich.«

»Aber wie lange noch?«

Sie krauste die Stirn. Seine Zweifel machten sich wieder bemerkbar.

»Für immer«, sagte sie und schaute ihm in die Augen, damit er ihr glaubte und merkte, wie ernst sie es meinte.

Er gab ihr die Streichhölzer. »Tu mir einen Gefallen.«

Sie sah ihn fragend an.

»Anders als bisher darfst du dich nicht gegen Dinge auflehnen, die nicht zu ändern sind, wenn du in Wien bist. Pass auf dich auf. Und gib nach, wenn nötig.«

Elisabeth atmete tief aus. Das konnte sie ihm nicht versprechen. Im Gegenteil. In den letzten zwei Monaten war kein Tag vergangen, an dem sie sich nicht das Gegenteil geschworen hatte. Sie würde Franz lieben, ihre Pflichten ernst nehmen *und* sie selbst bleiben. Niemand würde dabei auf der Strecke bleiben.

»Keine Sorge, Papa. Franz weiß, wer ich bin.« Sie lächelte aufmunternd.

»Und das hier …« Ihr Vater zeigte aus dem Fenster, wo der Palast in Sicht kam, als sie aus dem Wald fuhren. »Bist du das auch?«

»Es wird ein Teil von mir sein, ja. Es ist Teil von dem, wozu ich mich entschlossen habe.« Sie sog den süßlichen Zigarrenduft ein und lies ihn langsam aus.

»Genieße es, solange du kannst.« Ihr Vater zeigte auf die Zigarre. »Ich glaube nicht, dass deine Schwiegermutter einverstanden ist, wenn du rauchst.«

»Mangelndes Einverständnis hat mich noch nie an etwas gehindert.«

»Das stimmt. Aber wie ich höre, ist sie ein ernstzunehmenderer Gegner als deine Mutter.«

Das war sie. Elisabeth hatte noch die messerscharfe Bemerkung im Ohr, die sie durch eine fast geschlossene Tür gehört hatte: *Wenn sich etwas nicht biegt, dann muss es bre-*

chen. Hatte Sophie gewusst, dass Elisabeth sie hören konnte? Wie auch immer. Jedenfalls war damit mehr gemeint als ein Rauchverbot.

Aber das behielt Elisabeth für sich und lächelte. »Lass das meine Sorge sein, Papa. Pass du lieber auf, dass du nicht selbst mit der Erzherzogin aneinanderrasselst.«

»Das kann ich dir nicht versprechen.« Erheitert wackelte er mit den Augenbrauen. Im Gegensatz zur Annahme ihrer Mutter schien ihm das Reisen durchaus zu gefallen.

Liebevoll schüttelte Elisabeth den Kopf und dachte an Helene und ihre erste Kutschfahrt nach Wien, nur dass die Rollen dieses Mal umgekehrt verteilt waren: Sie war die Besorgte, und ihr Vater war drauf und dran, sich bei Hofe danebenzubenehmen.

EINUNDVIERZIG

Helenes Kränkung saß tiefer, als sie gedacht hatte. Sie hatte nicht gleich etwas unternommen, um darüber hinwegzukommen. Inzwischen war sie ganz davon durchdrungen und es schien keinen hellen Fleck in ihrer Seele mehr zu geben. Alles war so düster wie der Wald, durch den die Kutsche auf Wien zurumpelte, wo eine glänzende Zukunft auf Sisi wartete. Eine Zukunft, die Helenes hätte sein sollen.

Sie hatte angenommen, sie hätte sich beruhigt, bis es Zeit war, um Bayern für die Hochzeit zu verlassen, aber ihr Groll war immer größer geworden. Sie konnte nichts anderes mehr sehen als das Unrecht, das ihr angetan worden war, und die Wut darüber beherrschte sie ganz und gar. Ihr Leben lang hatte man ihr gesagt, dass es sich auszahlen würde, wenn sie gehorsam war und sich anständig benahm. Aber das waren Lügen gewesen, und darüber war sie unfassbar wütend.

»Willst du so weitermachen?«, riss ihre Mutter sie aus ihren Gedanken, offenbar am Ende ihrer Geduld.

»Ob ich wie weitermachen will?« Helene wandte den

Blick vom Wald ab und lehnte sich in ihrem Sitz zurück, um ihre Mutter anzusehen.

Der Blick ihrer Mutter sagte: *Du weißt genau, was ich meine*, aber sie fasste es auch in Worte. »Monatelang musste ich mir dein beleidigtes Gesicht ansehen. Ich hatte wirklich Geduld mit dir, aber jetzt reicht es. Komm gefälligst darüber hinweg!«

Ihre Worte waren wie Stiche, die tief in Helene eindrangen, und sie kamen ausgerechnet von dem Menschen, der ihr engster Verbündeter sein sollte. Es war so unfair! Es war doch ihre Mutter, die ihr immer gesagt hatte, dass sie genau das Richtige tat, die sie monatelang auf ihre neue Rolle vorbereitet hatte, die versprochen hatte, dass sie für all ihre Mühen belohnt würde.

»Für mich war es auch nicht leicht«, sagte ihre Mutter. »Bei Gott, das war es nicht! Die Vorbereitungen, die Korrespondenz, die Mitgift. Und alles ohne Hilfe von irgendjemandem aus unserem Haushalt.«

Tränen der Wut glitzerten in Helenes Augen. Immer wieder wurde ihr ihr Versagen vorgehalten, und ihr Verlust verlor trotz all der Zeit nicht seine Wucht.

Ihre Mutter sagte sanfter als sonst: »Schon gut, Schätzchen, nicht weinen!« Sie streckte einen Arm aus und tätschelte Helenes Knie. »Sieh es doch einmal so: Du wirst für mich da sein, wenn ich älter werde. Sisi hätte mich vorzeitig ins Grab gebracht.«

Der nächste Stich. Die nächste Kränkung. Dachte ihre Mutter etwa, das sei eine hoffnungsvolle Perspektive für sie? Dachte sie, es gäbe keinen Mann, der sie lieben konnte, nur weil einer es nicht konnte, auch wenn dieser eine ein Kaiser war? Helene konnte es nicht fassen.

Manchmal hatte sie mit Sisi darüber reden wollen und gehofft, dass mit ihrer Hilfe, mit ihrem Humor die Wut und der Schmerz kleiner würde, aushaltbarer. Sie wusste, dass Sisi das konnte, denn genau das war ihre magische Kraft, war es immer gewesen. Aber jedes Mal, wenn sie ihre Schwester darauf ansprechen wollte, hatte sich ihr Herz verhärtet. *Nein*, brüllte es. Die Verursacherin ihres Unglücks konnte unmöglich diejenige sein, die es linderte. Helene würde sie für das bestrafen, was sie getan hatte, und es spielte keine Rolle, dass sie sich dabei zugleich selbst bestrafte.

Den Rest des Wegs schwiegen Mutter und Tochter. Helene behielt ihre Gefühle für sich, die Miene so versteinert wie ihr Herz.

ZWEIUNDVIERZIG

Schon bei Tagesanbruch war Franz wach, und sein ganzer Körper vibrierte vor Vorfreude. Heute war der Tag, *der* Tag. Jeden Moment musste sie eintreffen. Nervös zupfte er seinen Kragen zurecht.

Er hatte das Bedürfnis, sich zu bewegen, weil es ihn beruhigen würde, und er ging dahin, wo er so oft Ruhe gefunden hatte – zum Fechtplatz, ein Stück abseits des Schlosses, gleich neben dem Wald. Er trug seine Fechtkleidung und ging in Position. Ihm gegenüber stand Max, und dieses Mal wusste Franz, dass er es war.

»Du bist zehn Stunden zu früh aufgestanden«, sagte Franz süffisant.

»Du irrst, Bruder. Ich war gar nicht im Bett.« Max ließ seine Klinge durch die Luft sausen.

Franz hatte das Fechttraining vorgeschlagen, aber nicht damit gerechnet, dass Max um diese Uhrzeit antreten würde, und er war nicht besonders glücklich darüber. Er hatte gerade einen Brief von Elisabeth bekommen, der ungewöhnlich lange unterwegs gewesen war, und er hätte sich darüber freuen sollen, wie über all ihre Briefe, aber dieser war ein

Schlag in die Magengrube. Elisabeth schrieb, dass Max eine Korrespondenz mit ihr begonnen hatte. Das hatte Franz nicht gewusst. Elisabeth schien sich nicht viel dabei zu denken, aber Franz kannte seinen Bruder besser und ahnte seine Absichten. Wenn er Elisabeth Briefe schrieb, bedeutete es, dass er mit ihr flirtete. Oder sogar versuchte, Franz auszubooten. Wahrscheinlich beides. Er wünschte, er könnte diese Briefe lesen, um dahinterzukommen, was Max beabsichtigte und wie er ihm schaden wollte.

Dieser Gedanke brachte sein Blut zum Kochen, und indem er dem Bruder mit seiner Fechtwaffe entgegenstürzte, eröffnete er den Kampf. Max parierte, und es ging vor und zurück, vor und zurück. Trotz seiner beunruhigenden Gedanken merkte Franz, dass ihm der vertraute Kampfrhythmus Linderung verschaffte. Sein Atem glich sich seinen Bewegungen an.

Max landete den ersten Treffer. »Heute bist du nicht gut.«

Franz ignorierte ihn.

»Ach ja, heute kommt deine Braut. Das hätte ich fast vergessen. Was meinst du, wie lange du brauchst, um sie zu ruinieren?«

Franz' Magen krampfte sich zusammen. »Wie sollte ich sie ruinieren?«

Ein Lachen drang durch Max' Maske. »Sie ist ein Schmetterling und du sperrst sie in ein Glas, Franz. Sie wird ersticken.«

»Was weißt du denn schon?«

»Alles. Ich stecke in demselben Glas und bin schon halb tot.« Max schien es durchaus ernst zu meinen.

»Ich bitte dich! Du genießt doch mehr Freiheiten am Hof als jeder andere, mich eingeschlossen.« Franz holte zum

Siegestreffer aus, aber Max wehrte seinen Hieb ab. Vorstoß, parieren. Vorstoß, parieren.

»Ich genieße gar nichts.«

»Das ist theatralisch und falsch, Max.« Franz zwinkerte, damit der Schweiß von seinen Augen abtropfte.

In diesem Moment machte Max einen Vorstoß und setzte den zweiten Treffer.

»Noch kannst du dem Ganzen ein Ende setzen«, sagte er.

»Du klingst wie Mutter.«

»Du willst sie also lieber ruinieren, aus purem Egoismus?«

Franz wurde wütend, aber er sagte nichts. War Max schon wieder eifersüchtig? Schwer zu sagen. Vor einigen Monaten in Bad Ischl hatte Max im Scherz erwähnt, er könnte Elisabeth heiraten, und seither immer wieder anzügliche Bemerkungen über sie gemacht. Und er hatte schamlos mit ihr geflirtet. Jetzt wusste Franz, dass er ihr sogar geschrieben hatte. Andererseits flirtete Max immer schamlos. Und immer wollte er das, was Franz hatte.

Es war frustrierend. Franz wollte kraftvoller attackieren, merkte aber, dass er sich verkrampfte. Seine Bewegungen und seine Fußarbeit wurden ungenau. Max landete immer mehr Treffer, der Kampf wurde immer verbissener. Die Waffen schlugen mit ohrenbetäubendem Lärm aneinander, und die Schläge fuhren Franz schmerzhaft in den Arm.

Dann durchbrach Max seine Abwehrhaltung und platzierte den finalen Treffer mitten auf Franz' Brust.

»Sieg.« Obwohl Max noch die Maske aufhatte, sah Franz sein triumphales Grinsen. »Du bekommst eben doch nicht immer, was du willst.«

Franz setzte die Maske ab und streckte dem Bruder die Hand hin. Wieder einmal versuchte er, der Galante zu sein.

Solche Gesten lagen Max fern, und er schlug Franz' Hand beiseite, machte kehrt und ging zum Palast zurück. Franz schaute ihm nach und hoffte, das Fechttraining hätte ihn besänftigt.

Trotz des Fechttrainings und der Briefe, die Max an Elisabeth geschrieben hatte, überwog für Franz die Freude auf das Ereignis des Tages. Elisabeth war auf dem Weg zu ihm und kam sekündlich näher. Er war so aufgeregt, dass er das Gefühl hatte, über den Boden zu schweben.

Er nahm den Zopf aus Pucks Haaren in die Hand. Elisabeth hatte ihn in ihrem letzten Brief mitgeschickt. *Damit du an mich denkst, bis ich wieder bei dir bin.* Und sie hatte ein Gedicht mitgeschickt:

Keck blase ich dir Meerluft an,
Recht mitten in dein Herz;
Gar bald vergissest du alsdann
Die Welt samt ihrem Schmerz.

Er würde sie vergessen. Es war der perfekte Tag dafür. Max' Sticheleien, die Missbilligung seiner Mutter. Es war der Tag für einen Neuanfang.

Theo unterbrach seine Gedanken, indem er diskret hüstelte. Franz wandte sich ihm zu. »Eure Majestät, die Gräfin noch einmal. Soll ich mich darum kümmern?«

Franz seufzte. Es gab viele Gräfinnen am Hof, aber nur eine von Bedeutung: Louise, seine frühere Mätresse, die sich, wie inzwischen herausgekommen war, ernsthaft in ihn verliebt hatte. Er hatte nie beabsichtigt, ihr das Herz zu brechen, aber offenbar war es passiert.

»Lass sie herein.« Er legte Pucks Zopf in eine kleine Schachtel in seinem Schreibtisch, dann drehte er sich zu Louise um.

Sie war so schön wie immer, aber Franz fühlte sich nicht mehr zu ihr hingezogen. Auch ihr Körper ließ ihn kalt, eng geschnürt von einem Mieder wie aus grünen Fischschuppen. Genau wie die goldenen Bänder in ihren Haaren, die sich effektvoll von ihrem schwarzen Mantel und ihrer schwarzen Kopfbedeckung absetzten, die blauen Augen, der elegant geschwungene Hals und ihr zitternder Atem.

Allenfalls tat sie ihm leid. Sie sah aus wie eine trauernde Witwe. In der freundlichen Umgebung seines Zimmers mit den grün-goldenen Tapeten, dem hellen Holzfußboden und der verspielten Decke mit weißen Putten wirkte sie umso unglücklicher.

»Mein Kaiser.« In ihrer Stimme schwang immer noch so viel Hoffnung mit, dass es Franz erschreckte. Er hatte die Affäre beendet, sobald er nach Wien zurückgekehrt war, weil niemand außer Elisabeth mehr Platz in seinem Herzen hatte. Aber in den Monaten, die seither vergangen waren, hatte Louise ihre Haltung nicht geändert. Es stand ihr ins Gesicht geschrieben, wie sehr sie litt.

»Es ist kein guter Zeitpunkt, Gräfin.« Er konnte nichts mehr für sie tun. Er hatte es mit Freundlichkeit und Güte versucht, hatte ihr alles erklärt. Und doch war sie hier und beharrte auf ihre Beziehung.

»Sie haben meine Briefe nicht beantwortet.«

Das stimmte.

»Dafür gab es keinen Grund. Es ist vorbei.«

»Sie denken, Sie können mich so einfach aussortieren?«

Einfach war es nicht gewesen. Das hätte Louise nicht zugelassen. Sich in Elisabeth zu verlieben, war einfach gewesen. Aber Louise war es gewohnt, zu bekommen, was sie wollte. Er hatte ihr nicht aus dem Weg gehen können, dafür trug sie ihren Liebeskummer zu offen zur Schau, und ihre kaum verhüllten Drohungen, die Affäre öffentlich zu machen, hatten ein Übriges getan.

»Ich habe Ihnen ein großzügiges Angebot gemacht.« Er wusste: Das war nicht, was sie wollte. Aber so regelte man diese Dinge nun einmal. Es war eine Art Entschuldigung und sollte Wertschätzung ausdrücken.

Sie berührte seine Hand. »Sie haben gesagt, Sie brauchen mich.«

Das war keine Lüge gewesen, aber jetzt wäre es eine. Er wünschte, sie könnte das verstehen.

»Eure Majestät.« Theo unterbrach das Gespräch, und Louise zog ihre Hand zurück. »Die Kaiserbraut wird gleich eintreffen.«

Franz nickte, sah Louise an und hoffte, sie verstünde jetzt, dass sein Herz nicht mehr für sie frei war. Inzwischen gehörte es einer anderen Frau, ganz und gar.

»Es ist vorbei, Gräfin.« Hoffentlich begriff sie, dass es endgültig war. Er hatte sie nie zum Weinen bringen wollen, aber er konnte ihre Tränen schon kommen sehen und wusste, dass sie weinen würde, sobald sie von ihm ginge. Es war ein schreckliches Gefühl, sich wie Max zu benehmen, Menschen zu benutzen und fortzuschicken, sobald sie nicht mehr gebraucht wurden.

Als sie aus der Tür ging, trat er ans Fenster und wünschte Elisabeth herbei. Sein einziger Wunsch war, mit ihr zusammen zu sein, die Welt und ihren Schmerz zu vergessen. Krieg drohte auszubrechen, und die Gefahr hing wie eine Giftwolke über den Menschen. Es erforderte seine ganze Kraft, sich gegen diesen Krieg zu stemmen und für eine bessere, weniger destruktive Zukunft seines Reichs zu arbeiten.

Er schaute über den weitläufigen Vorhof des Palasts und strich sich über die Narbe am Hals. Wenigstens für einen Tag wollte er seine Sorgen vergessen. War es zu viel verlangt, einen Tag zu haben, an dem nichts als Freude herrschte? An dem er einfach nur mit Elisabeth zusammen war. An dem er sich auf die Fortschritte seines Reichs konzentrierte, nicht auf das Schlechte. Auf Straßen und ein Eisenbahnnetz, Handel und Handwerk.

Er ging zu seinem Schreibtisch und nahm die Hochzeitsanzeige zur Hand, die zuoberst auf einem Stapel Korrespondenz lag, hielt sie ans Licht und betrachtete das Foto von Elisabeth. Es zeigte sie, aber sie sah anders aus, als er sie kennengelernt hatte. Die dichten braunen Haare, ihre Gesichtszüge, die Kurven von Taille und Hüften – alles war da. Aber wo sonst ein Lächeln in ihren Mundwinkeln saß, war jetzt alles straff und ernst. Statt ihrer weich fallenden Locken trug sie eine raffinierte Frisur mit stramm geflochtenen Zöpfen, und kein Haar saß, wo es nicht hingehörte. Ihre Röcke waren doppelt so weit wie sonst, wie eine Sahnetorte aus Stoff. Das war nicht die sorglose Herzogintochter aus Bayern, sondern Habsburgs neue Kaiserin.

Es klopfte an der Tür, und seine Mutter kam herein. Ihr schwarz-braun gemustertes Kleid entsprach der neuesten Mode bei Hof.

Franz schwenkte ihr die Hochzeitsanzeige entgegen. Sophie hatte sich um die gesamten Hochzeitsvorbereitungen gekümmert, und Franz hatte diese Hochzeitsanzeige erst an diesem Morgen zu sehen bekommen. »So sieht sie nicht aus, Mutter.«

»Noch nicht.« Sie sprach leichthin – ihre Art, friedliche Absichten zu signalisieren. Sie würde nicht so weit gehen, die Wahl seiner Ehefrau aktiv zu unterstützen, aber auch nicht mehr dagegen ankämpfen. Franz wünschte sich mehr. Dass sie sich freute, dass sie Elisabeth liebte. Diese Elisabeth, die so klug, so aufmerksam, so voller Mitgefühl war. Sie war wie das Leben selbst. Warum konnte seine Mutter sie nicht so sehen?

Er nahm Sophies Hand und drückte sie. »Sie wird eine wunderbare Kaiserin, du wirst es sehen. Sie hat mich aufblühen lassen, und für Habsburg wird sie das Gleiche tun.«

»Zweifellos.« Sophie ließ seine Hand los und tätschelte sie, vollkommen ausdruckslos.

Franz würde sich damit zufriedengeben müssen, dass sie klein beigab. Fürs Erste. Mit der Zeit würde sie Elisabeth liebgewinnen, da war er sich sicher.

DREIUNDVIERZIG

Vor den Palasttoren drängte sich die Menge, um einen Blick auf Elisabeth zu erhaschen – ihre künftige Kaiserin. Seit Jahren war in Wien nichts annähernd so Aufregendes passiert. Nicht seit Ludovikos Geburt. Die Kutsche fuhr auf die Tore zu. Mütter mit Babys im Arm winkten, Väter nahmen ihre Kinder auf die Schultern, damit sie über die Menge hinwegsehen konnten. Andere Kinder bahnten sich einen Weg zwischen den Beinen der Zuschauer.

»Kaiserin!«, riefen sie. »Elisabeth!«

Elisabeth stockte der Atem. Galt das alles ihr? Wollte man ihre Ankunft in Wien feiern?

»Das ist ja Wahnsinn«, sagte sie und winkte ungeschickt durchs Kutschfenster. Die Menge brach in Applaus aus.

»Das ist es, Majestät.« Ihr Vater verbeugte sich spöttisch vor ihr.

Angesichts der Menge musste die Kutsche ihre Fahrt verlangsamen. Impulsiv streckte Elisabeth eine Hand aus dem Fenster, schüttelte Hände und drückte Finger im Vorbeifahren. Große und kleine Hände, helle und dunkle, weiche und schwielige, alte und junge, schmutzige und blitzsaubere. Eine Sinfonie von Menschen, Wien – ihr neues Zuhause.

»Platz machen!«, hörte sie einen Wachmann vor der Kutsche rufen. Andere drängten die Menschen aus dem Weg. Elisabeth verzog das Gesicht und wünschte, man ginge freundlicher mit den Menschen um. Schließlich war es eine jubelnde Menge, keine gefährliche.

Als die Menge auseinanderging, richtete Elisabeth den Blick nach vorn. Sie sah das Schloss zum ersten Mal, und das Herz schlug ihr bis zum Hals. Seine Größe, sein Glanz waren so einschüchternd wie die Karte des Habsburger Reichs auf dem Marmorfußboden der Kaiservilla in Bad Ischl. Man hatte ihr gesagt, fünftausend Menschen lebten in diesem Palast, aber sie hatte keine Vorstellung davon gehabt, wie so ein Palast aussehen mochte, wie groß er sein musste, um so viele Menschen zu beherbergen.

Es war wie eine eigene Stadt, ein Konglomerat verschiedener Gebäude, jedes mehrere Stockwerke hoch mit grünen und roten Dächern, die sich in alle Richtungen neigten. Ein riesiger rechteckiger Springbrunnen stand vor einem grandiosen zweistöckigen Bogengang, der in den Zentralbau führte.

»Unglaublich!« Elisabeth traute ihren Augen kaum.

Ihr Vater lächelte traurig und ließ nicht von seinen Bedenken ab. »Diese Leute glauben, von Gott selbst auserwählt zu sein.« Es war eine unverhohlene Kritik, und er wollte Elisabeth davor warnen, sich von all dem Luxus und der übersteigerten Selbstwahrnehmung der Kaiserfamilie blenden zu lassen.

»Du weißt ganz genau, dass ich das nicht so sehe«, versicherte sie ihm.

»Die Kaiserfamilie ist wie du und ich, genauso sorgenvoll, genauso gebrochen, genauso hungrig wie wir.«

»Genauso liebevoll?« Elisabeth versuchte, ihm die düstere Stimmung auszutreiben, die ihn plötzlich überfallen zu haben schien.

»Da bin ich mir nicht so sicher.«

Er wollte sich also nicht auf andere Gedanken bringen lassen. Elisabeth wandte sich wieder dem Schloss zu. Je näher sie kamen, desto mehr kunstvolle Details waren zu erkennen: Reliefs mit Schwertern und Wappen, steinerne Statuen mit den unterschiedlichsten Waffen und Kleidern, Girlanden, Kränze, Bögen, Simse. Elisabeth dachte, man könnte diese Fassaden sein Leben lang betrachten und doch nicht alle Konturen erfassen.

Dann verlor sie plötzlich jegliches Interesse am Palast, denn sie sah, wer dort vor die Tür getreten war: Sophie, Max, Ludwig, *Franz*.

Da stand er, groß und noch herrlicher anzusehen, als sie ihn in Erinnerung hatte. Ihr ging das Herz auf. Waren seine Augen schon immer so dunkel gewesen, so tiefgründig? Wie hatte sie die Linie seiner Augenbrauen bloß vergessen können, die schönen Wimpern? Sie verschlang ihn mit Blicken und dachte an ihre Tagträume, wenn sie die Hand – anstelle von seiner – an die Schenkel drückte. Bald würde es seine Hand sein.

Ihr Mund wurde ganz trocken, und ihr Herz klopfte so laut, dass sie kaum etwas anderes hören konnte.

Franz wartete nicht, bis die Kutsche stand, sondern eilte ihr entgegen, öffnete die Tür und reichte Elisabeth die Hand. Als er sie berührte, holte sie tief Luft. Es war wie beim ersten Mal, als er Pucks Strähne in ihren Haaren gefunden hatte. Sie merkte, dass ihr ganz warm wurde.

Sie wusste, was in diesem Moment von ihr erwartet wurde. Ihre Mutter hatte es ihr immer wieder eingeschärft: Sie musste sich Sophie zuwenden, einen Hofknicks machen, die Stirn bis auf die ausgestreckte Hand der Großherzogin neigen. Keine Extravaganzen. Alles streng nach Hofprotokoll. Jetzt kam ihr all das jedoch albern vor. Wie konnte jemand erwarten, dass sie sich nicht in die Arme des Geliebten warf? Sie dachte an die Befürchtungen ihres Vaters und sagte zu sich: *Schau her, Papa! Dann sag mir noch mal, dass ich hier fehl am Platz bin.*

Sie stieg die Stufen der Kutsche hinab, legte Franz eine Hand um den Hals und beugte sich vor, um ihn zu küssen. Sie wusste, dass sie vor Glück dahinschmelzen und an nichts anderes als ihn denken würde. Der Palast, die kaiserliche Familie, die düpierten Adligen – nichts würde eine Rolle spielen, wenn sie sich küssten.

Aber er entzog sich und bewahrte die Haltung, zu der sie sich nicht durchringen konnte. Statt sie zu küssen, hob er ihre Hand und drückte die Lippen darauf. Das musste reichen. Fürs Erste. Nach Monaten, in denen sie sich nur hatten schreiben können, saugte Elisabeth seine Körperwärme förmlich auf.

Es war geschafft. Endlich waren sie zusammen. Verlobt. Dieses Mal würde es Elisabeth sein, die an Franz' Seite durch die Gärten spazierte, während ihre Mütter ihnen aus der Ferne nachschauten. Sie würde beim Essen neben ihm sitzen. Sie, die ihn zum Lachen bringen konnte.

In diesem Moment schien ihr Glück perfekt zu sein, obwohl ihre Mutter monatelang davon gesprochen hatte, wie schwer sie es als Kaiserin haben würde, und obwohl Helene weiterhin stur schwieg.

Das alles spielte keine Rolle. Sie hatte sich entschieden, und Franz' jungenhaftes Grinsen bestätigte diese Entscheidung. Sie hatte die große Liebe gefunden, und falls nötig würde sie darum kämpfen.

VIERUNDVIERZIG

Helenes Herz war eine Festung; ihr Schmerz war darin eingeschlossen, bewacht wurde es von ihrer Wut. Aus dem Kutschfenster hatte sie beobachtet, wie Sisi sich beim Aussteigen in Franz' Arme werfen wollte. Er hatte sie daran gehindert, ihn zu küssen – ein Skandal. Aber dann hatten sie sich bis zum äußersten Moment an den Händen gehalten und sogar beim Auseinandergehen noch nach den Fingern des anderen getastet. Für Helene war es wie ein Schlag auf eine noch lange nicht verheilte Wunde, und sie kochte vor Wut.

Das Gefühl des Versagens breitete sich in ihrem ganzen Körper aus, als sie erneut mit ansehen musste, wie schnell und wie sehr den beiden eine Liebe zugewachsen war, die ihr verwehrt blieb. Und das, obwohl sie sich so viel Mühe gegeben hatte. Es hatte nichts genutzt. Es war Verrat. Als sie aus der Kutsche stieg, hatte sie das Gefühl, dass alle sie anstarrten. Sie drückte den Rücken durch, straffte die Schultern und setzte einen eiskalten Blick auf. *Starrt mich ruhig an*, dachte sie. *Eure schäbigen Gedanken erreichen mich nicht.*

Hinter ihr stieg ihre Mutter aus, und Sophie nahm sie herzlich in die Arme. »Wie schön, dich zu sehen, Schwester.« Auch das fachte Helenes Wut noch einmal an. Ihre Mutter hatte Sophie, Sisi hatte Franz. Und wer würde sich freuen, sie, Helene, zu sehen? Niemand. Innerhalb eines einzigen Tages war sie, auf der so viele Hoffnungen geruht hatten, in Bedeutungslosigkeit versunken. Nicht zum ersten Mal wünschte sie, ihre Mutter hätte ihr erlaubt, zu Hause zu bleiben.

Nach der Begrüßung führte Sophie, ganz die Herrscherin, Helene, Sisi und ihre Mutter schnellen Schritts durchs Schloss. Sophies Halskette klirrte beim Gehen – fünf goldene Kugeln an einem schwarzen Band. Die Art Halskette, von der Helene gedacht hatte, sie würde sie einst besitzen, aber das war jetzt ausgeschlossen.

Ihr Vater hatte sich in Richtung Springbrunnen verdrückt, Spatz im Schlepptau, und ein Diener wurde beauftragt, die beiden ins Schloss zu begleiten, wenn sie so weit waren. Die Schritte der Frauen hallten durch die marmornen Korridore. Lebensgroße Cherubim hielten goldene Lampen in die Höhe, sorgfältigst aus Stein gehauen und mitten in der Bewegung eingefroren. Sie sahen so echt aus, dass Helene sich nicht gewundert hätte, hätten sie plötzlich nach ihr gegriffen.

Der Anblick von all dem Luxus setzte ihr so zu, dass sie am liebsten um sich geschlagen hätte.

Das hier hätte ihr Zuhause sein sollen. Ihr hätten die hohen Decken gehören sollen, die hellgelben Säulen, der kunstvolle rote Marmoreingang, die reich verzierten Reliefquader, auf denen die Säulen standen. Sie hätte die Herrin über die endlosen Korridore, die holzvertäfelten Zimmer hinter den fantasievoll bemalten blauen, rosa und grünen Türen sein sollen.

Sie achtete kaum darauf, worüber ihre Mutter, Sophie und Sisi, die vor ihr gingen, miteinander redeten. Aber dann hörte sie, dass Sophie angefangen hatte, Sisi Vorschriften zu machen und ihr mitzuteilen, was bereits alles arrangiert worden war. Sie sprach von einer gläsernen Kutsche, der Kirche, dem Hochzeitswalzer. Sisi würde das alles hassen. Eine gläserne Kutsche, in der sie alle Blicke auf sich ziehen würde. Eine Zeremonie vor Hunderten Adliger, Herzögen und Gräfinnen. Formvollendete Walzer, bei denen sie – Schreck aller Schrecken – Schuhe tragen musste.

Helene war hin- und hergerissen. Ein Teil von ihr wollte der Schwester zu Hilfe eilen, die von alledem überwältigt sein musste. Ein anderer Teil von ihr dachte: *Das geschieht ihr recht. Sie hätte mir dieses Leben ja nicht vor der Nase wegschnappen müssen.* Sie hatte es satt, die große Schwester zu sein, hielt die Arme dicht am Körper und fasste ihren Rock an, um ja nicht in Versuchung zu geraten, der Schwester aufmunternd die Hand zu drücken.

Sophie zeigte auf die Diener, die oben an der Treppe warteten. »Da sind sie. Zeigen Sie den Hoheiten den neuen Rosengarten.«

Sie nahm Sisi beim Ellenbogen und winkte Helene und ihrer Mutter zu, damit sie den Dienern folgten. Helene wusste nicht, was schlimmer war: dass ihr das Alleinsein mit Sophie verwehrt war oder dass sie mit ihrer Mutter eine Besichtigung machen musste, die nicht ihr zugedacht sein sollte.

»Helene! Warte bitte!« Sisis Stimme klang so flehend, dass Helene innerlich triumphierte. Noch vor wenigen Sekunden hatte sie ihrer Schwester den vertraulichen Umgang mit Sophie geneidet, aber jetzt freute sie sich darüber, denn sie wusste, wie allein Sisi sich dabei fühlen würde. Wenn die

Schwester ihre Hilfe brauchte, hätte sie sich überlegen sollen, worauf sie sich einließ, bevor sie Helenes Leben ruinierte.

Helene drehte sich um und schloss sich ihrer Mutter an, die bereits den Dienern folgte. Erst als sie in einer Halle mit diamantförmigen Bodenfliesen ankamen, legte sich ihre Wut. Stattdessen meldete sich ihr neuester Begleiter, die Scham.

Willst du wirklich so sein, Helene?

Nein, das wollte sie nicht. Es war, als hätte sie die Kontrolle über sich verloren. Als sei sie zu einer donnernden Lawine geworden. Zu etwas Gefährlichem, Zerstörerischem, das keinen Einhalt fand.

Sie ging schnell weiter, und ihr Hass auf sich selbst wuchs mit jedem Schritt.

FÜNFUNDVIERZIG

Elisabeth schaute Helene bedrückt nach. Es ging ihr gar nicht mehr um sich selbst, vielmehr machte sie sich Sorgen, dass Helene nie wieder die Alte würde. Dass sie, Elisabeth, etwas zerstört hatte, das nicht zu reparieren war. Helenes Wut war wie Feuer, und Elisabeth fürchtete, dass es die Schwester verbrennen könnte.

Wo war die Helene geblieben, die ihr immer geholfen hatte? Die Helene, die am Flussufer barfuß über Stock und Stein gerannt war, um Elisabeth zu retten? Die Helene, die sie in einer Truhe versteckt hatte, als der Graf, der sich beim Essen die Hose aufknöpfte, wieder zu Besuch gekommen war. Würde sie diese Helene nie wiedersehen?

»Sie spricht nicht mehr mit mir. Kein einziges Wort«, sagte sie leise und unglücklich.

Sophie legte einen Arm um ihre Schulter und führte sie durch die grandiose Halle.

»Nur der liebe Gott kann uns vergeben«, sagte sie. »Alles andere ist Eitelkeit. Und Zeitverschwendung.«

Elisabeth fühlte sich seltsam getröstet, nicht durch die Worte, sondern durch Sophies Tonfall. Er hatte etwas

Warmes an sich. Etwas, das Elisabeth spüren ließ, dass sie vielleicht falsch verstanden hatte, was sie gehört hatte, bevor sie Bad Ischl verließen. Vielleicht könnte Sophie ihre Verbündete sein.

Auf gewisse Weise ähnelten sie einander, dachte Elisabeth. Sophie war mutig und hatte ihren eigenen Kopf, ließ sich vom Hof nicht einschüchtern, sondern beherrschte ihn. Sie ließ sich von ihren Pflichten nicht unterkriegen, sondern machte sie sich zu eigen und erfüllte sie, wie es ihr passte. So wollte Elisabeth es auch halten. Vielleicht konnte Sophie sie lehren, wie man das am besten anstellte.

Sophie führte sie zu einer Doppeltür und stieß sie auf.

»Das sind deine Gemächer«, sagte sie und machte eine schwungvolle Geste.

Elisabeth staunte über das, was sie sah, und es vertrieb die sorgenvollen Gedanken über Helene. Es waren großartige Räumlichkeiten. Die blaue Tapete im vorderen Zimmer war mit einem moosigen Grün durchzogen, das Elisabeth an Waldspaziergänge in ihrer Heimat erinnerte. Gemälde zeigten aufgeschreckte Rehe und Vögel im Flug. Der grün-blaue Perserteppich war so dick und weich, als ginge man durch ein Blumenbeet. Ein hauchdünner Vorhang bauschte sich im Wind und gab den Blick in einen Garten mit goldgelb verfärbten Blättern und üppigen Weinranken frei.

Zu Elisabeths Erstaunen trug bei, dass das Zimmer voller Frauen war, alle ähnlich gekleidet und zugeknöpft bis zum Hals, mit eng geschnürten Miedern über ausladenden bodenlangen Röcken. Wie auf Kommando machten alle einen Hofknicks.

Die Einzige, die sie kannte, war die schmalgesichtige, langhalsige Esterházy. Obwohl sie lächelte, sah sie unglücklich aus.

Eine nach der anderen stellte Esterházy ihr die anderen Frauen vor, aber Elisabeth konnte sich nicht alles merken. Es waren Harfenistinnen, Stickerinnen und Zeichnerinnen, und sie alle sprachen mehrere Sprachen. Sie stammten aus Italien und Rumänien, Deutschland und Frankreich. Dass ausgerechnet die strenge, humorlose Esterházy ihren Hofstaat anführte, versetzte Elisabeth einen Stich, und dass alle anderen permanent um sie herum sein sollten, versprach ebenfalls nichts Gutes.

»Gräfin Leontine von Apafi aus dem fernen Siebenbürgen, Eure Majestät«, kam Esterházy endlich ans Ende des Defilees. »Sie spricht fließend Französisch und ist eine erstklassige Vorleserin.«

Das erregte Elisabeths Interesse. Noch eine Leserin – vielleicht konnte sie zur Freundin werden. Es war der erste Name, den sie sich merken konnte.

»Ich habe meine Lieblingsbücher mitgebracht«, sagte Elisabeth. »Kennen sie den Werther?«

Die Hofdamen kicherten leise, während Sophie und Esterházy sich einen vielsagenden Blick zuwarfen und Leontine lediglich einen Hofknicks machte.

Elisabeth wusste nicht, warum ihre Frage nicht beantwortet wurde, dachte aber, eine freundliche Geste könnte Leontine ermutigen. Deshalb reichte sie ihr die Hand und sagte: »Ich bin Elisabeth.«

Esterházy schnappte nach Luft, und Elisabeth zog die Hand zurück. Offenbar hatte sie einen Fehler gemacht, aber welchen?

»Kaiserliche Hoheit.« Esterházy schlug sich entsetzt die Hand an die Brust. »Keine Berührungen und keine Vornamen!«

Elisabeth war wie vor den Kopf gestoßen. Von dieser Regel hatte man ihr nichts gesagt. Alles Mögliche hatte man ihr eingebläut: diese Gabel für das, jene für etwas anderes, diese Art von Verbeugung für Adlige eines bestimmten Rangs, jene für andere. Elisabeth versuchte, alledem etwas Komisches abzugewinnen, und auch jetzt lächelte sie und nickte Esterházy an den passenden Stellen zu.

Die nächste Station war Elisabeths Ankleidezimmer, das größte und hellste der Welt, wie es ihr vorkam. Dutzende Kleider in starken Farben hingen auf Ankleidepuppen. Cremefarbene Überröcke mit feinen rosa Stickereien, blaugrüne Kleider mit Wespentaillen und ausladenden Röcken, eine sonnengelbe Bluse. Ein halbes Dutzend Menschen befand sich in dem Zimmer: zwei Näherinnen, vier Kammerzofen. Sechs weitere Namen, die sie sich merken musste. Ihr wurde die Brust eng. Einerseits freute sie sich und war ganz aufgeregt, andererseits war ihr das alles hier zu viel. Warum brauchte sie so viel Hilfe für etwas so Einfaches wie das Ankleiden?

»Alles entspricht der neuesten Mode aus Paris, Sankt Petersburg und Mailand. Ich habe alles persönlich für dich ausgewählt.« Sophie strich mit der Hand über die Kleider, während sie sprach.

Die anderen Frauen verteilten sich im Zimmer, bewunderten die Spitzenränder, die Puffärmel, die vielen Meter roter, schneeweißer und meerblauer Stoffe. Elisabeths Blick fiel auf zwei Reihen ordentlich nebeneinandergestellter Schuhe in Hellorange, Purpur und hundert anderen Farben. Es mussten tatsächlich über einhundert Paar Schuhe sein, genug für zehn Paar für jede Frau im Zimmer.

»So viele Schuhe!«, sagte sie fassungslos.

»Eine Kaiserin darf kein Paar Schuhe zweimal tragen«, erklärte Esterházy. »Danach werden sie entsorgt.«

In ihren Worten schwang so viel Stolz mit, dass Elisabeth ganz schlecht wurde. »Entsorgt? Das ist doch Verschwendung!«

Sie musste an die Menschen vor den Schlosstoren denken. Manche waren barfuß gewesen, andere hatten vollkommen abgetragene Sachen an. Warum sollte sie, die Schuhe ohnehin nicht leiden konnte, fast neue Schuhe wegwerfen? Ganz abgesehen davon, dass neue Schuhe drückten, Blasen und Schürfwunden verursachten. Wenn sie schon Schuhe tragen musste, sollten es ihre gut eingelaufenen Reitstiefel oder Reiseschuhe sein.

»Es ist Tradition, Hoheit.« Esterházy zuckte mit den Schultern.

Es war eine Geste, die Elisabeth genauso verletzte, wie es diese Schuhe tun würden. Sie war erst seit höchstens zwei Stunden im Schloss, und schon war alles zu viel für sie. Trotz der Kürze der Zeit hatte man ihr lauter unsinnige Regeln beigebracht, und es war noch kein Ende abzusehen.

Sie sehnte sich nach Franz. Sie war nicht hergekommen, um über Schuhe zu sprechen oder hübsche Kleider anzuprobieren. Ja, sie waren hübsch, und Elisabeth wollte schön sein und Franz' Gesicht sehen, wenn sie in Knautschsamt oder blauer Seide auf ihn zutrat. Stärker war aber ihr Wunsch, mit ihm hinter Vorhängen zu verschwinden und seine Lippen auf der Haut zu spüren, seinen warmen Atem auf ihrem Hals. Mit ihm allein zu sein, um ihm sagen zu können, was sie bis jetzt nur geschrieben hatte: *Ich liebe dich*. Es ging doch nur um ihn, nicht um Kleider und Schuhe!

Sie spürte etwas am Bein und schaute nach unten. Während die anderen noch damit beschäftigt waren, die Kleider und Schuhe zu bewundern, hob Elisabeth den kupferroten Seidenrock an, gegen den sie gestoßen zu sein schien, und sah Luzi dort hocken. Sie lächelte, und dieses Mal war ihr Lächeln echt. Ihre Nervosität legte sich. Luzi machte, was auch Spatz gern machte: sich vor den Erwachsenen unter irgendeinem Rock oder Tisch verstecken und behaupten, ein Elfenzauber hätte sie unsichtbar gemacht.

Sie zwinkerte Luzi zu und ließ den Rock wieder fallen, bevor der Junge entdeckt würde. Schon wieder teilten sie ein Geheimnis. Was für eine Erleichterung! Es erinnerte sie daran, dass Franz nicht der Einzige im Palast war, den sie mochte. Luzi würde immer hier sein und sie an Spatz erinnern, wenn sie die kleine Schwester vermisste. Und auch Max war eine Art Freund, selbst wenn er ein ziemlicher Unhold war.

Sie kam ein wenig zur Ruhe und schaute sich nach etwas anderem um, worüber sie sich freuen könnte. Ein Sonnenstrahl schien durchs Fenster und ließ etwas auf der Frisierkommode aufblitzen. Es waren Juwelen in einem Glaskasten, die in der Sonne funkelten. Eine Halskette mit gelb-orangenen Edelsteinen, alt, elegant, kaiserlich.

»Gefällt sie dir?« Sophie war auf Elisabeth zugetreten. »Sie ist seit Hunderten von Jahren in unserem Familienbesitz.«

»Sie glitzert, als sei sie lebendig«, sagte Elisabeth.

Sophie nahm die Kette aus dem Glaskasten und legte sie Elisabeth vorsichtig um.

Ihre Geste hatte etwas Zärtliches, Mütterliches. Elisabeth fragte sich, ob Sophie, die ja nur Söhne geboren hatte, solche Momente vermisst hatte und ob sie diesen Moment genauso genoss wie sie selbst. Ihre Mutter hatte das bisschen Zärtlichkeit, das sie aufbringen konnte, stets Helene vorbehalten. Für Elisabeth hatte es nicht gereicht. Die Art, wie Sophie ihr diese Kette angelegt hatte, rührte sie beinahe zu Tränen. Seit der Begegnung mit Luzi war ihr ohnehin leichter ums Herz, und nun fühlte sie sich noch besser. Sie merkte erst jetzt, wie sehr die letzten Monate an ihr gezehrt hatten. Wie lange hatte sie auf eine liebevolle, beschützende Geste von einer der Frauen in ihrem Leben gewartet! Eine Geste wie die von Sophie gerade eben. Zumal Sophie auf etwas reagiert hatte, was Elisabeth gesagt hatte, während man ihr sonst kaum je zuhörte. Sie maß diesem Moment eine große Bedeutung bei.

Als Sophie von einer Zofe gerufen wurde und Elisabeth in die angeblich so kompetenten Hände der Esterházy übergab, fühlte Elisabeth sich verlassen. Und sie vermisste Helene mehr denn je.

SECHSUNDVIERZIG

Franz konnte sich nicht mehr konzentrieren. Alles, was er wollte, waren dreißig Minuten, fünfzehn oder auch nur fünf allein mit ihr. Um ihren Duft einzuatmen, das Gesicht an ihre Haare zu drücken, ihren warmen, weichen Körper zu spüren. Er dachte an den Beinahe-Kuss vor der Kutsche. Die Kombination aus Sehnsucht und gebotener Zurückhaltung hatte ihn beinahe umgebracht. Einmal hatte sie gesagt, sie wünschte, er wäre ein Schneider, und heute teilte er ihren Wunsch. Als Schneider würde kein Mensch auf ihn achten. Niemand würde erwarten, dass er sich ans Protokoll hielt. Niemand hätte sie monatelang voneinander ferngehalten. Seine Sehnsucht war Schmerz und Genuss zugleich.

Und jetzt hatte man sie ihm schon wieder weggenommen. Dieses Mal wegen einer Anprobe. Er versuchte, sich die Szene vorzustellen: Eine Schneiderin schnürte Elisabeths Kleid auf, und es fiel zu Boden. Nackt würde sie dastehen, bis man ihr ein anderes Kleid anzog. Und nach der Anprobe wäre sie wieder nackt. Die Vorstellung erregte ihn ungemein.

Aber er musste sich auf die Besprechung konzentrieren, in der er gerade saß. Es ging um die Zukunft des Reichs. Er zwang sich, zuzuhören und für den Moment nicht mehr an Elisabeth zu denken. Er schaute auf die purpurnen Marmorsäulen, die meergrünen Wände, den langen Tisch mit einer Karte von Europa, um den lauter wichtige uniformierte Männer saßen. Am anderen Ende des Tischs stand seine Mutter und machte ein ernstes Gesicht.

»Frankreich und England haben Russland offiziell den Krieg erklärt. Das russische Heer steht seit gestern bei Odessa unter Beschuss«, sagte ein Kabinettsmitglied.

Die Nachricht traf Franz wie ein Schlag. Jeder neue Schritt der Nachbarländer und jede Reaktion darauf machten es für Habsburg schwerer, sich aus dem Krieg herauszuhalten.

Wie ein Echo auf Franz' Gedanken fuhr der Mann fort: »Majestät müssen sich für eine Seite entscheiden, sonst werden wir auf eine Seite gedrängt, welche auch immer.«

Franz dachte an einen Brief von Elisabeth. Sie hatte geschrieben, er müsse zu seinen Überzeugungen stehen. Franz kannte sonst niemanden, der so dachte. Am Hof wimmelte es von Leuten, die um Posten rangelten, seine Aufmerksamkeit erringen wollten und ihre Überzeugungen ständig wechselten, je nachdem, wie es gerade opportun war. Elisabeths Weltsicht hatte etwas Reines, und Franz wollte die Welt genauso sehen. Er wollte nicht glauben, dass der Krieg darüber entscheiden würde, auf welcher Seite sich Habsburg wiederfinden würde. Er wollte glauben, dass er, Franz, seine Überzeugungen durchsetzen konnte.

Sein Kabinett war ins Gespräch vertieft. Ein General stemmte die Fäuste auf den Tisch und sagte: »Wir müssen unsere Truppenverbände verstärken.«

Von Bach, Franz' Finanzberater, ergriff das Wort. »Wenn ich darf, mein Herr: Die Militärausgaben stellen dieses Jahr einen schmerzhaften Anteil unseres Staatsetats dar. Ein Kriegseintritt würde bedeuten, dass wir für nichts anderes mehr Geld haben.«

Von Bach warf Franz einen Blick zu, den der nur zu gut verstand: Es gäbe kein Geld für die Pläne, die er heimlich und in aller Stille für Habsburgs Zukunft entwickelt hatte. Pläne für ein Eisenbahnnetz, das die weit auseinanderliegenden Teile des Reichs miteinander verbinden würde. Nie wieder mehrtägige Kutschfahrten durch unebene, halb fertige Straßen. Auch diese Straßen würde er ausbauen. Die Eisenbahn aber würde seine größte Leistung sein. Er war zutiefst davon überzeugt, dass sie vielen das Leben erleichtern würde. Sie würde den Hunger beenden und die Unruhen würden sich legen. Er war nicht so naiv zu glauben, die Eisenbahn würde alle Probleme auf einmal lösen. Aber die Menschen würden sehen, dass er es ernst meinte mit der Verbesserung der Lebensverhältnisse.

Er konnte es kaum abwarten, Elisabeth davon zu erzählen. Er hatte nichts davon geschrieben, weil er ihr Gesicht sehen wollte, wenn er ihr schilderte, wie weitreichend seine Pläne waren. Er wollte ihr auch sagen, dass diese Pläne viel mit ihr zu tun hatten. Schon länger hatte er vage Vorstellungen von Fortschritt im Reich gehabt, aber erst Elisabeth hatte ihm das Gefühl gegeben, dass alles möglich war, wenn er nur wollte. Die Menschen würden in Zukunft nicht monatelang von Sehnsucht gequält werden. Die Eisenbahn würde sie zueinander bringen, auch über große Entfernungen. Sie würde die Menschen auch mit den Dingen verbinden, die sie sonst noch brauchten – Essen und Feuerholz.

Umso mehr Grund, sich gegen den Krieg zu stellen.

Ein anderer General sah Von Bach sarkastisch an. »Wofür

brauchen Sie denn dieses Mal Geld? Wohnheime für arme Witwen?«

Allgemeines Gelächter.

»Meine Herren«, mahnte Franz, und das Gelächter verstummte augenblicklich.

Die Kriegsbefürworter versuchten es auf anderem Weg. »Was, Majestät, könnte wichtiger sein als die Verteidigung des Reichs?«

Ein lahmes Argument.

»Ihnen geht es um Angriff, nicht um Verteidigung«, hielt Franz ihnen entgegen. War ihnen der Unterschied nicht klar?

»Ich rate zum Abwarten«, sagte ein Moderater. »Noch ist die Situation zu unübersichtlich, um zu entscheiden, was am besten zu tun ist.«

Dann ergriff Max das Wort und sagte höhnisch: »Unübersichtlich? Ich bitte Sie!« Er war aufgestanden und präsentierte seine aufgeknöpfte blaue Jacke, eine blau-weiße Weste darunter, ein lavendelgraues Halstuch. Da alle anderen Uniform trugen, hob er sich auf genau die Art von ihnen ab, wie er es liebte.

Alle hörten zu, als er die Lage anhand von Früchten verdeutlichte, die er in Schlachtformation über die Europakarte verteilte. Feigen waren französische Schiffe, Erdbeeren britische Dampfer, Weintrauben die russische Infanterie und Flotte. Max warf eine Weintraube in die Luft, fing sie mit dem Mund auf und verspeiste sie schmatzend. Effektvolle Auftritte beherrschte er; was richtig und falsch war, war ihm egal.

»Wie Sie sehen, wird der Zar mit und ohne uns erledigt.« Er zeigte auf die Karte. »Wir sollten uns also in Richtung Westen orientieren. Von Franzosen und Engländern können wir etwas lernen.«

Sophie ergriff das Wort und brachte selbst jemanden wie Max zum Schweigen. »Wir dürfen uns nicht gegen Zar Nikolaus stellen. Unsere Allianz mit Russland sichert unsere Stellung in Europa. Deswegen müssen wir uns *gegen* den Westen wenden.«

Alle schauten Franz an, der sich zwischen Mutter und Bruder entscheiden musste. Oder auch nicht. Er wollte sich nicht an diesem Krieg beteiligen, sondern folgte Elisabeths Überzeugung. »Sich auf eine Seite zu schlagen, egal welche, ist eine Verschwendung von Geld und – noch wichtiger – Leben. Ich habe anderes mit Habsburg vor.«

Nach längerem Schweigen hob ein General hoffnungsvoll die Hand. »Ich bitte Sie dringend, Ihre Haltung noch einmal zu überdenken, Majestät. Die Gesandten aus Paris und Sankt Petersburg sind anlässlich der Hochzeit eingetroffen. Beide wollen wissen, welcher Seite sich Habsburg anschließt.«

»Sie haben meine Antwort gehört.« Franz blieb sich treu und löste die Versammlung auf. Er fragte sich, wie Elisabeth reagieren würde, wenn er ihr davon erzählte. In der Frage, wen er heiraten würde, hatte er sich gegen seine Mutter durchgesetzt, und seither ging es ihm besser. Jetzt hatte er ein noch größeres Kräftemessen mit ihr zu überstehen: ob es ihm gelingen würde, das Reich aus einem unnötigen Krieg herauszuhalten.

Von Bach wartete vor dem Konferenzsaal auf ihn und folgte Franz, als er herauskam. Ihre Schritte hallten auf dem Marmorfußboden wider.

»Ich fürchte, Ihre Mutter hasst mich!«, sagte Von Bach.

Franz hätte beinahe gelacht. »Bilden Sie sich nichts darauf ein. Sie sind nur einer von vielen.«

»Wann informieren wir Kabinett und Erzherzogin über Ihre Pläne?«

Franz schwankte zwischen Vorfreude und Furcht. Noch stand seinen Plänen so viel im Weg, vor allem falls Habsburg doch noch in den Krieg hineingezogen würde. Andererseits konnte die Eisenbahn so vieles ändern, wenn es ihm gelang, das Vorhaben durchzusetzen.

Es wäre erst das zweite Mal, dass er etwas ohne Mitwirkung seiner Mutter zustande brachte. Es fühlte sich falsch an, sie außen vor zu lassen, aber er wollte seinen Traum von niemandem zunichtemachen lassen, schon gar nicht von ihr. Sie und das Kabinett drängten ihn, sich zwischen Napoleon und den Russen zu entscheiden. Seine Eisenbahnpläne würden ihnen wie eine Träumerei vorkommen. Er würde diese Pläne verteidigen, wenn die Zeit reif war, aber erst sollten sie fertig werden. An alles sollte gedacht werden, um keinen Ansatzpunkt für Kritik zu liefern. Er würde Fachleute anheuern, um die genauen Streckenverläufe festzulegen, und erst danach würde er die Pläne seiner Mutter und seinem Kabinett vorstellen.

Franz blieb stehen und sah Von Bach an. »Wenn sie fertig ausgearbeitet sind.«

Und nachdem er Elisabeth alles erzählt hätte. Sie sollte es als Erste erfahren, ihre Reaktion war ihm wichtig.

Von Bach nickte und wandte sich zum Gehen. »Wie Sie wünschen, Majestät.«

Zurück an seinem Schreibtisch hörte Franz es an der Tür klopfen. Er wusste, dass es Zeit für seine nächste Besprechung war, eine besonders unangenehme. Die Freude über seine Eisenbahnpläne wich der Verärgerung über das, was ihm bevorstand.

Theo ließ Max ins Zimmer, die Hände in den Taschen, lässig wie immer. Seine Erscheinung stand in starkem Kontrast zu der strengen Ordnung des Zimmers, den Büsten bedeutender Männer und den goldenen Familienwappen aus Jahrhunderten.

»Bruder.« Max trat an den Schreibtisch, an dem Franz saß. »Du wolltest mich sprechen?«

»Max.« Franz stählte sich für das Kommende, lehnte sich zurück und ließ sich seine Missbilligung ansehen. »Nimmst du deine Rolle bei Hofe ernst genug?«

»Was soll die Frage?« Max kniff die Augen zusammen, und seine lässige Fassade bröckelte. »Ich berate dich nun schon seit Monaten, aber ich weiß, dass du nur Ohren für dieses Frettchen Von Bach hast.«

Franz atmete tief ein und richtete den Blick auf den Mann, der still vor der dunkelgrünen Wand zu Franz' Linker saß. Es war Leutnant Krall, ein großer, blasser Mann mit raspelkurzen grauen Haaren. Er blickte ernst drein, und sein Gesicht war von Falten zerfurcht, die Kriegen und anderen schweren Zeiten Tribut zollten. In der Revolution hatte er einen Arm verloren, und jüngst hatte er noch mehr verloren. Nachdem er Anfang der Woche zu Franz gekommen war, um ihm seine Geschichte zu erzählen, konnte Franz den Bruder tagelang nicht ansehen, ohne ihn am liebsten zu erwürgen.

»Während der Revolution hat Leutnant Krall dem Reich seinen Arm geopfert.« Franz zeigte auf ihn, und er stand auf.

»Nett von ihm.« Max' Gleichgültigkeit machte Franz noch wütender.

»Er hatte zwei Töchter, Agnes und Emilie.«

Max wurde blass. *Wenigstens erinnert er sich an ihre Namen*, dachte Franz zynisch. Andernfalls wäre das Ganze noch unerträglicher.

Franz fuhr fort: »Agnes ist von einem jungen Mann schwanger geworden, der nicht die Absicht hatte, sie zu heiraten. Sie ist während der Geburt gestorben. Das Kind ist jetzt eine Waise.«

Max starrte düster vor sich hin.

Franz schüttelte den Kopf. »Emilie ist demselben jungen Mann zum Opfer gefallen. Aus Kummer und Schmerz hat sie sich von der Scheune ihres Gutshauses gestürzt und ist seither in einem Sanatorium untergebracht.«

Dem Leutnant schossen Tränen in die Augen, und mit zitterndem Kinn sah er Max ebenso wütend wie angewidert an. Max schien immer mehr zu schrumpfen, faltete nervös die Hände und spielte an seinen goldenen Ringen herum.

Franz schob das Kinn vor. »Da wir nicht wissen, um welchen jungen Mann es sich handelt, können wir lediglich dafür sorgen, dass der Leutnant und seine Familie entschädigt werden. Ein Adelstitel und eine jährliche Pension, denke ich. Was meinst du?«

»Ja.« Max nickte so ernst, wie die Situation es verlangte. Franz ballte die Fäuste.

»Es soll dem Leutnant helfen, diese Geschichte zu vergessen, sodass er sie nicht weiter herumerzählen muss.« Franz hoffte, beide Männer verstanden, was er meinte. Die Familie konnte es sich nicht leisten, in Skandale verwickelt zu werden, wenn ein Krieg und politische Unruhen das Reich ohnehin schon schwer belasteten.

Franz nickte dem Leutnant zu.

»Danke, Eure Majestät.« Der Mann verbeugte sich, stand auf und verließ das Zimmer. Als er an Max vorbeikam, drehte der sich von ihm weg.

Als die Schritte des Mannes im Korridor verhallten, sagte Max zu seinem Bruder: »Glaub mir, ich wusste nicht, dass es Schwestern waren.«

»Macht das die Sache besser?« Ungläubig schüttelte Franz den Kopf, stand auf und legte eine geballte Faust auf den Schreibtisch. »Wir haben darüber gesprochen, als du dich bereit erklärt hast, als mein Berater tätig zu werden. Du musst dich an die Regeln halten!«

Max hatte Franz monatelang dafür gescholten, dass er sich für Elisabeth entschieden hatte, und immer wieder gesagt, dass er ihr Leben ruiniert hatte. Das hinderte ihn aber nicht daran, Frauen weiterhin wie Objekte zu behandeln, die man schnell wieder verlassen und vergessen konnte. Franz hätte niemals eine Beziehung angefangen, die der betreffenden Frau schaden könnte, und schon gar nicht eine nach der anderen. Von Max' Verhalten wurde ihm übel. Und das hier war das Schlimmste, was er je angerichtet hatte, denn dieses Mal hatte Max nicht nur Herzen gebrochen, sondern zwei Leben auf dem Gewissen. So viel Grausamkeit hatte Franz selbst ihm nicht zugetraut.

»Du musst damit aufhören. Mit deiner Rücksichtslosigkeit schadest du uns und allem, was wir aufgebaut haben. Was, wenn er nicht bereit gewesen wäre, den Titel und das Geld anzunehmen? Was, wenn er die Geschichte bei Hofe verbreitet hätte? Wie kann ich mich von dir auf diplomatischen Missionen oder Bündnisverhandlungen repräsentieren lassen, wenn solche Dinge über dich bekannt werden?« Franz appellierte an die Vaterlandsliebe seines Bruders, wohl wissend, dass es vergeblich sein würde, an seine Bruderliebe zu appellieren. Und ein Gewissen, an das man appellieren könnte, hatte er nicht.

Max' Augen sprühten vor Wut. »Dann wirfst du mich also lieber den Wölfen vor, statt mit mir zu reden?«

Franz kochte innerlich. Er *hatte* mit Max geredet, aber es hatte nichts genutzt. Die Situation war ausweglos geworden: Wenn Max am Hof blieb, würde man Franz als Komplizen von Max' Skandalen sehen. Wenn er ihn fortschickte, würde er woanders das Gleiche tun, und Franz wäre nicht in der Nähe, um für Schadensbegrenzung zu sorgen. Er wusste nicht, was schlimmer war.

Max stand schon wieder so lässig da, als wäre nichts geschehen. Nichts deutete darauf hin, dass er sich ändern würde oder wollte. Er verbeugte sich nur und sagte: »Bruder.«

Franz zeigte auf die Tür, und Max ging.

SIEBENUNDVIERZIG

Elisabeth hatte sich nackt nie unwohl gefühlt, aber sie war dabei auch noch nie von so vielen Menschen umgeben gewesen. Ihre Hofdamen hatten sich nicht zurückgezogen, als es Zeit für ihr Bad war, sondern sich im Badezimmer verteilt. Einige standen, andere hatten sich hingesetzt. Eine stand vor dem Spiegel und bewunderte sich unverhohlen in ihrem neuen Hofdamenkleid. Zofen zogen Elisabeth aus, und sie bedeckte die Brüste mit Armen und Händen, während sie wie ein Zootier begafft wurde. Wie ein Vogel im Käfig.

Eine Hofdame half ihr dann in die große Kupferwanne, und Elisabeth tauchte dankbar in das heiße Wasser ein, während sich ihre langen Haare wie wogendes Seegras auf der Wasseroberfläche ausbreiteten. Esterházy sagte, sie dürfe sich nicht selbst waschen. Elisabeth lehnte sich zurück und überließ sich den Hofdamen. Sie gingen mit Schwämmen und Bürsten zu Werk, während Zofen warmes Wasser aus Messingkaraffen nachgossen.

»So eine schöne Haut, wie Mondlicht«, sagte eine Hofdame.

»Wahrscheinlich hat sich der Kaiser zuerst in ihre Haare verliebt.«

»Oder ihre Augen.«

»Nein, es müssen ihre Lippen gewesen sein.«

Elisabeth rümpfte die Nase. Franz hatte sich in ihre Klugheit verliebt. Ihren Witz. Dass sie immer ihre Meinung sagte. Die Vorstellung, es könnte etwas rein Körperliches gewesen sein, beunruhigte sie. Die Herzöge mit ihren aufgeknöpften Hosen waren an Körperlichem interessiert, und Franz auch nur in ihre Nähe zu rücken, war eine Beleidigung.

»Ich wünschte, ich hätte so lange Haare.«

Elisabeth fühlte sich immer unwohler. Warum sprach man über sie, als wäre sie nicht anwesend? Als wäre sie ein Gemälde, das man nach Herzenslust bewundern oder kritisieren konnte.

Ausführlich erklärte Esterházy dann das Prozedere der kaiserlichen Haarwäsche, und Elisabeth versuchte, sich vorzustellen, sie sei zu Hause und es sei Helene, die ihr half, sich die Haare zu waschen. Aber auch das war kaum eine Erleichterung, weil Helene der Schwester zurzeit lieber die Haare ausreißen würde, als sie zu waschen. Wie lange würde Helene noch so unerreichbar bleiben?

Esterházy überwachte alles mit kritischem Blick und sagte dann abschätzig: »Vielleicht muss der ganze Pelz runter, und wir probieren es mit einer Perücke.«

Elisabeth glaubte, sie sagte das nur, um ihr Angst zu machen, aber das war schon schlimm genug. Sie holte tief Luft und tauchte unter Wasser, um nichts mehr hören zu müssen als beinahe musikalisches Gemurmel, dem sie keinen Sinn zu entnehmen brauchte. So lange sie konnte, hielt sie die Luft an und tauchte dann hustend wieder auf. Die Hofdamen sahen sie bestürzt an. Elisabeth wünschte, sie würden verschwinden und sie allein lassen. Nein, nicht ganz allein.

Sie sehnte sich nach Franz. Die wenigen Minuten, die sie sich heute gesehen hatten, waren nicht genug. Sie brauchte ihn wie eine Blume den Sonnenschein. Ihr Körper sehnte sich nach seiner Berührung. So hatte sie sich das alles nicht vorgestellt. Und mit einem knappen Dutzend Hofdamen, die ihr beim Baden zuschauten und Spekulationen über ihre Haare, Augen und Lippen anstellten, hatte sie schon gar nicht gerechnet.

Die Damen trockneten sie ab und kleideten sie an. Ihr Rock war länger, als sie es gewohnt war, und sie glaubte nicht, dass sie darin gehen konnte, ohne über den Saum zu stolpern. Ungeduldig trommelte sie mit den Fingern auf die Hüften. Sie musste hier raus. Wenn sie schon nicht zu Franz durfte – und inzwischen hatte sie oft genug darum gebeten –, wollte sie wenigstens allein sein. Im Wald, im Garten oder auf einem matschigen Hügel. Sie musste sich bewegen, um ihrer Frustration Herr zu werden.

Als sie es nicht mehr aushielt, verkündete sie, sie werde jetzt spazieren gehen, und marschierte einfach los, obwohl Esterházy sie festzuhalten versuchte. Sie rauschte aus der Doppeltür und durch die labyrinthartigen Korridore ins Freie. Aufgeregt folgten ihr die Hofdamen. *Sollen sie doch versuchen, mit mir Schritt zu halten*, dachte Elisabeth. Falls sie es nicht konnten, würde sie in einem Wäldchen Trost suchen. Vielleicht würde sie sich sogar auf den Waldboden legen. Dieser Gedanke brachte sie zum Kichern. Esterházy würde in Ohnmacht fallen, wenn sie mit Matschflecken und gefallenen Blättern auf der sonnengelben Bluse zurückkehrte. Für Elisabeth würde die Bluse wie ein Kunstwerk aussehen, für Esterházy wie eine unaussprechliche Scheußlichkeit.

Die Gärten waren ausgedehnter als die der Kaiservilla, und Elisabeth fühlte sich gleich besser, als sie hier und da um eine Hecke bog. Es war lachhaft, dass sie die Kaiservilla für grandios gehalten hatte. Ihr Verhältnis zum Wiener Palast war wie das zwischen einem Stück Käse und einem perfekten Käsesoufflé. Wie zwischen einer schönen Feder und dem ganzen Vogel. Zwar war die Villa groß und wunderschön, genau wie das Grundstück darum herum, aber das hier war wie eine ganze Stadt mit Wegen aus Kopfsteinpflaster und Gärten, so weit das Auge reichte.

Elisabeth folgte den Wegen aus weißem Kies zwischen perfekt zurechtgestutzten Hecken. Nachdem es in der Nacht geregnet hatte, roch die Erde frisch und süß. Sie wünschte, sie könne barfuß gehen.

Die Hofdamen falteten sittsam die Hände vor dem Bauch, und Elisabeth machte sich einen Spaß daraus, immer wieder die Richtung zu ändern, sodass sich die Damen immer neu formieren mussten.

Hinter einer scharfen Kurve entdeckte sie einen ungewöhnlichen Vogel auf einem Rasenstück. Er war elegant und groß, größer als sie selbst. Schneeweiß mit schwarzen Schwanzfedern, einem schwarzen Hals, einer orangeroten Haube zwischen der Stirn und einem blaugrauen Schnabel. Sie ging über den Rasen auf ihn zu, während die Hofdamen auf dem Weg stehenblieben, um sich die Schuhe nicht schmutzig zu machen. Sie hockte sich hin, und ihr violetter Rock wölbte sich über das Gras.

»Haben Sie so einen Vogel schon einmal gesehen?«, fragte sie.

»Er schaut Sie an«, sagte Leontine.

»Ich bin ja auch neu hier.« Elisabeth legte den Kopf auf die Seite und fragte sich, ob der Vogel Menschen voneinander unterscheiden konnte.

»Nicht der Vogel, Hoheit«, sagte Leontine. »Der Erzherzog.«

Überrascht schaute Elisabeth auf. Seit sie angekommen war, hatte sie Max kaum gesehen, weil sie nur Augen für Franz gehabt hatte. Sie freute sich, ihn hier zu treffen. Immerhin kannte sie ihn schon. Er mochte sie und würde weder in Ohnmacht fallen noch lachen, wenn sie eine dumme Frage stellte oder etwas Falsches tat. Sie richtete sich auf und ging ihm lächelnd entgegen. Auch er lächelte. Eigentlich war es eher ein Grinsen, genau wie Elisabeth es in Erinnerung hatte: schelmisch und mit einem Hauch von Bosheit.

»Es ist schön, Sie wiederzusehen«, sagte er.

»Ich freue mich auch.« Elisabeth meinte es so, wie sie es sagte.

»Jetzt können Sie mich jederzeit sehen, etwa bei meiner Soiree heute am späten Abend, nach dem festlichen Empfang für Sie.« Max holte eine Einladung aus der Jackentasche und reichte sie Elisabeth, während er eine Kopfbewegung auf einen gewundenen Weg machte. Sie steckte die Einladung unter ihre Weste, um sie später zu lesen. »Gehen wir ein Stück zusammen?«

Elisabeth wollte schon Ja sagen, aber dann fiel ihr ein, wie viele Regeln es hier gab. Durfte sie mit Max spazieren gehen? Würde es einen Skandal auslösen? Schon darüber nachzudenken war ermüdend. Sie war erst wenige Stunden hier, und schon traute sie sich selbst nicht mehr über den Weg. Die Warnungen, die ihr Vater in der Kutsche ausgesprochen hatte, fielen ihr ein. Das hier war doch die perfekte Gelegenheit, um ihn Lügen zu strafen. Sie würde einfach sie selbst sein und dann sehen, was daraus folgte.

Sie nahm Max' Arm, und sie gingen durch den Garten, vorbei an Blumenbeeten und Wasserläufen. Auch andere Spaziergänger waren hier unterwegs: Frauen in hochgeschlossenen Kleidern, mit modisch kleinen Hüten und Sonnenschirmen. Erleichtert nahm Elisabeth zur Kenntnis, dass ihre Hofdamen sich zurückfallen ließen, vielleicht weit genug, um Max und sie nicht belauschen zu können. Es war beunruhigend, dass alles, was man sagte, Gegenstand von Kritik sein konnte, womöglich weiterzählt und endlos kommentiert wurde. Vielleicht konnte sie sich mit der Zeit mit den Damen anfreunden, aber noch war Elisabeth alles zu viel.

»Sie haben sich verändert seit der Verlobung«, sagte Max. »Sie sind aufgesprungen wie eine kleine Mandel.«

Elisabeth lachte und schüttelte den Kopf. »Wie machen Sie das?«

»Was?«

»Sie machen ein Kompliment, aber eigentlich ist es eine Beleidigung.«

»Das kann ich Ihnen gerne beibringen.«

»Nein danke. Ich schätze die direkte Beleidigung.«

»Für Ihre Ehrlichkeit sind Sie ja bekannt.«

Sie gingen weiter, und das Gelände weitete sich. Sie gingen jetzt an einem Wasserlauf entlang, gesäumt von Blumen und Springbrunnen. Hier waren noch mehr Spaziergänger unterwegs, blieben gelegentlich stehen, um eine Statue oder einen besonders schönen Rosenbusch zu bewundern.

»Es ist wunderschön hier«, sagte Elisabeth.

»Auf den ersten Blick schon.« Max blickte so ernst drein, dass Elisabeths Lächeln einfror.

»Wollen Sie mir Angst machen?« Elisabeths Freude über das Wiedersehen schwand.

»Ich sage nur die Wahrheit.«

Elisabeth wandte sich wieder der Umgebung zu und wechselte das Thema. »Wie geht es der bezaubernden italienischen Baronesse?«

Max lachte. »Ausgezeichnet, wie ich höre. Sie soll sich mit einem Grafen verlobt haben.«

»Und Sie?«

»Ich bin nicht verlobt.«

So hatte Elisabeth das nicht gemeint, aber sie freute sich für Francesca. Sie hatte sie gemocht und fand, dass sie etwas Besseres verdiente als die Art, wie Max sie behandelte. Als seine gedankenlose Grausamkeit. Sie hoffte, sie hätte jemanden gefunden, der so heiter und unkompliziert war wie sie.

»Elisabeth.« Max blieb stehen und sah sie an. »Wenn ich Ihnen einen Rat geben darf ...« Er beugte sich so weit vor, dass sie seinen Atem am Hals spürte. »Halten Sie sich an mich. Dann passiert Ihnen nichts.«

Seine Stimme klang aufrichtig und zugleich eindringlich. Sie wollte ihn fragen, was genau er damit meinte, aber mittlerweile hatten sich die Hofdamen in Hörweite hinter ihnen versammelt. Elisabeth sah ihn skeptisch an. »Ich habe das Gefühl, genau das Gegenteil könnte der Fall sein.«

ACHTUNDVIERZIG

Schuldgefühle und Entzücken hielten sich für Helene die Waage. Sophie hatte *sie* rufen lassen, nicht Sisi. Esterházy hatte die Botschaft überbracht und gefragt, wo Sisis Koffer war. Dann hatte sie ihn mitgenommen und Helene durch die Korridore geführt. Helene hatte das Gefühl, dass Ärger drohte. Sophie ließ Sisis Koffer nicht einfach so in ihre neuen Gemächer bringen, sie hatte etwas damit vor. Natürlich war es eine Verletzung der Privatsphäre, aber Helene schwankte zwischen Schadenfreude und Mitleid.

Esterházy brachte sie in Sophies Gemächer, und Helene erstarrte beinahe vor Bewunderung. Jedes gedrechselte Möbelstück, jeder Goldfaden, der sich durch den burgunderroten Teppich zog, jede handgeschnitzte Fensterbank atmete Schönheit und Macht. Sophie saß auf einer schwarzen Samtcouch, so gelassen zurückgelehnt, als müsse sie sich über nichts Sorgen machen. Alles an ihr spiegelte die Eleganz des Zimmers, und ihr schwarz-braunes Kleid erinnerte an eine Rüstung.

Esterházy nahm ihr gegenüber Platz. Sie trug eine eng sitzende blaue Jacke, und Helene fiel unweigerlich auf, wie gut sie zu den blauen Adern an ihrem blassen Hals passte. Sie legte Sisis Koffer auf den niedrigen Tisch, der zwischen ihr und der Großherzogin stand. Helene fragte sich beinahe besorgt, ob sich Sisis Tagebuch wohl in dem Koffer befand. Sisi wollte nicht, dass jemand darin las, und sie hätte sich gewünscht, dass Helene es verhinderte.

»Irgendetwas stimmt mit dem Mädchen nicht«, sagte Esterházy, dann starrte sie schmallippig auf einen undefinierbaren Punkt im Zimmer.

Sophie runzelte die Stirn. Mit Blick auf Helene mahnte sie Esterházy: »Bringen Sie Helene nicht auf falsche Gedanken, Gräfin.«

Helene machte einen Hofknicks. »Meine Lippen sind versiegelt, Majestät.« Wieder meldeten sich ihre Schuldgefühle, genau wie die Schadenfreude, und sie wusste nicht, wie sie sie loswerden sollte.

Sophie lächelte. »Eine Frau ganz nach meinem Geschmack. Wir alle haben unsere Geheimnisse.«

Ganz nach ihrem Geschmack? Es war wie eine Umarmung. Monatelang war sie ignoriert worden. Umso mehr genoss sie die Aufmerksamkeit der Erzherzogin. Wäre alles nach Plan gelaufen, wäre diese Frau jetzt ihre Schwiegermutter. Auch das war etwas, das Sisi ihr genommen hatte.

Sophie holte Sisis Tagebuch aus dem Koffer, und Helene wurde ganz mulmig zumute. Es war also doch im Koffer! Dass sie Esterházy den Koffer gegeben hatte, war ein größerer Verrat, als ihr bewusst gewesen war.

Sophie blätterte darin herum, fuhr mit dem eleganten Zeigefinger über die Gedichtzeilen und legte die Federn zur Seite, die Sisi als Lesezeichen benutzte. Noch nie hatte Sisi jemand anders als Helene ihre Gedichte lesen lassen. Es wäre schrecklich für sie, zu erfahren, dass Sophie sie jetzt las, und noch schrecklicher, dass Helene es zuließ.

Aber Helenes Gefühle waren ihr ja auch egal gewesen. Warum sollte Helene Rücksicht auf ihre nehmen? Es ärgerte sie, dass sie überhaupt darüber nachdachte. Sie wünschte, sie könnte Sisi einfach nur hassen und die Schwesternliebe würde nicht immer wieder an ihr nagen.

Esterházy nahm ein anderes Buch aus dem Koffer, *Die Leiden des jungen Werther*, eine Geschichte über unerwiderte Liebe. Am liebsten hätte Helene gelacht. Als wüsste Sisi, was unerwiderte Liebe war!

Esterházy legte das Buch weg. »Habe ich schon gesagt, dass sie die Anprobe abgebrochen hat? Und haben Sie gesehen, wie sie Seine Majestät begrüßt hat?«

Die Erinnerung daran ließ Helene zusammenzucken. Wie glücklich die beiden ausgesehen hatten! Sisi hatte sich Franz in die Arme geworfen, und er hatte sie angeschaut, als sei sie die einzige Frau auf der Welt.

»Offenbar haben Sie vergessen, wie es ist, verliebt zu sein«, erwiderte Sophie und schlug das Tagebuch zu. »Und Sie kennen meine Entscheidung in dieser Sache: Mein Sohn hat sich eine Braut gewählt, und ich werde nichts dagegen unternehmen. Wir können seine Meinung nicht ändern. Was wir tun können und werden, ist, dafür zu sorgen, dass sie die Kaiserin wird, die wir brauchen. Seien Sie streng mit ihr, was das Protokoll betrifft, genau wie ich. Aber wir sprechen nicht über ihre Schwächen.«

Wie Sisi es hassen würde, auf Schritt und Tritt dem Protokoll zu folgen. Einerseits tat sie Helene leid, andererseits fand sie, dass es ihr recht geschah.

»Helene«, sagte Sophie. »Ich habe dich rufen lassen, um dir zu sagen, dass du eine wunderbare Kaiserin geworden wärst. Ich hoffe, du weißt das.«

Ihre Worte taten Helene gut. Genau das wollte sie hören. Seit Monaten wollte sie es hören. Du wärst eine gute Kaiserin geworden. Du hättest es verdient. Du bist … liebenswert, wichtig.

Sie versuchte, ihre Schuldgefühle unter diesen Worten zu begraben.

NEUNUNDVIERZIG

Stundenlang hatte Franz in spannungsgeladenen Besprechungen gesessen, mit Generälen und mit Max. Nun hatte er endlich einen Moment für sich. In wenigen Minuten würde er Elisabeth im Ballsaal treffen und freute sich darauf, eine Tanzstunde zu nehmen. Er stellte sich ans Fenster und schaute in den Garten, um nach ihr Ausschau zu halten, und er fand sie auch – ein Farbtupfer aus Gelb und Violett, der sich gegen das Weiß und Grün des Gartens absetzte. Ihm ging das Herz auf, und gleich darauf wurde es zu Stein.

Sie war mit Max zusammen. Seite an Seite gingen sie spazieren. Max beugte sich zu ihr vor, viel zu dicht. Dann flüsterte er ihr etwas zu. War das sein endgültiger Streich? Hatten seine Briefe den Grundstein dafür gelegt, sie ihm wegzuschnappen oder wenigstens auf seine Seite zu ziehen? Er glaubte nicht, dass Elisabeth ihm wehtun wollte, aber genauso wenig glaubte er, dass sie Max durchschaute. Er dagegen wusste, wie gut sein Bruder Menschen manipulieren konnte.

Außerdem war er sich ziemlich sicher, dass Max ihm wehtun wollte, genauso wie Franz ihm unbeabsichtigt wehgetan hatte, als sie jünger gewesen waren. Franz hatte nicht einmal gewusst, dass er Isabella liebte. Aber das hatte keine Rolle gespielt. Max hatte sehr gelitten, und Franz' Absichten waren ihm egal. Wenn Max jetzt die Gelegenheit bekäme, sich an Franz zu rächen, würde er es zweifellos tun.

Geh weiter, Elisabeth, dachte Franz.

Aber das tat sie nicht. Sie blieb noch einen Moment lang stehen, bis sich ihre Hofdamen näherten.

Franz wurde die Brust eng, und sein Magen verkrampfte sich. Er zog sich vom Fenster zurück und lehnte sich an die Wand. Es war nur ein Spaziergang, nur ein geflüsterter Satz, und dennoch fühlte er sich verraten. Er drückte sich eine Hand auf sein rasendes Herz und fragte sich, warum sein Körper so stark auf so eine Kleinigkeit reagierte.

Angst. Überraschenderweise war es Angst, und sie breitete sich rasend schnell in ihm aus. Würde er Elisabeth nie wieder berühren? Nie wieder ihre Lippen auf seinen spüren? Was, wenn Max mit seinen Manipulationen Erfolg hätte? Dann müsste er sein Leben lang mit ansehen, wie sie seinen Bruder liebte und nicht ihn. Genauso wie Max seine ganze Kindheit und Jugend über hatte mit ansehen müssen, dass Franz das bessere Benehmen hatte, der Ältere war, der Thronerbe. Der Unterschied war allerdings, dass Max der Liebling aller war, der Prinz der Herzen. Max behauptete immer wieder, Franz bekäme alles, was er wollte. Doch Franz wusste, dass Max große Macht über andere besaß, auch wenn er das selbst nicht zu bemerken schien.

Erst in diesem Moment wurde Franz klar, wie sehr er den Bruder darum beneidete. Aber er gönnte ihm, dass er alle Herzen im Palast, in Wien, ja im ganzen Habsburger Reich gewinnen konnte – alle außer einem.

Franz wusste, dass seine Angst irrational war. Aber seit dem Attentat auf ihn war ihm klar, dass eine Situation, die ihm Angst machte, tatsächlich sein Ende bedeuten konnte.

Im Ballsaal wartete er auf Elisabeth. Die Sonne schien durch die kreisrunden Fenster. Die gewölbte Decke war reich bemalt, und goldene Kronleuchter funkelten wie Diamanten.

Inzwischen hatte er sich ein wenig beruhigt, aber Zweifel nagten immer noch an ihm. Warum spazierte Elisabeth überhaupt mit Max im Garten umher? Hatte er ihr nicht genug von Max erzählt, um ihr deutlich zu machen, wie gefährlich er war? Wusste sie nicht, wie dumm er dastehen würde, wenn bekannt würde, dass sie mit seinem draufgängerischen Bruder umherflanierte?

Dann ging die Tür auf.

Ihre Augen strahlten, sie lächelte und lief ihm entgegen. Das alles galt ihm, nicht Max. *Ihm.*

Ihr Lächeln besiegte seine Angst. Wegen nichts und wieder nichts war er in Panik geraten. Vielleicht wollte Max ihm tatsächlich wehtun, aber Elisabeths Gesicht verriet alles, was er wissen musste: dass Max keine Macht über Elisabeth besaß.

Sie blieb vor ihm stehen und machte einen Hofknicks. Franz entspannte sich. Sein Herz schlug immer noch zu schnell, aber inzwischen vor Freude und Erregung.

Sie waren zusammen. Endlich. Durften einander berühren. Allein – abgesehen von einigen Diener und dem Pianisten.

»Königliche Hoheit.« Der Pianist erhob sich vom Klavierhocker und verbeugte sich vor Elisabeth, als sie vor ihm stehen blieb. »Wenn ich mich vorstellen darf: Ich bin Johann

Strauss, Komponist. Ihnen zu Ehren habe ich für den Hochzeitstanz einen Walzer komponiert.«

Franz deutete eine Verbeugung an, und Strauss nahm wieder am Flügel Platz. Elisabeth sah zu Franz auf und reichte ihm die Hand zum Tanz. Sie sagte nichts, aber das war auch nicht nötig. Ihre Blicke und die Art, wie sie ihn berührte, sagten alles, was er wissen wollte. Still zählte er im Takt – eins, zwei, drei, eins, zwei, drei. Dann begann er schwungvoll den Tanz.

Während sie sich drehten, schmiegte Elisabeth sich an ihn. Ihr Atem war heiß und roch nach Zimt. »Herr Strauss sieht aus, als hätte er Bauchschmerzen.«

Da hatte sie nicht unrecht. Franz schaute ihn über die Schulter an und sah, dass Strauss sich über den Flügel beugte, als hätte er noch nie etwas so Schmerzhaftes tun müssen, wie diese Melodie zu spielen. Das Gesicht verzerrt, der ganze Körper in Bewegung, der Musik vollkommen ausgeliefert.

Franz lächelte. Elisabeths Bemerkung hatte die letzten Spannungen in ihm gelöst, und er tanzte immer befreiter und raumgreifender. Irgendwann jauchzte Elisabeth auf, und er musste lachen. Dann lachte auch Elisabeth, und das Lachen hallte in dem großen Saal wider.

Franz war den ganzen Tag über angespannt gewesen, nicht erst, als er Max mit Elisabeth gesehen hatte. Da war auch die Sache mit den betrogenen Schwestern, das Kriegskabinett, die Eisenbahnpläne. All das hatte ihn belastet. Aber jetzt, mit Elisabeth in seinen Armen, wurde es unwichtiger, bedeutend unwichtiger.

»Etwas belastet dich«, sagte Elisabeth und sah ihn forschend an, während er sie im Walzerschritt herumwirbelte.

Er wurde noch ruhiger. Auch nachdem sie monatelang getrennt gewesen waren, konnte sie sich in ihn einfühlen und verstand ihn besser als jeder andere.

»Alle wollen, dass ich mich im Krieg auf eine Seite stelle, und zwar so schnell wie möglich.« Von all seinen Sorgen erzählte er ihr die größte zuerst.

»Und das willst du nicht«, sagte Elisabeth. Es war eine Feststellung, keine Frage. Sie verstand also allein an seiner Stimme, dass er keinen Krieg wollte. Er war ein Narr, zu glauben, Max hätte irgendeinen Einfluss auf das, was sie füreinander empfanden.

»Ich habe etwas anderes vor.« Mehr sagte er nicht, vorerst. »Ich erzähle es dir später.«

Sie nickte, und beide ließen sich wieder von der Musik davontragen. Franz drehte sie immer schneller, lächelte breiter und ließ die Mühen des Tages von sich abfallen.

Elisabeth begann erneut zu lachen. Es war Balsam für seine Seele. Er ließ ihre Hüfte los und wirbelte sie mit der anderen Hand herum, sodass sie sich um sich selbst drehte. Dann zog er sie wieder an sich, so eng es ging.

Noch einmal wirbelte er sie herum, und wieder lachte sie. Dieses Mal ließ sie seine Hand los und entfernte sich rhythmisch von ihm. Dabei sah sie ihn auf eine Art an, dass plötzlich alles anders wurde. Aus Lachen wurde Sehnsucht, aus Sehnsucht Verlangen.

Sie tanzte zu ihm zurück. Beide drängten sich aneinander, Stirn an Stirn. Seine Hände fuhren ihre Arme hinauf. So nah waren sie einander noch nie gewesen. Und so schnell hatte Franz' Herz noch nie geschlagen. Er wünschte, sie hätten noch einen Moment für sich, in einer stillen Gartennische, einem schattigen Durchgang, wo keiner ihre forschenden, hungrigen Lippen und Hände sehen würde.

Als könne sie seine Gedanken lesen, machte Elisabeth eine Kopfbewegung in Richtung einer kleinen Tür am hinteren Ende des Saals und fragte leise: »Wohin führt diese Tür?«

Verliebt sah er sie an. Er wusste, wohin die Tür führte: ein Abstellzimmer, in dem kein Mensch sein würde. Ein Ort, wo sie sich ungestört küssen könnten.

FÜNFZIG

Elisabeth wusste nicht, wohin die Tür führte, aber sie wusste, was sie wollte, wonach jeder Zentimeter ihres Körpers verlangte: so viele Minuten wie irgend möglich, in denen sie ineinander versinken konnten, Haut an Haut, Lippen an Lippen.

Franz öffnete den Mund, um etwas zu sagen, während er zwischen Elisabeth und der Tür hin und her schaute. Sie sah ihn schelmisch an, nahm seine Hand und lief auf die Tür zu, ein Tor zu ihrer eigenen Welt. Wenn jemand es sähe, wäre es ein Skandal. Aber die Diener hatten zu tun, und Strauss war in seine Komposition vertieft.

Franz schloss die Tür hinter ihnen. Hier standen sie jetzt, zwischen Stühlen und Tischen, die bei nächster Gelegenheit wieder in den Saal gestellt würden. Er zog Elisabeth an sich, hob ihr Gesicht an und schaute ihr in die Augen, als er den Kopf auf sie zu bewegte.

Der erste Kuss war zart und unsicher; beide lachten und rieben die Gesichter aneinander. Der zweite war gierig. Franz' Hände waren überall an Elisabeths Körper. Ihre Finger verkrallten sich in seinen Haaren. Sie fragte sich, wie es sich wohl ohne Korsett und meterweise Stoff anfühlen würde.

Franz nahm ein wenig Abstand und strich mit den Fingerspitzen über Elisabeths Gesicht. Sie konnte gar nicht genug davon bekommen. Warum kam ihr dieser Moment so viel realer vor als alles andere, was sie heute erlebt hatte? Vor Erleichterung hätte sie heulen können.

Als Franz etwas sagte, kam es ihr wie das Echo ihrer Gedanken vor. »Wenn ich mit dir zusammen bin, habe ich das Gefühl, dass alles möglich ist.« Er küsste sie auf die Wange.

Sie kraulte die Haare in seinem Nacken. »Du hast etwas vor, das sehe ich dir doch an.«

»Stimmt.« Seine Augen sprühten.

»Erzähl schon!«

»Auf diesen Moment warte ich seit Monaten.« Er strich ihr eine Haarsträhne hinters Ohr. »Es ist mir schwergefallen, in meinen Briefen nichts davon zu erwähnen. Aber ich wollte dein Gesicht sehen, wenn du es erfährst.«

Sie sah ihn neugierig an.

»Ich werde ein Eisenbahnnetz bauen.« Und als sei mit diesem Satz ein Damm gebrochen, sprach er dann auch über seine anderen Pläne. Von Verbindungen in alle Richtungen Habsburgs, schnelleren Lebensmitteltransporten, dem Aufblühen von Handel und Wirtschaft.

»Nie wieder werden Menschen so lange voneinander getrennt wie wir beide die letzten Monate.« Er küsste die Worte auf ihren Hals, ihr Kinn.

»Dann hat sich unser Leiden ja gelohnt.« Sie strich mit den Fingern über seinen Haaransatz.

»Stell dir bloß vor, wie eng die Welt zusammenrückt.«

Elisabeth staunte über seine Visionen. Unwillkürlich musste sie an ein Gedicht denken, das sie geschrieben hatte, und rezitierte es:

Und stünde es in meiner Macht,
Ich trüg' dich an die See;
Du säh'st dann endlich deine Pracht …
Die Nordsee war das Spiegelbild,
In dem du dich beschaust,
wo in den Wogen, hoch und wild,
Dein neues Reich du baust.

Die Worte passten. Franz baute ein neues Reich. Es passte auch zu dem, was er in seinen Briefen geschrieben hatte: dass man Werte definieren und dafür eintreten musste. Lächelnd sah sie zu ihm auf und legte ihm ihre Hand an der Stelle auf die Brust, unter der sein Herz saß. »Ich liebe, was du vorhast.«

Sie sah, wie gut ihm ihre Worte taten. Entspannt senkte er die Schultern, und sein Blick wurde ganz ruhig. Dann wippte er vor und zurück und lachte wie ein kleiner Junge.

»Du hast mich zu diesem Plan inspiriert«, sagte er und lachte wieder.

Elisabeth sah ihn mit gespielter Enttäuschung an. »Ach so. Wenn du an mich denkst, siehst du also Eisenbahnen vor dir.«

»Aber Liebste«, erwiderte er mit gespieltem Ernst: »Findest du nicht, dass Tausende Kilometer Eisenbahnschienen praktisch das Gleiche sind wie du?«

»Nun ja«, gab sie zu. »Schnell und zuverlässig bin ich schon.« Dabei küsste sie seine Unterlippe.

Gott, wie sie ihn begehrte! Mit Haut und Haaren. Seine Art zu denken, seinen Humor, sein Festhalten an seinen Überzeugungen. Er war ihr so nah und doch so fern hinter all den Metern Stoff. Zum Teufel mit der Pariser Mode!

Franz musste dasselbe gedacht haben, denn er drängte sie an die Wand, nahm ihre Handgelenke und hielt sie über ihrem Kopf fest. Dann küsste er sie leidenschaftlich. Sie küsste genauso leidenschaftlich zurück und biss ihm vorsichtig in die Unterlippe. Ihr ganzer Körper war wie elektrisiert und wollte ihm noch näher kommen. So nah, dass man nicht mehr unterscheiden konnte, wo ein Körper aufhörte und der andere begann.

»Wie kann ein einzelner Mensch so glücklich sein wie ich?«, murmelte er.

»Oder ich.«

Gerade wollten sie wieder in einem Kuss versinken, als sie ein Geräusch hörten.

Im nächsten Moment hüstelte jemand.

Beide erschraken und hörten erst jetzt wieder die Musik aus dem Saal. Sie nahmen Abstand voneinander und drehten sich um.

Esterházy natürlich. Sie hatte ein Händchen für die unpassendsten Momente. Jetzt stand sie da und sah sie vorwurfsvoll an.

Franz schüttelte sich ein wenig und trat noch einen Schritt zurück. Elisabeth fühlte den Verlust in jeder Faser ihres Körpers.

»Eure Majestät«, sagte Esterházy zu Franz. »Entschuldigen Sie die Unterbrechung, aber die Kaiserbraut muss mit ihren Vorbereitungen weitermachen.«

Weder Franz noch Elisabeth rührten sich.

»Wenn Sie mir bitte folgen.« Esterházy forderte Elisabeth mit einer Geste auf, das Zimmer zu verlassen.

»Selbstverständlich«, sagte Elisabeth. »Nur eins noch.«

Dann küsste sie Franz noch einmal mit leicht geöffneten Lippen. Mehr als diese gestohlenen Momente hatten sie nicht, und sie würde keinen davon verschwenden.

EINUNDFÜNFZIG

Unsichtbar zu sein, hatte den Vorteil, dass keiner darauf achtete, wohin man ging und was man dort tat. Helene konnte im Palast umherwandern, wie sie wollte. Niemand rief sie zu Tanzstunden. Niemand fragte, warum sie nicht zum Nachmittagstee erschien.

Es war beleidigend, und zugleich verschaffte es ihr die Möglichkeit, jeden Winkel des Palasts zu erkunden. Den Flügel, den Franz und Max bewohnten. Die schlicht möblierten Zimmer des Personals, wo die Geräusche eines Pärchens, das sich miteinander vergnügte, durch eine Holztür drangen. Die wuchtig möblierten Arbeitszimmer wichtiger Männer mit Getränkevitrinen und goldenen Zigarettenetuis, wo sich Helene aus weiß angemalten Fensterrahmen beugte, eine gestohlene Zigarette in der Hand.

Sie ging durch ein Dutzend Korridore und konnte ein Dutzend Gespräche mit anhören, die ihr sonst verborgen geblieben wären. Ein Dienstmädchen fürchtete eine Kündigung, weil sie schwanger geworden war. Eine Köchin beklagte ganz verzweifelt, dass die Lieblingssüßigkeiten der Erzherzogin aufgegessen waren. Zwei Hofdamen tratschten darüber, dass Sophie Sisi nie zur Schwiegertochter haben wollte.

Jetzt lehnte sie an einer Wand, deren Tapete mit Pfauen bedruckt war. Wieder hatte sie eine Zigarette in der Hand, wieder war sie unsichtbar, und dieses Mal belauschte sie Max. Er befand sich in einem Saal mit gemustertem Holzfußboden und führte kein Gespräch, sondern hielt eine Art Monolog. Er schien sich auf einen Streit vorzubereiten. Dabei ging er auf und ab. Helene in ihrer dunklen Ecke hatte er nicht bemerkt. Sie drückte sich tiefer in den Schatten und spitzte die Ohren.

»Er ist nichts für dich«, sagte Max und schloss die Augen, als überlegte er, was als Nächstes käme. »Er ist nichts für dich. Er ist nicht wie wir. Du und ich, wir sind uns gleich.« Er ballte die rechte Hand zur Faust. »Wir passen zueinander. Wir wären ein passendes Paar. Stell dir nur vor, wie es wäre, wir beide zusammen!«

Er blieb stehen.

»Elisabeth!« Er lauschte, wie das Wort verklang.

Helene erschrak. Gab es denn nirgends ein Entrinnen vor Sisi? Wäre sie nicht so verärgert, wäre es ihr eine Genugtuung, dass sie es vorhergesehen hatte: der andere Bruder war in ihre Schwester verliebt.

»Er wird dich den Wölfen vorwerfen, genau wie er es mit mir getan hat. Er ist anders, als du denkst.« Max drehte sich um und ging in die andere Richtung, die Augenbrauen zusammengezogen.

Ihr habt ja alle keine Ahnung, dachte Helene verbittert. Auch Sisi war anders, als die Leute dachten. Auch sie hatte Geheimnisse, auch sie hatte andere verraten. Sie hatte gelogen. Helene hatte nicht geahnt, dass Sisi dabei gewesen war, ihr langsam, aber sicher den Boden unter den Füßen wegzuziehen.

Max fuhr sich mit der Hand durch die Haare, drehte sich zum Fenster und schaute hinaus. Dann fuhr er mit zärtlicher Stimme fort: »Schon das erste Mal, als wir uns begegnet sind, dachte ich … *wusste* ich, dass du wie für mich gemacht bist.«

Leise drückte Helene ihre Zigarette in einem steinernen Aschenbecher aus, der auf einem Schreibtisch neben ihr stand.

»Nicht für ihn – für *mich*!«

Max schlug an den Fensterrahmen. »Er muss nicht der Einzige sein, der herrscht, weißt du. Wir könnten zusammen herrschen, du und ich. Meine Kaiserin.«

Das war eine Überraschung. Helene hatte von den Unruhen im Reich gehört, dem Attentatsversuch. Glaubte Max, sein Bruder könnte entthront werden? Aber wenn es an den Unruhen lag, warum erwartete er dann, dass er anstelle von Franz herrschen könnte?

Max beantwortete ihre stumme Frage. »Es wird Krieg geben, und Franz will damit nichts zu tun haben. Wenn er nicht in den Krieg eintritt, setzen die Generäle jemanden auf den Thron, der es tut.«

Helene war alarmiert, und statt Bitternis empfand sie jetzt echte Sorge. Sie bekam Angst um ihre Schwester. War Sisi in Gefahr?

Sie wegen Franz, wegen ihres unangemessenen Benehmens bei Hofe und der Konsequenzen ihres unüberlegten Verhaltens mit Schweigen zu bestrafen, war eine Sache. Eine andere war es, in die Dinge verwickelt zu werden, von denen Max jetzt sprach. Einen Staatsstreich, einen politischen Mord oder die Machenschaften von Männern, die Sisi benutzten, als gehörte sie ihnen.

Max gab ein frustriertes Geräusch von sich.

»Komm zur Besinnung«, sagte er. »Du sprichst wie ein Idiot.« Er stieß sich von der Fensterbank ab und ging aus dem Saal, ohne Helene zu bemerken.

Sie blieb noch eine Weile, wo sie war, und spürte ihr Herz rasen. Zum ersten Mal fragte sie sich, ob es nicht ein Glück war, dass sie den Kaiser nicht heiraten würde.

ZWEIUNDFÜNFZIG

Nicht einmal Esterházys missbilligender Blick konnte Elisabeths Freude dämpfen. Sie fühlte noch Franz' Fingerspitzen auf ihrer Haut, seinen Körper an ihrem, immer enger, die immer leidenschaftlicheren Küsse. Ihr war, als schwebe sie, während sie Esterházy durch die Korridore folgte und mit einer Hand über die seidenweichen Tapeten und vergoldeten Bilderrahmen strich.

Esterházy führte sie in ihre Gemächer zurück, warf die Doppeltür auf und scheuchte Elisabeth hinein. Elisabeth registrierte, dass es sich fast schon vertraut anfühlte, obwohl sie erst so kurz im Palast war. Das war jetzt ihr Zuhause. Es waren ihre Gemächer; das diamantförmige Muster des Fußbodens, die in einem matten Blaugrün angemalten Türen, ein Bücherregal mit lauter neuen Büchern und einer hübschen kleinen Statue, die die Hände zum Himmel reckte – eine Geste, die Elisabeths Gefühlslage entsprach.

Merkwürdige Menschen hatten sich in ihrem Zimmer versammelt, manche Gesichter kannte sie, andere nicht. Am ehesten hätte sie Leontine, eine weitere Hofdame und die Zofen erwartet, am wenigsten einen blonden Mann mit langem schwarzem Mantel und einer Brille mit runden Gläsern. Und dann war auch ein ernst dreinblickender Priester mit scharlachroter Kappe und einer gleichfarbigen Schärpe um den fülligen Leib anwesend. Er wurde als »Exzellenz« angesprochen und musste wohl von höherem Rang sein als ein Priester.

Esterházy bedeutete Elisabeth mit einer Geste, dass sie zum Bett gehen solle. »Sie können das Kleid anbehalten, Hoheit. Es wird nicht lange dauern.«

Elisabeth verstand nicht, was man von ihr wollte, und ihre gelöste Stimmung war im Nu verflogen. Natürlich würde sie sich nicht ausziehen, es waren ja Männer anwesend.

Esterházy wurde ungeduldig, aber Elisabeth blieb stehen. »Was wird nicht lange dauern?«

»Dr. Fritsch wird die Reinheit der Kaiserbraut bestätigen«, sagte Esterházy ungerührt. »Und ihre Fähigkeit, einen Thronfolger zu gebären.«

Elisabeth konnte es nicht fassen. Der Wechsel von Glücksgefühlen zu dieser makabren Situation war zu plötzlich. Wie sollte der Doktor ihre Jungfräulichkeit bestätigen? Und warum sprach Esterházy von ihr in der dritten Person? All das war ihr unheimlich. Als distanzierten sich alle von ihr und dem, was hier gleich passieren würde.

»Es ist mir eine Ehre, königliche Hoheit.« Der Arzt verbeugte sich.

Elisabeth starrte ihn wortlos an.

»Letztendlich entscheidet es natürlich unser Herr. Er allein wählt aus, wer auf dem Thron sitzt.« Der Priester war einen Schritt vorgetreten.

Elisabeth musste daran denken, was ihr Vater in der Kutsche gesagt hatte: *Diese Menschen glauben wirklich, von Gott erwählt worden zu sein.* In dem Moment war es Elisabeth albern vorgekommen, aber jetzt begriff sie, wie schwer seine Warnung wog. Ihr Vater wollte ihr zu verstehen geben, dass Menschen, die glaubten, von Gott auserwählt zu sein, auch glaubten, sie hätten das Recht … alles zu tun, was sie wollten.

»Ab morgen sind Sie ein Gefäß seines Willens«, fuhr der Priester fort.

Als Elisabeth nicht reagierte, sagte der Arzt: »Wenn Sie sich bitte hinlegen würden.«

Elisabeth wurde ganz panisch. Am liebsten wäre sie weggelaufen, aber ein Blick auf Esterházy sagte ihr, dass man es nicht zulassen würde. Ein kalter Schauer lief ihr über den Rücken, aber sie tat, was der Arzt verlangte. Sie starrte an die goldenen Vorhänge, und was ihr vorher hübsch, leicht und verspielt vorgekommen war, empfand sie jetzt als schwer und bedrückend.

Vor dem Bett wusch der Arzt sich die Hände. Der Priester wandte sich ab, und die Hofdamen verteilten sich auf beiden Seiten des Betts. Die beiden am Fußende nahmen jede eins von Elisabeths Beinen und spreizten sie, wie der Arzt es verlangte.

Elisabeth wusste nicht, warum ihr kalt wurde, ob es am Luftzug lag oder an der Angst vor dem, was kommen würde. Der Arzt würde ihr unter den Rock schauen … und was würde er sonst noch tun? Ihr Herz schlug bis zum Hals. Der Arzt trat vor sie, einen großen weißen Trichter in der Hand. Würde er …?

Dann zog sich alles in ihr zusammen, als das kalte, harte Instrument in sie eindrang. Sie schnappte nach Luft. War es das, wovor Max sie warnen wollte? Dass man ihr wehtun, ihre Intimsphäre verletzen und buchstäblich in sie dringen würde, um welche Interessen auch immer zu verfolgen, alles ohne Elisabeths Einwilligung? Dass der Hof eine Gefahr für sie war, die sie sich nicht einmal vorstellen konnte?

»Der Doktor ist gleich fertig«, sagte Esterházy, immer noch ungerührt.

Elisabeth drückte sich die Hände ans Gesicht und suchte nach etwas, worauf sie den Blick richten könnte, um sich abzulenken. Das geschnitzte Kopfende des Betts. Die Schleifen an den Hauben der Zofen. Die grauen Adern, die den weißen Marmor des Kamins durchzogen.

Schließlich sagte der Arzt: »Es sieht alles gesund aus.«

»Der Nachweis der Unschuld ist das Wichtigste«, schaltete sich der Priester ein, immer noch vom Bett abgewandt.

Unschuld! Die Ironie des Ganzen war Elisabeth bewusst. Nie war sie mit einem Mann auf die Weise zusammen gewesen, die hier gemeint war, aber sie wusste, dass es Praktiken ab, mit denen man das Gebot der sogenannten Unschuld umgehen konnte. Frauen, die solche Unschuldsprüfungen bestehen mussten, brachten gern Finger und Zungen ins Spiel. Elisabeth hatte genug von den wüsten Gelagen ihres Vaters mitbekommen, um darüber Bescheid zu wissen. Es gab hundert Dinge, die eine Frau tun und mit sich tun lassen konnte, ohne eine Unschuldsprüfung zu gefährden.

Es war absurd, und langsam wurde Elisabeth wütend. Der Arzt tauchte wieder unter ihren Rock, erneut tat er ihr weh, und unwillkürlich befreite sie ihre Beine aus den Händen der Hofdamen, platzierte die Füße an den Schultern des Arztes und trat so kräftig zu, dass er nach hinten kippte und vor dem Bett auf dem Fußboden landete. Gleichzeitig rief sie: »Aufhören! Bitte aufhören! Ich bin ja unschuldig, ich schwöre es!«

Sogar der Priester drehte sich jetzt um und sah sie an wie ein ungezogenes Kind. Das war für Elisabeth das Schlimmste von allem.

»Der Doktor muss es bestätigen«, sagte Esterházy, wenn möglich noch ungerührter als vorher.

Elisabeth fragte sich, ob sie genauso dreinblicken würde, wenn ein Mann sich unter ihrem Rock mit einem Trichter zu schaffen machte.

»Ich konnte es nicht sehen«, sagte der Arzt, als er sich wieder aufgerichtet hatte.

Elisabeth bekam Angst, nicht nur vor einer erneuten, womöglich gründlicheren Untersuchung, sondern auch davor, dass alles umsonst gewesen sein könnte. Hatte sie sich so erniedrigen lassen müssen, nur um am Ende für unbrauchbar erklärt zu werden? Um sie von Franz fernzuhalten? Sogar die Entfremdung von Helene wäre umsonst gewesen. Sollte sie ihre beste Freundin und die Liebe ihres Lebens wegen einer anatomischen Gegebenheit verlieren, für die sie nichts konnte und die sie nicht verstand?

»Das kann nicht sein«, sagte Elisabeth fast tonlos.

Eisiges Schweigen herrschte im Zimmer.

Dann kam Leontine Elisabeth zu Hilfe. »Sie reiten doch viel, nicht wahr, Hoheit?«

Elisabeth verstand nicht sofort, wozu das wichtig sein sollte, aber sie nickte.

»Wissen Sie, was das bedeutet?«, fragte Leontine den Arzt.

»Sehr wohl«, sagte er. »Das ist möglich. Die Scheidenklappe ihrer Hoheit kann beim Reiten eingerissen sein.«

»Ohne Unschuldsnachweis keine Ehe«, mischte sich der Priester wieder ein. Er drehte sich wieder zur Wand, als sei damit entschieden, was als Nächstes getan werden musste.

Elisabeth dachte daran, dass sie es für Franz über sich ergehen lassen musste. Nur das zählte. Sie legte sich wieder zurück, und Leontine drückte ihr ermutigend die Hand, während der Arzt zu einer erneuten Untersuchung abtauchte.

Lange Sekunden später richtete sich der Arzt auf und verkündete seinen Befund. »Ich glaube an die Reinheit dieser Braut, auch wenn ihre Scheidenklappe beschädigt ist.«

Die Hofdamen ließen Elisabeths Beine los, und sie setzte sich auf. Der Priester drehte sich um, lächelte überlegen, und während er ein Kreuz schlug, sagte er: »So mögen Könige denn aus Euren Lenden kommen und Euch die ganze Erde untertan machen.« Dann verbeugte er sich und ging.

Alle anderen außer den Hofdamen gingen ebenfalls.

Elisabeth war immer noch unter Schock und stand mit zittrigen Beinen auf. Langsam ging sie zur Tür. Sie wollte mit Franz sprechen, sich von ihm festhalten lassen. Vielleicht auch weinen. Er war der Einzige hier, dem sie trauen konnte.

Sie war noch nicht weit gekommen, als Esterházy sagte: »Wir haben noch viel zu tun, Hoheit.«

»Haben wir nicht«, schnappte Elisabeth. »Ich muss zu Franz.«

Die Hofdamen sahen einander irritiert an.

»Das ist nicht möglich, Hoheit«, sagte Esterházy. »Auch nicht schicklich. Der Kaiser hat wichtige Dinge zu erledigen, und Sie müssen sich für den Empfang heute Abend vorbereiten. Die Zofen warten schon darauf, dass Sie zur Gesichtsbehandlung kommen. Schließlich dürfen Sie heute Abend nicht erschöpft aussehen. Genauso wenig wie bei Ihrer Hochzeit morgen.«

Als wäre eine Gesichtsbehandlung jetzt das Wichtigste! Als wollte sie von jemand anders als Franz berührt werden!

Sie wollte widersprechen, aber dann hallte Esterházys letztes Wort in ihr nach.

Morgen. Hatte sie sich noch kurz zuvor auf die morgige Hochzeit gefreut, wurde sie jetzt beinahe panisch. Morgen würde ihr Schicksal besiegelt, die Falle zuschnappen. Sie liebte Franz. Sie begehrte ihn. Sie hatte sich für genau das entschieden, was unmittelbar bevorstand. Aber jetzt wurde sie von Zweifeln gequält. Wenn ihr der Hof schon am ersten Tag so übel mitspielte, konnte sie es dann wochenlang, monatelang, *jahrelang* aushalten? Sollte sie wirklich bleiben – Liebe hin oder her?

Die Vorstellung, jetzt fortzugehen, war schrecklich, aber die Vorstellung zu bleiben, war es ebenso. Es war, als führten von jetzt an alle Wege zu Schmerz, Demütigung, Selbstaufgabe. Ihr Vater hatte recht: Sie würde sich hier verlieren.

Sie musste Franz sehen. Er sollte ihr sagen, dass der Tag heute anders war als die Tage, die vor ihnen lagen. Dass er nicht zulassen würde, dass man sie verletzte. Er sollte den Priester vom Hofe jagen, die Esterházy, alle miteinander.

»Ich brauche Franz. Und zwar *jetzt*.«

»Bei allem Respekt, Hoheit, so geht das nicht.« Esterházy nahm sie mit knochigen, kalten Fingern beim Ellenbogen und führte sie ins Ankleidezimmer.

Hätte Elisabeth gewusst, wo Franz war, hätte sie sich losgerissen und wäre zu ihm gelaufen. Mochte Esterházy ruhig an dem Staub ersticken, den ihre Füße aufwirbelten! Aber sie wusste nicht, wo er war. Trotzdem entriss sie Esterházy ihren Arm, schickte alle aus dem Zimmer, schloss die Tür hinter ihnen ab und weinte.

DREIUNDFÜNFZIG

Franz machte sich auf den Weg zum Empfang, die Abendsonne schien durch die Fenster und warf ihren Schatten auf den marmornen Fußboden. Er dachte nur an *sie*. Seine Elisabeth. Seit der Tanzstunde hatte er sie nicht gesehen und sehnte sich nach ihr. Auf dem Empfang würden sie einander nun für mehrere Stunden sehen. Natürlich würden sie von vielen Leuten umgeben sein, aber nach all den Monaten waren mehrere Stunden am selben Ort schon viel wert. Bestimmt würden sie Momente finden, die nur ihnen gehörten.

Er war noch ganz in Gedanken, als er Stöhnen an einer halb offenen Tür zu seiner Linken hörte. Er blieb stehen und sah in das Zimmer.

Es war ein kaum benutztes Wohnzimmer, noch nach der Mode vergangener Jahre eingerichtet: Sofas in Rosa und Silber, dunkellila Vorhänge mit einem kronenartigen Muster, die Decke mit weißen Wolken bemalt. Vor einem Fenster waren zwei Menschen ineinander verschlungen. Eine Frau wurde an die Fensterbank gedrückt. Sie hatte den Kopf weit zurückgelegt, den Mund offen, und schaute in den Himmel.

Ein abgespreiztes Bein war neben ihrem Liebhaber zu sehen. Der Mann – es war Max, wie Franz erschrocken erkannte –, bewegte sich rhythmisch und gab das Stöhnen von sich, das Franz gehört hatte.

Franz trat von der Tür zurück. Wut stieg in ihm auf. Gerade eben hatte er Max wegen genau solcher Affären zur Rede gestellt. Eine Frau hatte sein Bruder in den Tod getrieben, eine andere in geistige Umnachtung. Aber es war ihm so egal, dass er sich nicht einmal einen Tag beherrschte. Er würde das Leben von noch mehr Frauen ruinieren. Franz hätte ihn erwürgen können.

Er öffnete die Faust und zwang sich, ruhiger zu atmen. Er brauchte nicht sofort etwas zu unternehmen, aber er musste Max besser im Auge behalten. Sein Bruder war immer noch eine Bombe, die jederzeit hochgehen konnte.

Schnell ging er weiter und hoffte, dass Max ihn nicht bemerkt hatte. Mit grimmiger Miene ging er auf den Festsaal zu. Nicht einmal dort konnte er sich entspannen. Schon nach zwei Minuten und einem Schluck Riesling fing seine Mutter an, von der jüngsten politischen Auseinandersetzung zu sprechen. Wie sehr er sich nach Elisabeths Eintreffen sehnte; es gäbe ihm die Gelegenheit, mit ihr zu tanzen, einen Trinkspruch auszubringen oder wenigstens einige Minuten durchzuatmen.

»Die Botschafter haben angefragt und brauchen deine Antwort umgehend. Bleibt Ungarisch die offizielle Verkehrssprache in den östlichen Landesteilen?« Sophie war ganz die Herrscherin, ihr Weinglas noch voll.

Kurz vor dem Empfang hatte sie eine Besprechung mit einem Abgeordneten aus Ungarn gehabt, direkt danach eine kurze Audienz mit Abgeordneten aus Kroatien. Sie hatte

Franz versichert, seine Anwesenheit sei nicht nötig. Erst kürzlich hatte er sie gebeten, die Anzahl der Besprechungen für ihn zu minimieren, bei denen es um kleinere Fragen ging, damit er sich auf die großen konzentrieren konnte. Trotzdem brauchte sie seine Entscheidungen.

Er war Besprechungen dieser Art leid. Wen interessierte die Verkehrssprache, wenn er alles in seiner Macht Stehende tat, um einen unnötigen Krieg zu vermeiden? Wenn sich Unruhen ausbreiteten und eine Revolution drohte, die nicht einmal vor Attentaten gegen ihn zurückschreckte? Es war ermüdend.

»Franz?«, hakte seine Mutter nach.

Er seufzte. »Was meinst du denn, Mutter?« So viel Entscheidungsfreiheit sollte er ihr vielleicht zugestehen. In der Frage von Krieg und Frieden war er anderer Meinung als sie. Falls ihr diese Sprachregelung wichtig war, könnte er ihr die Freude machen, selbst zu entscheiden.

»Ich werde den Kroaten sagen, dass du dich dieser Frage in einem Jahr noch einmal widmest, wenn Napoleon aufgehört hat, dir Geschenke zu schicken, um dich in eine Allianz zu locken.«

Er nickte, und sie schien zufrieden zu sein.

Und dann erschien endlich sie. Franz war wie trunken vor Glück und fragte sich, wie sie es schaffte, ihn jedes Mal, wenn er sie sah, vollkommen zu überwältigen. Sie war so schön und trug ein kupferrotes Kleid mit einem schmalen roten Streifen an Hals und Schultern, der ihre zarte Schulterpartie und die wunderbare Stelle, an der die Wölbung ihrer Brüste begann, betonte.

In dem schummrig beleuchteten Saal war sie eine wahre Erscheinung. Franz wünschte, er könnte sie in eine dunkle

Ecke ziehen, um sie zu küssen. Eigentlich wünschte er, sie wären allein und könnten noch viel mehr miteinander tun.

»Da ist sie ja!« Wer immer das sagte, war offenbar begeistert. Franz wusste, was die Leute empfanden. Elisabeths Auftritt erhellte den ganzen Saal. Alle hoben ihre Gläser, bevor sie ihre Gespräche fortsetzten.

Elisabeth suchte und fand Franz' Blick. Lange schauten sie einander an. Für Franz blieb die Zeit stehen, und er hätte ewig so dastehen können.

Dann wurde Elisabeth in ein Gespräch hineingezogen, und Franz selbst konnte seinen Gesprächspartner auch nicht einfach stehen lassen. Er beobachtete Elisabeth aus dem Augenwinkel, wünschte, er könnte sie in die Arme nehmen und ihre Schläfen küssen. Sie war so nah und doch so fern.

VIERUNDFÜNFZIG

»Elisabeth, kommen Sie doch zu uns herüber.« Freundlich winkte Sophie sie quer durch den Saal zu sich. Elisabeth seufzte erleichtert. Zum ersten Mal seit der Tanzstunde sah sie Franz wieder. Zwar wünschte sie, sie wären allein, aber auch so war es schön. Franz hatte sich gegen den Willen seiner Mutter für sie entschieden, widersetzte sich den Wünschen der Generäle und weigerte sich, Habsburg in den Krieg ziehen zu lassen. Er würde auch ihr helfen, zu ihr halten. Sie würde ihm von dem Arzt erzählen, dem Priester, dem Schock, dem Schmerz. Er würde dafür sorgen, dass nie wieder eine Frau so einem Eingriff unterzogen würde.

Bevor sie bei ihm war, musste sie allerdings noch einen Schreck überstehen: Der Priester war hier. Gerade trat er auf ein Grüppchen zu, zu dem auch Sophie und Franz gehörten. »Ein Krieg kann aber auch sehr sinnstiftend sein, Hoheit«, sagte er. »Das Gesindel wäre von den Straßen.«

Franz' Gesicht spiegelte, wie Elisabeth sich fühlte: angewidert. Er wies ihn zurecht, indem er sagte: »Krieg ist der letzte Ausweg, Exzellenz, kein Zeitvertreib.«

Sophie sagte versöhnlich: »Und Sinn stiften wir dem Volk

morgen ohnehin, nicht wahr?« Dabei lächelte sie Elisabeth mütterlich an.

In Franz' Mundwinkeln saß ein Lächeln, als er Elisabeths Hand ergriff und küsste. Dann hielt er ihre Hand länger als nötig fest.

»Haben Sie die Kaiserbraut schon kennengelernt, Exzellenz?«

Elisabeth sah den verhassten Priester mit seiner scharlachroten Kappe widerwillig an.

»Wir hatten bereits das Vergnügen, Hoheit.« Der Priester nickte Elisabeth zu und lächelte, als erwartete er, sie freue sich, ihn wiederzusehen. Dann schien er das Bedürfnis zu haben, sich wichtig zu machen. »Ich hatte die Ehre, die Unschuld der jungen Dame festzustellen.«

»Wunderbar«, sagte Sophie so gelassen, als spräche man über so etwas alle Tage.

Elisabeth drückte die Fingernägel in ihre Handfläche und starrte vor sich hin.

Der Priester verstand nicht, was in ihr vorging, sondern lächelte noch breiter und fuhr fort: »Ich freue mich, Eurer Majestät versichern zu können, dass der Geburt eines Thronfolgers nichts im Wege steht.«

Es war so erniedrigend wie die Untersuchung, und wieder einmal wurde über sie gesprochen, als sei sie nicht anwesend. Oder als sei sie ein Objekt, das zwar im selben Zimmer, aber unfähig war, für sich selbst zu sprechen. Ein Möbelstück. Ein Apparat. In diesem Fall ein Apparat, der Babys austragen würde.

Max wählte diesen Moment, um sich zu ihnen zu gesellen, ein Champagnerglas in der Hand und offenbar neugierig. Franz nickte dem Priester auf eine Art zu, die Elisabeth nicht deuten konnte. Sophie hob freudig ihr Glas, und Elisabeth konnte sie noch weniger verstehen. Es war eine Sache, wenn sich die Männer nichts bei einer solchen Untersuchung dachten, aber für Sophie musste es doch anders sein. Sie selbst musste damals doch bestimmt der gleichen Prozedur unterzogen worden sein. Wie konnte sie das Ganze dann mit *wunderbar* kommentieren? Es war zum Verzweifeln. Im Ankleidezimmer und noch vor wenigen Minuten hatte sie sich Elisabeth gegenüber so warmherzig gegeben, dass Elisabeth geglaubt hatte, ein Vertrauensverhältnis könne sich entwickeln.

Ihre Verärgerung brach sich Bahn. Sie erwiderte den Blick des Priesters und sagte mit versteinerter Miene: »Ich bin froh, dass es wenigstens Ihnen eine Freude bereitet hat.«

»Elisabeth!«, sagte Sophie tadelnd. »Seine Exzellenz tut nur seine Pflicht.«

Pflicht. Elisabeth hatte geglaubt, ihre Pflicht erfüllen zu können, wenn sie mit Liebe einherging. Aber hier ging es nicht um Pflicht *und* Liebe. Ein Kind zu bekommen, hatte nichts mit Liebe zu tun, sondern war reine Pflichterfüllung. Was sie auf sich zukommen sah, war Isolation und Fremdbestimmung, ohne Ruhepausen und Momente der Intimität zur Entschädigung.

»Es tut mir leid, dass Ihnen das heilige Ritual unbehaglich war.« Der Priester lächelte so ungerührt, wie er immerzu zu lächeln schien.

Wie konnten sie es wagen, so etwas als heilig zu bezeichnen? Elisabeth sah Franz an, der besorgt zu sein schien. Das machte ihr Mut.

»Ach so, es war ein heiliges Ritual. Wie dumm von mir. Ich hatte das Gefühl, als schauten mir lediglich zwei Männer unter den Rock.«

Hinter ihr fiel ein mit Gläsern beladenes Tablett zu Boden, und alle erschraken von dem Lärm. Elisabeth drehte sich um und sah, dass ihre Mutter sich über den Scherbenhaufen beugte.

Zu ihrer Rechten verlor Max die Contenance, lachte und schlug sich dann die Hand vor den Mund. »Verzeihung, Mama. Verzeihung.«

Der Priester ließ nicht locker. »Sie wirken aufgewühlt, mein Kind.«

»Ich bin nicht aufgewühlt«, erwiderte Elisabeth in scharfem Ton.

Franz nahm besorgt ihre Hand. »Ist alles in Ordnung, Elisabeth?«

Bevor sie antworten konnte, ergriff Sophie das Wort. »Vielleicht braucht die Braut etwas Ruhe.«

Elisabeth konnte es nicht fassen. Ruhe? Schickte Sophie sie von ihrem eigenen Empfang fort, weil sie ein paar ehrliche Worte über das Prozedere am Nachmittag gesprochen hatte? Weil sie nicht dumm danebenstehen und so tun wollte, als sei das alles ganz normal? Gegen die Untersuchung selbst hatte sie sich nicht wehren können, aber als sie jetzt neben Franz stand, fühlte sie sich wieder stark. Sie dachte, er wüsste zu schätzen, dass sie sagte, was sie dachte. Dass er alles zurechtrücken würde.

Sie warf ihm einen flehenden Blick zu.

»Ich glaube, das ist nicht nötig, Mutter«, sagte er.

Elisabeth wandte sich dem Priester zu, um ihm eine Entschuldigung abzuverlangen. »Ich …«, begann sie.

»Franz«, schnitt Sophie ihr das Wort ab. Von mütterlicher Wärme war nichts mehr zu spüren. »Es war ein langer Tag für deine Braut. Und morgen soll doch alles gutgehen, nicht wahr? Sie sollte sich lieber etwas ausruhen.«

Elisabeth sah Franz an und erwartete, dass er für sie eintrat.

Stattdessen nickte er. »Es *war* ein langer Tag. Etwas Ruhe würde dir guttun, Elisabeth.«

Es war wie ein Schlag ins Gesicht. Elisabeth musste an den Tag denken, als Puck gestorben war. Blutbefleckt und vollkommen aufgelöst hatte sie dagestanden, und Helene – damals der wichtigste Mensch in ihrem Leben – hatte nicht gefragt, wie es ihr ging. Für sie war der Besuch eines Herzogs wichtiger gewesen. Jetzt war Franz der wichtigste Mensch in ihrem Leben, und er enttäuschte sie auf die gleiche Weise. Konnte er denn nicht verstehen, dass sie allen Grund zur Verärgerung hatte? Verstand er nicht, wie ihr zumute war?

»Nein, bitte … Ich würde gern …«, begann sie, und hätte Franz sie nicht unterbrochen, hätte sie gesagt: *Ich möchte hierbleiben. Ich möchte mit dir reden und dieses vorsintflutliche Ritual abschaffen.*

»Es ist besser, du ruhst dich aus«, sagte er. »Ich bestehe darauf.«

Es war niederschmetternd und immer das Gleiche. Männer benahmen sich andauernd schlecht. Knöpften ihre Hosen bei Tisch auf, hielten Elisabeths Träume für unwichtig, berührten sie, wann und wo sie wollten. Aber sie war diejenige, die fortgeschickt wurde. Bestraft. Zum Schweigen gebracht.

Sollte es immer so weitergehen, sogar hier? An der Seite eines Mannes, von dem sie geglaubt hatte, dass er sie verstand? Es wäre genauso wie zu Hause, nur ihre Bewacher wären andere. Ihre Mutter würde von Esterházy, Geistlichen, Hofdamen, Zofen und Ärzten mit Trichtern ersetzt. Von jetzt an gäbe es Hunderte Menschen, die ihr wehtun konnten, nicht nur einen.

Franz hielt ihr zum Abschied eine Hand hin, aber Elisabeth ignorierte sie. Sie musste den Saal verlassen, bevor sie die Fassung verlor.

Sie erhaschte Max' Blick, als sie sich zum Gehen wandte, und was Elisabeth dort sah, verletzte sie beinahe noch mehr. Verständnis. Am Nachmittag hatte er zu ihr gesagt, er sei ihr Verbündeter bei Hofe, und sie hatte ihm nicht geglaubt. Jetzt tat sie es.

Sie konnte ihre Tränen zurückhalten, bis sich die Saaltür hinter ihr schloss. Dann strömten sie ihr über die Wangen.

Hatte sie einen schrecklichen Fehler gemacht? Sollte sie so schnell fliehen, wie sie konnte, und Helene die Kaiserinnenwürde überlassen, wenn sie sie immer noch haben wollte? Und konnte sie irgendjemandem je wieder trauen?

Die einzige Ehe, die sie kannte, war die ihrer Eltern. Dieser Gedanke war nicht gerade hilfreich. Befand sie sich am Anfang derselben Geschichte? War alles nur ein Missverständnis und die Weigerung, den Partner zu verstehen? Und wenn man einmal so angefangen hatte, konnte man dann je etwas anderes tun, als einander immer wieder zu verletzen?

Als Elisabeth in ihren Gemächern zurück war, griff sie sofort zu ihrem Tagebuch und schrieb auf eine tränennasse Seite:

Die maledeite Kränkung
Samt dem verfluchten Schmerz,
Ich wickle sie zusammen
Und schmeiß' sie thalabwärts.

Die ärgste Strafe aber
Das dumme Herz erhält;
Ich werf es aus dem Leibe
Mitten ins Gletscherfeld.

FÜNFUNDFÜNFZIG

Franz entschuldigte sich, trat auf den Balkon und starrte auf die Gärten mit ihren flackernden Lampen. Dass Elisabeth nicht seine Hand genommen hatte, schmerzte ihn. Auch dass er sie fortgeschickt hatte. Beides machte ihm Sorgen. Er hatte es für das Richtige gehalten, ihr Ruhe zu gönnen. Es war ihm nicht darum gegangen, sie von sich fernzuhalten. Im Gegenteil. Den ganzen Tag lang hatte er sich nach ihr gesehnt. Aber sie war verärgert, seine Mutter war auch verärgert, und er wollte das Ganze nicht vor aller Augen eskalieren lassen. Verstimmungen wie diese konnte man sich nur im Privaten leisten, hinter geschlossenen Türen.

Er hatte es auch nicht für den Priester getan. Er wusste nicht, was der Mann im Einzelnen getan hatte, aber er mochte ihn ohnehin nicht. Er sah keinen Grund, für ihn einzutreten.

Nein, Elisabeth, seine Mutter, die Familie besorgten ihn. Außerhalb des Palasts waren die Unruhen schon weit genug gediehen. Und Max gab sich alle Mühe, der Familie immer mehr Feinde zu machen. Franz durfte nichts zulassen, was die Stimmung anheizte und die Lage für alle gefährlicher machte.

Aber Elisabeth hatte sich geweigert, seine Hand zu nehmen. Das bedeutete, sie verstand ihn nicht. Ein zutiefst beunruhigender Gedanke. Hatte er sich in ihr geirrt? Und wenn er sich nicht in ihr täuschte, konnte sie ihm je vergeben? Noch wichtiger war vielleicht die Frage, ob sie sich ändern könnte.

Er fuhr mit dem Finger über das raue Eisengitter des Balkons und biss sich auf die Lippen. Er liebte Elisabeth dafür, dass sie sagte, was sie dachte, dass sie ganz und gar sie selbst war. Und dass sie ihm gezeigt hatte, wie auch er wieder er selbst werden konnte. Aber würde sie das rechte Maß finden? Er wollte, dass sie sich gab, wie sie war, aber er wollte auch, dass sie lernte, was man nicht öffentlich, sondern nur privat sagen konnte. Sie musste lernen, wann sie den Mund halten musste – nicht für immer, nur noch für kurze Zeit.

Er drückte den Finger stärker an das Gitter, als könnte er seine Sorgen auf diese Weise abladen. Max hatte wieder und wieder gesagt, er werde Elisabeth ruinieren und sie in eine Falle locken. Zum ersten Mal fragte er sich jetzt, ob das stimmte. Würde er ihre Magie zerstören, wenn er sie zwang, in bestimmten Situationen zu schweigen? Würde er zerstören, was er an ihr liebte, wenn er sie bat, einiges davon geheim zu halten und es sich nur anmerken zu lassen, wenn sie miteinander allein waren?

Der festliche Empfang hinter ihm war in vollem Gange. Der Flügel wurde gespielt, Gläser klirrten. Er wusste, dass er nicht lange fortbleiben durfte. Der innere Frieden des Reichs konnte nur aufrechterhalten werden, wenn man Unmut gar nicht erst aufkommen ließ. Für Franz bedeutete das, sich lächelnd zu präsentieren, wann und wo immer es möglich war. Hände mit Generälen und Ministern zu schütteln, Glückwünsche entgegenzunehmen.

Beinahe wünschte er, Elisabeth und er könnten die Plätze tauschen, als hätte seine Mutter festgestellt, dass *er* zu erschöpft war, um dazubleiben, Hände zu schütteln und gute Miene zu allem und jedem zu machen.

Er holte tief Luft und versuchte, seine Sorgen für den Moment zu vergessen. Es gab nichts, was er jetzt tun konnte. Nicht den Empfang verlassen, nicht Elisabeth zurückholen. Er musste wieder hineingehen, mehr Hände schütteln, mehr Glückwünsche entgegennehmen und durfte nicht daran denken, dass er nichts anderes wollte, als Elisabeth in den Armen zu halten.

SECHSUNDFÜNFZIG

Elisabeth war kreuzunglücklich. Wäre er doch bloß nicht der Kaiser, sondern irgendein Schneider! Sie hatte sich nie an den Hof gewünscht, mochte keine formellen Diners, Kleider und Tänze. Und schon gar nicht hatte sie etwas gewünscht, das den Ereignissen dieses Tages auch nur ähnelte. Sie fühlte sich wie ausgehöhlt. Was hatte sie sich angetan, als sie hierherkam, Ja sagte und sich selbst, ihren Willen und sogar ihren Körper dem Hof unterordnete?

Tränen standen in ihren Augen, und in ihren Schläfen pochte es. Sie liebte Franz. Liebte ihn wie Bäume den Regen, Blumen die Sonne und Pferde den Wind in ihren Mähnen. Sie spürte diese Liebe im ganzen Körper. Aber wie stand es um Franz' Liebe? Was war sie wert, wenn er sie so einfach wegschicken konnte?

Innerhalb weniger Minuten hatte er ihr die Gewissheit ausgetrieben, dass er ihr Fels war, ihre große Liebe, der Mann, von dem sie geträumt und den sie in ihren Gedichten beschrieben hatte.

Es ist noch nicht zu spät, hatte Helene nach der Verlobung gesagt. Dasselbe hatte Sophie zu Franz gesagt. Max hatte es in einem Brief geschrieben. Vielleicht hatten sie alle recht.

Max. Er war jemand, mit dem sie reden konnte. Er hatte verstanden, wie sie sich gefühlt hatte, als Franz sie wegschickt hatte. Und was sie vorher zu dem Priester gesagt hatte, hatte ihn nicht schockiert. Er hatte sie zu der Soiree eingeladen, die er heute gab. Sie hatte die Einladungskarte aufbewahrt. Ja, sie würde hingehen. Sie wusste nicht, wen und was sie dort vorfinden würde, aber sie wusste, dass sie nicht in ihren Gemächern bleiben und sich in den Schlaf weinen wollte.

Sie zog sich um, ohne die Hilfe von mindestens sechs Hofdamen, denen sie gesagt hatte, dass sie sich ins Wohnzimmer der Gemächer zurückziehen sollten. Sie türmte sich die Haare auf den Kopf, wie sie ihr gerade in die Hand kamen. Mit lockigen Haaren, die Hals und Ohren umspielten, fühlte sie sich beinahe wieder wie sie selbst. Sie zog eine weiße Bluse und eine tiefblaue Weste an. Die Halskette, die Sophie ihr angelegt hatte, behielt sie an und ergänzte sie mit allen möglichen anderen. Juwelen über Juwelen. Kleine Entscheidungen wie diese zu treffen, halfen ihr, sich wiederzufinden. Sie wurde ruhiger.

Die Hofdamen folgten ihr, als sie ihre Gemächer verließ und durch die nächtlichen Korridore auf Max' Soiree zuging, die in einem anderen Ballsaal auf der anderen Seite des Palasts stattfand, weit entfernt von dem offiziellen Fest.

Die Soiree war in vollem Gange, und das Chaos hatte etwas Beruhigendes. Der Dampf aus einer Wasserpfeife waberte durch den Raum, es wurde Champagner getrunken, und die Gäste unterhielten sich lebhaft gestikulierend miteinander. Die Frauen trugen kurze Röcke, die vollkommen anders geschnitten waren, als Elisabeth es je gesehen hatte, und bewegten sich lasziv. Die Männer wussten es offenbar zu schätzen. Die Wachen an der Tür trugen bauchfreie Marinekostüme. Ein Mann mit Vollbart tanzte schwungvoll in einem gelben Ballkleid durch den Saal.

Elisabeth mit ihrem übertriebenen Schmuckbehang fiel hier nicht weiter auf. Sie fühlte sich so frei, als sei sie beschwipst. Am liebsten hätte sie auf einem Tisch getanzt. Niemand erklärte ihr, was sie zu tun und zu lassen hatte, niemand stellte neue Regeln auf. Überhaupt benahmen sich alle so, als wären sie sonst wo, jedenfalls nicht bei Hofe. Keine Verbeugungen. Keine Formalitäten. Max hatte alle von den unsichtbaren, aber schweren Fesseln des Hofs befreit.

Die Tapeten an den Wänden zeigten Szenen aus Paris, London, den Alpen. Dazwischen standen schimmernde Statuen, die nackte Frauen darstellten, von denen einige die Hände zum Himmel streckten, andere in die Ferne blickten. Max hatte diesen Saal mit Bedacht gewählt. Er sagte etwas über ihn aus und deutete an, was hinter seinem unverschämten Grinsen und dem messerscharfen Verstand steckte. Und es war mehr als eine Soiree. Es war ein Portal in eine andere Welt. Vielleicht in Max' innere Welt.

Elisabeth wanderte durch den Saal, sog alle Eindrücke in sich auf und glaubte, Max dabei ganz neu kennenzulernen.

»Wir sollten zurückgehen«, sprach eine Hofdame sie von hinten an. Doch dann entdeckte eine andere einen berühmten Pianisten, und Elisabeth war es nur recht, dass sie schnell auf ihn zugingen. Immer noch waren sie in der Nähe, achteten aber nicht mehr auf sie. Sie ging auf den Flügel zu und bewegte sich zur Musik, die aufregend modern und experimentell war. Sie fühlte sich wieder ganz lebendig, ganz sie selbst und ganz anders als bei einem traditionellen Walzer.

Dann hörte sie eine vertraute Stimme und spürte heißen Atem am Nacken. »Gefällt' es Ihnen?«

Max. Es war ganz erstaunlich, wie diese Umgebung ihn zum Leuchten brachte, gleichzeitig schienen seine Augen hier im Halbdunkel mehr Tiefe zu haben. Erst jetzt merkte Elisabeth, wie gut er aussah. Im Mond- und Lampionschein, mit seiner Halskette aus Muscheln und seiner breiten Brust zeigte er sein wahres Ich, ohne höfisches Gehabe. So sah sie ihn zum ersten Mal.

»Keine Sorge, der schreckliche Priester ist nicht eingeladen«, sagte er.

Er hatte also begriffen, was Franz nicht begriffen hatte, und er nahm es ernst. Heute war es Max, der sie verstand, nicht Franz. Sie fragte sich, wie es wohl wäre, wenn sie sich in ihn statt in Franz verliebt hätte? In einen jungen Mann, der hundert Menschen von den höfischen Fesseln befreit hatte. Der gern reiste und geradeheraus sagte, was er dachte. Helene hätte dann Franz haben können und … Nein! Ihr Magen verkrampfte sich. Sie hatte sich nicht in Max verliebt. Sie liebte Franz, und diese Liebe war kostbar.

»Ist Franz hier?« Immer noch wollte sie ihn sehen und ihm sagen, wie sehr er sie gekränkt hatte, wie unsicher sie sich fühlte.

»Nicht dass ich wüsste. Ich habe ihn eingeladen, aber er hat ja immer zu tun, unser Franz.« Max schaute sich im Saal um. »Aber müssen Sie deswegen schon gehen?«

»Nein.« Sie wollte Franz sehen, aber auch die Freiheiten dieses Fests noch eine Weile genießen, die Ausgelassenheit, die Erleichterung.

»Gut. Dann darf ich Ihnen vielleicht meinen guten Freund Franz Liszt vorstellen?« Zusammen mit Elisabeth machte Max einen Schritt auf den Pianisten zu, der gleich aufschaute. »Das ist unsere zukünftige Kaiserin, Maestro.«

Der Mann reichte ihr die Hand über den Flügel und ließ sich mit dem Handkuss Zeit. Auch das war eine Erleichterung. Nicht die steifen Handküsse wie bei Hofe. Es kam ihr vor, als sei sie in einem verzerrten Spiegelbild des Hofs gelandet. Auch hier küsste man Hände, trug Abendroben und tanzte zu Klaviermusik. Aber die Küsse waren persönlicher, die Abendroben ähnelten Zirkuskostümen, und die Klaviermusik trug einen in andere Welten.

»Eine Melodie für Sie, Hoheit.« Der Pianist senkte den Kopf, und seine langen Haare fielen ihm über die Schultern und den bestickten Kragen. Dann begann er mit seinen eleganten, geübten Fingern zu spielen.

Es war eine verspielte, aber auch traurige Melodie. Als käme die Sonne heraus, um einen zu wärmen, wenn die Mutter einem gesagt hatte, man sei nicht schön genug. Wie eine tragische Liebesszene im Wald. Elisabeth empfand sie wie das Spiegelbild ihrer Seele. Sie sah Liszt an und fragte sich, ob die Magie eines großen Musikers darin bestand, dass er seinem Gegenüber in die Seele schauen konnte.

Sie betrachtete seine Hände, die mühelos über die Tasten glitten, und Max stellte sich hinter sie. »Hier bei mir folgt die Musik den Menschen, nicht umgekehrt.«

Es war Poesie, und ausgerechnet Max hatte sie formuliert. Wer hätte gedacht, dass beide Brüder so viel Poesie in sich hatten?

Plötzlich wollte sie gern rauchen. Als Frau zu rauchen, war skandalös, und genau das wollte sie jetzt sein.

Als hätte Max ihre Gedanken gelesen, bot er ihr eine Zigarette an. »Etwas Entspannendes für die Braut von morgen. Oder ziehen Sie die Wasserpfeife vor? Ich habe sie aus Konstantinopel mitgebracht. Sie ist übrigens aus Gold.«

Konstantinopel. Wie es wohl war, einfach seine Sachen zu packen und zu reisen, wohin man wollte? Nach Konstantinopel, Genf, Griechenland, Ungarn. Die Orte, über die Max in seinen Briefen geschrieben hatte. Max war es gelungen, dem Käfig des Palasts zu entkommen. Vielleicht konnte er ihr helfen herauszufinden, wie man sich hier wohlfühlen konnte. Wie sie mit Franz zusammen sein konnte, ohne Fesseln angelegt zu bekommen.

Elisabeth nahm die Zigarette, und Max gab ihr Feuer.

»Wie schaffen Sie das?«, fragte sie und schaute zu, wie die Zigarettenspitze qualmend lebendig wurde.

»Wie schaffe ich was?« Max blies das Streichholz aus.

»Reisen. Leben. Den Humor behalten. Sich in dieser höfischen Umgebung behaupten. All diese Menschen für eine Nacht vom strengen Hofprotokoll befreien. Immer wenn ich denke, jetzt kenne ich Sie, offenbaren Sie eine andere Seite von sich. Ein Clown in Bad Ischl, ein Reisender in Ihren Briefen. Jemand noch Freieres, Komplexeres auf dieser Soiree. Bitte verraten Sie mir Ihr Geheimnis.«

Er zuckte mit den Schultern. »Ich bin bloß ein Zweitgeborener. Das Familienmaskottchen braucht keine besonderen Erwartungen zu erfüllen.«

Elisabeth sah ihn skeptisch an. War das schon die ganze Antwort? Diktierte die Stellung, die man innehatte, wirklich alles andere? Hatte sie eine gewählt, ohne zu verstehen, was es bedeutete – genau wie ihre Mutter gesagt hatte?

»Ich freue mich, dass Sie gekommen sind. Ich wusste, dass

Sie es tun würden.« Max' Lächeln war echt und hatte nicht die geringste Ähnlichkeit mit der demonstrativen Arroganz, die er bei Hofe an den Tag legte.

»Meinen Sie, Franz wird noch kommen?«, fragte sie. Mehr denn je musste sie ihn sprechen.

Max machte eine abfällige Geste. »Ich schätze, er hat etwas Besseres zu tun – und das am Vorabend seiner Hochzeit.«

Elisabeth war die Enttäuschung wohl anzusehen, denn Max reichte ihr sein noch unberührtes Champagnerglas. In diesem Moment war Elisabeth alles egal, und sie stürzte es in einem Zug hinunter. Wenn sie Franz nicht finden konnte und Max sich keine nützlichen Antworten entlocken ließ, konnte sie wenigstens versuchen, das einzig Unsteife zu genießen, was dieser Hof zu bieten hatte. Max schaute anerkennend zu und schnippte mit den Fingern in Richtung eines Dieners, damit der zwei neue Gläser brachte.

Elisabeth zog an ihrer Zigarette und spürte ihrer Wirkung und der des Champagners nach, während sie die ausgelassen Feiernden betrachtete. Sie merkte, wie sich ihr ganzer Körper langsam entspannte, aber sie wusste, dass es nur eine vorübergehende Beruhigung war. Ein Glas Prickelwasser konnte nicht die Probleme lösen, die der Tag gebracht hatte. Genauso wenig konnte er die Probleme eines Hofs lösen, der ihr schon am ersten Tag das Gefühl gab, sie würde ersticken.

Sie stürzte das zweite Glas hinunter.

»Wissen Sie denn nicht, wo er ist?«, fragte sie dann.

Max war sichtlich irritiert, aber seine gute Laune kehrte sofort zurück. »Franz? Er hat etwas von einer spätabendlichen Besprechung gesagt. Damit wollte er wahrscheinlich mysteriös erscheinen, aber ich glaube nicht, dass es um etwas Interessantes geht. Womöglich muss er sich den ganzen

Abend lang anhören, wie sich Ungarn und Kroatien gegenseitig beleidigen. Sie können sich nicht vorstellen, wie langweilig ein Streit sein kann, wenn es um Politik geht.«

Franz war also nicht da. Jedenfalls nicht in seinen Gemächern. Selbst wenn Elisabeth herausfinden könnte, wo sie sich befanden, und es ihr gelang, sich unbeobachtet dorthin zu schleichen, würde es nichts nutzen. Wieder zog sie an ihrer Zigarette. Inzwischen wurde ihr von dem Champagner ganz warm, und vielleicht lag es daran, dass sie wieder Hoffnung schöpfte. Wenn Franz eine Besprechung hatte, würde er vielleicht hinterher auf der Soiree seines Bruders vorbeischauen. Sie würde auf ihn warten.

Die nächste Stunde verging wie im Rausch. Max stellte sie einem Dutzend Leuten vor, an die sie sich später nicht erinnern konnte. Sie tanzte und lachte mit Fremden, bis sie Seitenstiche bekam. Zu ihrem größten Vergnügen benahmen sich ihre Hofdamen wie ganz normale Menschen, nicht wie Babysitter. Jetzt konnte sie sich einen zweiten Namen merken, und zwar einen *Vor*namen: Amalia. Wer hätte gedacht, dass es ein genüsslicher Akt der Rebellion sein konnte, sich einen Namen zu merken? Schließlich setzte sie sich auf ein Sofa und lauschte der Musik.

Irgendwann setzte Max sich zu ihr. Sie freute sich, ihn zu sehen, und lächelte ihm entgegen. Er kam ihr sehr nahe und berührte die goldgelbe Halskette.

»Gefällt sie Ihnen?«, fragte Elisabeth. »Ihre Mutter hat sie mir gegeben.«

»Sie hat unserer Großtante gehört, Maria Antonia.«

»Marie Antoinette?«, fragte Elisabeth nach.

»Sie trug sie noch, als sie den Kopf unter der Guillotine verlor.«

Elisabeth zog die Nase kraus. Warum erzählte er ihr das? Warum ausgerechnet jetzt, als sie sich entspannte? Die Gefahren und Zwänge des Hofs waren Gift für ihr Wohlbefinden.

Max ließ die Halskette los und sagte düster: »Meine Familie hat ein Talent, schöne Dinge für hässliche Zwecke zu benutzen.«

»Franz sagt, Sie hätten eine dunkle Seite.«

Er wölbte die Augenbrauen. »Wenn Sie lange genug hierbleiben, bekommen auch Sie eine. Es ist wie ein Sturm, der einen innerlich zerreißt.«

Er hatte ausgedrückt, was sie fühlte. In ihrem Herzen tobte ein Sturm, und es hatte nur einen Tag gedauert, ihn zu entfachen.

»Warum sind Sie hier, wenn Sie den Hof so sehr hassen?«

»Ich habe oft versucht, ihm den Rücken zu kehren.« Max war jetzt ganz ernst, und die Schatten schlechter Erfahrungen huschten über sein Gesicht. Es war der Max aus den Briefen, ernst und ehrlich. Dann wurde er plötzlich ganz aufgeregt und sagte: »Elisabeth, als ich Sie zum ersten Mal gesehen habe, dachte ich, Sie seien für dieses Leben gemacht, für mein Leben, für mich.«

Nicht nur seine Worte kamen unerwartet, noch mehr staunte Elisabeth über die Wucht, mit der er sie vorgetragen hatte.

»Max, ich heirate morgen.« Während sie das sagte, zweifelte sie plötzlich selbst daran. Würde sie morgen wirklich heiraten? Nach allem, was passiert war? Wollte sie dieses Leben immer noch?

»Es ist noch nicht zu spät.« Max rückte noch näher an sie heran, den Blick auf ihre Lippen gerichtet. Dann legte er die Hand an ihre Wange, und sie fühlte … nichts.

Kein Funke sprang über, nichts regte sich in ihr. Kein Moment des gegenseitigen Erkennens. Die Abwesenheit von alledem brachte sie zur Besinnung und erinnerte sie daran, was Franz und sie verband. Etwas Magisches. Etwas nie Dagewesenes.

»Nein.« Elisabeth hob eine Hand und hielt sie zwischen Max und sich.

Gekränkt sah er sie an. Noch nie hatte Elisabeth einen so enttäuschten Mann gesehen. Einen Moment lang sahen sie einander reglos an. Dann änderte sich Max' Miene so drastisch, dass Elisabeth sich fragte, ob sie sich getäuscht hatte. Erst war er ein junger Mann, der heillos in sie verliebt war, im nächsten Moment war nichts mehr davon zu sehen. Es würde auch nie wieder etwas davon zu sehen sein. Er liebte sie nicht und würde es nie tun. Immer noch hielt Elisabeth die Hand zwischen Max und sich.

»Sie sollten Ihr Gesicht sehen.« Max lachte. »Sie dachten, ich meine es ernst, oder?«

Elisabeth wusste, dass er sie lächerlich machen wollte, aber er tat ihr nur leid. Eine Kränkung zu überspielen, indem man Giftpfeile abschoss, war kein Zeichen von Stärke. Es war Schwäche. Ein Versteckspiel. Eine Lüge.

»Sie haben noch nie wirklich geliebt«, sagte sie voller Mitleid. »Ich dagegen liebe Ihren Bruder.«

»Und dennoch …« Er beugte sich wieder zu ihr, dieses Mal aber nicht zärtlich. »Sie sind immer noch hier. Auf *meinem* Fest.«

Wieder griff er nach ihr, aber sie stand abrupt auf. Er hatte recht. Franz würde nicht kommen. Es war Zeit für sie, zu gehen.

SIEBENUNDFÜNFZIG

Helene trank ihr zweites Glas aus und beobachtete ihre Schwester auf der anderen Seite des Saals. Immer noch war sie verbittert und wütend, aber seit sie kurz zuvor Max begegnet war, machte sie sich auch Sorgen. Ihr Leben lang hatte sie Sisi beschützt, und trotz ihrer Wut war der alte Impuls noch da. Genau wie die alte Zuneigung. Für eine betrunkene, lachende, tanzende Schwester, die in dieser Umgebung wieder ganz die Alte war. Inklusive zerzauster Haare und dem Zeigen ihrer Gefühle.

Schon seit einer Stunde beobachtete sie Sisi. Irgendwann hatte Max sich von hinten an sie geschlichen und ihr ins Ohr geflüstert: »Ich weiß, wie es sich anfühlt, wenn man übergangen wird.«

Helene hatte ein wenig Abstand zu ihm genommen und ihr Martiniglas wie ein Schutzschild angehoben. Max machte sie nervös, und sie wusste, dass man ihm nicht trauen konnte.

»Es wäre schön, wenn die Leute aufhörten, mich anzustarren«, gab sie zu, achtete aber darauf, nicht zu viel von sich preiszugeben. Sie merkte jedoch, wie gut es tat, mit jemandem zu sprechen, selbst wenn er nicht besonders vertrauenswürdig war. Es war lange her, dass sie sich jemandem anvertrauen konnte. Ihre Mutter war voller Vorurteile und hatte nichts als spitze Bemerkungen für sie. Ihr Vater mit seiner Teilnahmslosigkeit war auch nicht besser, zumal ihn die Probleme anderer Menschen belustigten. Spatz war noch zu klein. Die Pferde konnten nicht sprechen. Und mit Sisi, die an ihrem Elend schuld war, konnte sie am wenigsten reden.

»Machen Sie sich keine Sorgen. Ich lebe seit Jahren mit Zurückweisung.« Max hob sein Champagnerglas und ließ es an ihr Martiniglas klirren.

Unwillkürlich musste Helene lächeln. Sie begann zu verstehen, warum so viele junge Frauen auf ihn hereingefallen waren. Sie wusste, dass er gefährlich war, und doch fühlte sie sich von ihm angezogen. Sein Interesse schmeichelte ihr. Und es tat gut, beachtet zu werden. Sein Charisma war bemerkenswert. Zwar glaubte sie nicht, dass er wusste, wie sich Zurückweisung anfühlte, aber seine Solidaritätsbekundung verschaffte ihr ein wenig Linderung.

Es wäre ihr leichtgefallen, sich auf ihn einzulassen, hätte sie nicht vor wenigen Stunden gehört, wie er einer anderen Frau seine Liebe erklärte. Und hätte sie nicht gerade eben gesehen, wie er mit Sisi am Flügel flirtete.

Sie entfernte sich noch etwas weiter von ihm und zeigte mit ihrem Glas in die Richtung, wo Sisi sich im Tanz drehte. »Sie spielen mit ihr.« *Und mir.*

Überrascht sah er sie an. »Ich spiele mit allen.«

»Das glaube ich.«

Er lächelte schmallippig. »Das ganze Leben ist ein Spiel. Warum sollte man also nicht mitspielen?«

Helene wusste, dass er versuchte, charmant zu sein, aber seine Worte waren ihr suspekt. Hatte er das gemeint, als sie ihn am Nachmittag belauscht hatte? War wirklich alles ein Spiel für ihn? Der Aufstieg und Fall von Kaisern. Dass Franz gestürzt und Max der neue Herrscher werden könnte? All das war ohnehin schon gefährlich, aber es als Spiel zu betrachten, war es noch mehr.

Jetzt verabschiedete er sich von ihr, indem er an eine imaginäre Mütze tippte, und nahm wieder Kurs auf Sisi. Helene fand, dass sie die Schwester warnen sollte, tat es dann aber doch nicht. *Mich hat sie ja auch nicht beschützt*, dachte sie, war aber selbst nicht so recht davon überzeugt.

Dann sah sie, dass Sisi Max zurückwies und abrupt aufstand. Sie hatte es eilig, zur Tür zu kommen, und der Weg führte direkt an ihr, Helene, vorbei. Sie senkte den Blick. Obwohl sie nicht mehr so wütend war wie vorher, würde sie Sisi weiter mit Schweigen strafen.

Zu ihrer Überraschung blieb die Schwester aber bei ihr stehen und fragte verzweifelt: »Willst du wirklich nie wieder mit mir sprechen?«

Dass Sisi die letzten Monate sichtlich unter Helenes Rückzug gelitten hatte, war Helene eine Genugtuung gewesen. Jede verweigerte Antwort, jedes nicht gesprochene Wort war für Sisi ein Schlag gewesen. Jetzt aber konnte sie keine Genugtuung empfinden. Stattdessen überwogen ihre Schuldgefühle, weil sie nichts tat, um die Schwester zu beschützen.

Trotzdem wollte sie nicht mit ihr reden. So schnell würde sie ihren veränderten Gefühlen nicht nachgeben. Sie rührte die Olive in ihrem Glas um und aß sie dann.

»Wie oft muss ich denn noch sagen, wie leid es mir tut. Es tut mir leid! Du weißt, dass es mir leidtut!«

»Du bist betrunken«, sagte Helene ungerührt.

»Ich weiß.«

»Das ist nicht das Benehmen einer zukünftigen Kaiserin.« Das Schweigen zwischen ihnen war ein Damm gewesen, und da er nun gebrochen war, schwappten alle hässlichen Gedanken hinüber.

»Helene ...« Sisis Stimme klang sanft und zerbrechlich. »Es ... Es war kein einfacher Tag.«

»Es tut mir leid, wenn du dachtest, es würde einfach sein.«

Genugtuung – oder besser: Schadenfreude – stellte sich doch noch ein. Sisi begann zu begreifen, worauf sie sich eingelassen hatte. Aber Helene fragte sich, ob sie so sein wollte. Eine Frau, die ihren Martini umrührte und sich über das Unglück der eigenen Schwester freute?

Sisi wandte sich zum Gehen, aber einen Pfeil wollte Helene noch abschießen. »Das tust du immer, weißt du das eigentlich? Wenn es schwierig wird, läufst du weg. Es ist Zeit für dich, erwachsen zu werden, Sisi.«

Jetzt brach der Damm auch bei Elisabeth, und sie schoss zurück. »Weißt du, wie du geworden bist?« Sie machte eine kurze Pause. Dann sagte sie: »Wie unsere Mutter.«

Helene schaute der Schwester nach. Hatte sie recht? War sie so grausam und oberflächlich geworden wie ihre Mutter? Verhärtete sie und wollte Menschen nur noch vor den Kopf stoßen? Insbesondere Menschen, die sie lieben sollte?

Dann kam Max zurück. Sein Atem roch nach Weintrauben und Alkohol, als er dicht an ihrem Ohr sagte: »Ich gebe ihrer Affenliebe drei Monate. Was meinen Sie?«

Wieder nahm Helenes Wut überhand, aber dieses Mal richtete sie sich überraschenderweise nicht gegen Sisi, sondern gegen Max. Gegen Franz. Gegen ihre Mutter und den ganzen Hof. Die ganze Zeit über hatte sie Sisi und sich selbst bestraft, dabei gab es so viel anderes, worauf sie wütend sein sollte.

Die Lügen ihrer Mutter zum Beispiel: Tu das Richtige, dann wirst du belohnt. Franz' Feigheit, denn er hätte ihr jederzeit sagen können, dass er ihre Schwester liebte. Max' Spielerei mit ihrer Schwester und ihr. Er missbrauchte ihre Kränkungen für seine eigenen Zwecke. Eben noch hatte sie sich für ihre Wut geschämt, aber jetzt erkannte sie, dass sie ein Schutz war. Eine Stärke. Sie hatte sie lediglich auf das Falsche gerichtet.

Max hob eine Hand, um über Helenes knapp schulterlange Haare zu streichen. Aber ihre Augen sprühten Feuer. Sie beugte sich zu ihm vor, kniff die Augen zusammen und sagte:

»Ich bin kein Trostpreis.«

Sie war die Herrin über ihre Wut, nicht Max.

Sie stellte ihr leeres Martiniglas auf einen kleinen schmiedeeisernen Tisch, hob das Kinn und ließ Max einfach stehen. Im Laufe des Abends hatte sich für Helene etwas verändert. Monatelang hatten sich ihre Gefühle aufgebaut, und jetzt war es Zeit, sie herauszulassen. Den Damm brechen zu lassen, alle Brücken abzubrechen und alles zu akzeptieren, was daraus folgte. *Ein wenig fühle ich mich wie Elisabeth*, dachte sie, und ging hinter ihr her.

In den Korridoren fand sie sie nicht mehr, aber sie wusste, wo ihre Gemächer lagen. Sie konnte nur hoffen, dass Elisabeth dahin gegangen war.

Zum ersten Mal seit Monaten fühlte sie sich der Schwester so verbunden wie früher und fragte sich, wie sie so dumm sein konnte, Elisabeth für ihren Kummer verantwortlich zu machen. Das stimmte doch gar nicht. Stimmte nicht annähernd. Ihre Mutter, Sophie, der Hof – sie alle hatten die Schwestern auseinandergetrieben. Nicht nur, dass Franz sie zurückgewiesen hatte, war schrecklich für sie, sondern mehr noch der Verlust des Menschen, den sie am meisten liebte.

Ohne anzuklopfen stürmte sie in Elisabeths Gemächer. Das Bett war leer, ebenso das Ankleidezimmer. Aber sie kannte ihre Schwester und wusste, dass es nicht Bett oder Ankleidezimmer war, wohin Elisabeth gehen würde, wenn sie aufgewühlt war. Unter einem offenen Fenster war taufeuchter Rasen zu sehen. Die Zweige eines großen Baums reichten fast bis an die Palastmauer. Ein schwerer Vorhang warf Falten, hinter denen man Gespräche belauschen konnte. Das waren Orte, wo Elisabeth zu finden sein würde.

Tatsächlich fand Helene sie hinter einem cremefarbenen Vorhang am anderen Ende des Schlafzimmers. Das Gesicht nass von Tränen saß sie dort auf dem Fußboden inmitten ihrer ausladenden Röcke.

Helene hockte sich zu ihr und betrachtete ihr verlaufenes Make-up und die verweinten Augen. »Alles in Ordnung?«

»Bist du froh, mich so zu sehen?« Elisabeths Stimme war brüchig und ging Helene zu Herzen.

Sie wischte Elisabeth die Tränen weg. »Das hatte ich erwartet, aber es ist nicht so.« Es war die Wahrheit, eine neue Wahrheit. Sie beschloss, das Eis mit einem Scherz zu brechen. »Du riechst gut, nach gereiftem Champagner.«

Elisabeths Mundwinkel zuckten amüsiert. »Du auch.« Dann breitete sich ein Lächeln auf ihrem Gesicht aus. »Die kurzen Haare stehen dir gut. Du bist wunderschön.«

Helene spürte, wie sich ihre Brust weitete, und sie wunderte sich darüber, dass ein schlichtes Kompliment all den

Ärger, der sich in ihr aufgestaut hatte, einfach so verfliegen lassen konnte. Es tat gut, diesen Ärger ziehen zu lassen. Eine große Erleichterung, die sie körperlich spürte.

»Es tut mir leid, was ich gesagt habe.«

»Mir auch, Néné.«

»Sag bitte nie wieder, dass ich wie Mutter bin.« Mit einer übertriebenen Geste drückte sich Helene eine Hand auf die Brust, wie ihre Mutter, wenn sie einen Herzinfarkt vortäuschte.

Beide lachten. Elisabeth beugte sich vor und umarmte die Schwester. »Du bist nicht wie sie, ganz und gar nicht.«

In der Umarmung fingen beide an zu weinen, ein erlösendes Weinen. Nach einer Weile rückte Elisabeth von Helene ab und sah sie ernst an. »Ich hoffe, er ist es wert, Néné.«

Helene lächelte – tröstlich, wie sie hoffte. »Du wirst dich an den ganzen Zirkus gewöhnen.«

Überrascht sagte Elisabeth: »Das meinte ich nicht. Ich meinte, dass ich seinetwegen meine beste Freundin verloren habe.«

Helene schloss die Augen und öffnete sie langsam wieder. Sie hatten beide unter dem Kontaktabbruch gelitten, und beide brauchten die Freundschaft, die nur Schwestern haben konnten. Aber sie hatten sie nicht verloren, nur eine Zeit lang auf Eis gelegt.

»Du hast mich nicht verloren.«

Sie bewegten sich aufeinander zu, bis Stirn an Stirn lag. Und dann brach noch ein Damm in Helene: der, hinter dem sich ihr Schmerz, ihre Angst, ihre Verzweiflung über den Verlust der Schwester angestaut hatte. Sie erzählte Elisabeth von Max und dass sie dabei gewesen war, als Sophie Elisabeths Gepäck durchsucht hatte. Schuldgefühle ersetzten Wut und Trauer.

»Es tut mir leid«, flüsterte sie, rückte von Elisabeth ab und wischte sich die Tränen von den Wangen. »So leid.«

Elisabeth nahm ihre Hände. »Ich verzeihe dir.«

Eine Weile blieben sie so sitzen, beide tränennass und mit verlaufenem Make-up. Sie hielten sich bei den Händen und schauten einander in die Augen.

Als Elisabeth das Schweigen brach, war ihre Stimme immer noch rau, verletzlich. »Was, wenn ich mich geirrt habe, Helene? Was, wenn ich das alles nicht schaffe?«

Helene merkte, dass wieder Wut in ihr aufstieg. Sie richtete sich gegen alle, die Elisabeth das gleiche Gefühl gegeben hatten wie monatelang ihr selbst: nicht gut genug zu sein.

»Er liebt dich«, sagte sie und drückte der Schwester die Hände. »Ich sehe doch, wie er dich anschaut. Vergiss alles andere. Du hattest recht. Mit allem hattest du recht. Liebe ist das Einzige, was zählt. Sie wird euch tragen.«

»Und wenn der Hof mich bricht? Was, wenn unsere Liebe uns nicht schützen kann?«

Helene drückte sich Elisabeths Hände ans Gesicht und küsste sie. »Du bist der stärkste Mensch, den ich kenne. Wenn jemand diesen Hof überleben kann, dann du. Ich hatte unrecht, als ich sagte, du würdest keine gute Kaiserin.« Dann musste sie plötzlich lachen. »Nein, es stimmt. Du wirst keine gute Kaiserin.«

Verwirrt sah Elisabeth sie an.

Wieder drückte Helene ihr die Hände. »Du wirst eine großartige Kaiserin.«

Elisabeth lächelte und erwiderte den Händedruck. »Ich wünschte nur, ich könnte mit Franz sprechen. Sie haben mich fast den ganzen Tag von ihm ferngehalten.«

Noch einmal flammte Wut in Helene auf. Sie stand auf und zog Elisabeth mit. Sie würde Abhilfe schaffen. Auf ihren einsamen Wanderungen durch den Palast war sie auch an den kaiserlichen Gemächern vorbeigekommen.

»Dann bringe ich dich jetzt zu ihm.«

ACHTUNDFÜNFZIG

Néné war wunderbar, sprühte vor Lebendigkeit, wieder ganz sie selbst. Zum ersten Mal seit über einem Jahr. Elisabeth konnte ihr Glück kaum fassen. Ihretwegen scherzte Néné wieder, ihretwegen wurde sie wütend, und ihretwegen widersetzte sie sich dem höfischen Protokoll.

Elisabeth kam hinter dem Vorhang hervor, wusch sich das Gesicht und ging zu Helene, die schon an der Tür stand. Helene nahm sie bei der Hand, führte sie durch die Korridore und schien den Weg genau zu kennen. Wieder einmal wurde Elisabeth von der großen Schwester gerettet, wieder war sie diejenige, die alles wusste und konnte. Ihre Mutter würde entsetzt sein, aber Elisabeth jubilierte innerlich.

Als sie Franz' Gemächer erreichten, klopfte Helene an die Tür. Ein verschlafener Franz machte ihnen auf, und Helene trat zur Seite. Sie küsste Elisabeth auf die Wange, flüsterte: »Du bist gut genug!«, und ging.

»Franz.« Es war ein Hauch der Erleichterung.

»Elisabeth.« Ihr eigener Name kam ihr wie eine Segnung vor.

Wieder kamen ihr die Tränen, er zog sie in seine Arme, und sie fühlte sich wieder sicher, geliebt, ganz sie selbst. Und dennoch: War sie wirklich sicher? Schon einmal hatte er sie fortgeschickt, und der Schmerz darüber war noch nicht ganz verflogen.

Er führte sie zum Sofa und legte einen Arm um ihre Schultern, als sie sich setzten. Die andere Hand legte er in ihre auf ihrem Schoß. »Was ist passiert, Liebste?«

Sie erzählte es ihm. Sprach von den Demütigungen des Tages, ihrer Wut, ihrer Verletztheit, ihrer Hilflosigkeit. Von Sophie, die ihr Gepäck durchsucht hatte. Von ihren Gefühlen, als er sie fortgeschickt und sich auf die Seite des Priesters gestellt hatte. Von den Zweifeln, die sie überkommen hatten.

»Ich wäre beinahe daran zerbrochen, dass du mich lieber fortschickst, als mir zuzuhören und mit mir zu reden«, flüsterte sie.

Er hielt sie fest, und die Tränen in seinen Augen zeigten ihr, dass er endlich begriff, wie verletzt sie war und wie schrecklich für sie war, was der Arzt und der Priester ihr angetan hatten.

»Es tut mir leid«, flüsterte er in ihre Haare. »Die Atmosphäre im Saal, all das Gerede über den Krieg, die bösen Worte, Max und Mutters Anspannung … ich dachte, es wäre besser für alle, wenn du dich ausruhst. Ich hatte Angst, dass wir uns mit einer öffentlichen Szene Feinde machen. Ich wusste einfach nicht, wie sie mit dir umspringen würden. Aber ich habe nicht bedacht, wie es dir dabei geht. Bitte verzeih!«

Elisabeth drückte den Kopf an seine Brust. »Du musst mir versprechen, so etwas nie wieder zu tun. Dass du mich nicht fortschickst, ohne mich zu fragen, warum ich verärgert bin.

So kann ich nicht leben, abgeschnitten von dir und auf mich allein gestellt.«

Er zog den Kopf zurück, hob ihr Kinn an und sah ihr in die Augen. »Ich verspreche es.« Dann holte er tief Luft. »Ich liebe dich.«

Es war das erste Mal, dass er es aussprach, und Elisabeth spürte, dass es die Wahrheit war. »Und ich liebe dich.«

Sie hatte sich diesen Moment schon so oft vorgestellt, aber sein Blick übertraf ihre Erwartungen. Sie lehnte den Kopf wieder an seine Brust, und er fuhr mit den Fingern durch ihre Haare. Dann küsste er sie auf den Kopf. Zweimal. Dreimal.

Vor Erleichterung musste sie beinahe lachen. Sie hatte miterlebt, wie sich ihre Eltern stritten und einander bewusst verletzten. Der ganze Haushalt hatte darunter gelitten. Ihr Vater ging dann weg, um sich zu betrinken und irgendeine Frau zu verführen, während ihre Mutter nach jemand anders suchte, an dem sie ihre Wut ablassen konnte. Ihre Auseinandersetzungen und Fehltritte brachten das Schlechteste in beiden hervor. Und in ihrem tiefsten Inneren hatte Elisabeth gefürchtet, dass sie und Franz diesen Zustand jetzt schon erreicht hatten. Dass es ein echter Bruch war. Der Anfang eines endlosen Kampfs, genau wie die Ehe ihrer Eltern.

Aber so war es nicht. Nicht annähernd. Sie liebten einander. Und beide kämpften gegen die Dinge, die zwischen ihnen standen; sie selbst errichteten keine Hürden. Franz würde nicht wegschauen, wenn sie verletzt wurde und er es mitbekam. Er würde mit ihr fühlen und ihr über Schwierigkeiten hinweghelfen.

»Bevor ich dich kennengelernt habe, dachte ich, alle hier wollen etwas von mir«, sagte er leise. »Alles war Pflichterfüllung. Die einen wollen Krieg, die anderen Frieden. Vor allem wollen sie Macht und einen festen Platz an meinem Hof. Sie verlangen einen Thronerben und drängen mich schon lange zur Ehe. Sogar das Heiraten war Pflicht. Es war furchtbar. Das Einzige, was mir allein gehören sollte: Liebe.«

Elisabeth hörte fasziniert zu.

»Aber du – du wolltest alles und doch nichts. Ich weiß nicht, wie ich es erklären soll. Du wolltest mich, ja, aber nur um meiner selbst willen. Nicht als jemanden, der dir Macht verleiht, für Krieg oder Frieden ist.« Er lachte leise. »Du wolltest mich als Schneider, als Liebhaber.«

Elisabeth hob den Kopf und sah Franz in die Augen, dann schloss sie ihre, als er zärtlich ihre letzten Tränen abwischte.

»Es tut mir leid, dass ich dich heute enttäuscht habe. Du hast mich gerettet. Du bist die Einzige, der ich von meinen Albträumen erzählen kann. Die Einzige, die mich versteht und nicht verlangt, dass ich mich ändere. Das möchte ich auch für dich sein. Der, zu dem du kommen kannst, wenn etwas nicht stimmt. So etwas wie heute passiert nie wieder. Versprochen.«

Elisabeth war beruhigt und fühlte sich eins mit ihm. Dieser Mann sah sie, kannte sie, *vertraute* ihr. Genau wie sie ihn hatte er sie gerettet, gerade als sie zu glauben begonnen hatte, die große Liebe stünde nicht in ihren Karten.

Unendlich zärtlich küsste Franz sie auf die Stirn. »Dass du mich stark machst, hat einen guten Grund. Du bist es wert. Und es ist mir egal, wie sehr wir bei Hofe um unser Glück kämpfen müssen. Ich werde nie aufgeben. Nie. Hier, schau mal …«

Er stand auf und führte sie ans Fenster, öffnete es und zeigte auf die Gärten, die Vorhöfe, die verschiedenen Gebäude, dann auf ganz Wien, das sich unter dem Nachthimmel vor dem Palast ausbreitete. Es war eine Sinfonie aus Licht von Tausenden und Abertausenden Kerzen und Lampen, blauen, weißen, roten, die alle in den Himmel funkelten.

Elisabeth war begeistert.

Franz hob ihre Hand an und küsste sie. »Sie leuchten für uns, diese Lichter. Es sind die Farben von Österreich und Bayern.«

Überrascht lachte Elisabeth auf.

»Wir sind nicht die Einzigen, die glücklich sind. Das darfst du nie vergessen. Ganz Wien heißt dich willkommen.«

Elisabeth musste daran denken, was Helene gesagt hatte: *Du wirst eine großartige Kaiserin*. Ihr ging das Herz auf, und es schlug für ganz Wien, für jede Kerze und Laterne, die Hoffnung und gute Wünsche versprühte. Es war ein Geschenk, dass man sie so willkommen hieß und ihr Vertrauen entgegenbrachte. Und für die Wiener würde sie den Hof so sehr bekämpfen, wie es nötig war. Für sie und für Franz. Für ihre Liebe. Für die Liebe, die sie sich so lange gewünscht hatte.

Die große Liebe oder gar nichts. Erst jetzt verstand sie, was das Versprechen, das sie sich gegeben hatte, wirklich bedeutete. Sie hatte gedacht, dass es der Liebe Vorrang vor ihren Pflichten gab. Aber jetzt wusste sie, dass ihre große Liebe mit Pflichten verbunden war und dass sie um diese Liebe immer wieder kämpfen müsste. Aber diesen Kampf würde sie nicht allein führen. Nicht mehr. Franz war an ihrer Seite. Genau wie tausend kleine Willkommenslichter.

Sie drehte sich zu Franz um und legte ihm die Hand an die Wange. Er schloss die Augen, als er das Gesicht in ihre Hand schmiegte. Es war so schön, mit ihm allein zu sein, nach so vielen Monaten der Trennung. Alles war ganz ruhig, das

Licht im Zimmer gedimmt. Die burgunderroten Sofas lagen beinahe im Dunkeln, die rostroten Teppiche, die goldenen Wandlampen. Endlich hatte sie, wonach sie sich so lange gesehnt hatte: eine Nacht mit ihm. Nur Helene wusste, dass sie hier war, und sie würde nichts verraten.

Auch Franz schien gerade auf diesen Gedanken zu kommen. Sie sah, wie er in seinen Augen aufblitzte. Er trat dicht an sie heran, hob ihr Kinn an und küsste sie sanft. Dann fanden seine Lippen ihre Wangenknochen, ihr Kinn, ihre Lider, und sie hatte das Gefühl, mit jeder Berührung zu schmelzen. Seine Hände wanderten über ihren Hals und Nacken, durch ihre Haare, dann an ihrem Körper hinab. Nicht drängend. Er erkundete sie in aller Ruhe.

Endlich! Elisabeth war überglücklich. Sie liebte ihn. Er liebte sie. Morgen würden sie ihren gemeinsamen Kampf aufnehmen, heute würden sie einander nur lieben.

Sie öffnete seinen Hemdkragen und küsste seinen Hals. Erst eine Seite, dann die andere. Nach dem nächsten Knopf küsste sie seine Brust. Wieder und wieder. Nach dem letzten Knopf strich sie mit beiden Händen über die glatte Haut seines Bauchs, seine Brust, seine Schultern. Sie zog ihm das Hemd aus und bewunderte jeden Zentimeter seines schlanken, muskulösen Körpers. Der würzige Duft seines Nelkenparfums war umso stärker, je näher sie ihm kam. Hundert Mal hatte sie sich diesen Moment vorgestellt, aber die Realität war besser.

Elisabeths Körper fühlte sich federleicht an, spürte jede von Franz' Bewegungen und Berührungen. So wie die Stadt leuchtete, um sie willkommen zu heißen, leuchtete ihr Körper, um *ihn* willkommen zu heißen.

Behutsam band er jede Schlinge und Schleife ihrer Kleidung auf und strich über jedes Fleckchen Haut, das er entblößte. Sie küsste seine Narbe. Er küsste jede Kurve ihres Körpers. Als sie schließlich nackt war, hielt er die Luft an.

Dann berührte er sie erneut, und alles, was er berührte, war wie elektrisiert. Sein Mund verharrte an ihrer Halsbeuge, an ihren Brüsten, an den weichen Partien ihrer Innenschenkel. Als er sich vortastete, brannte Elisabeth vor Verlangen, wollte mehr, ihn in sich spüren und alles, wirklich alles, was ihn ausmachte, kennenlernen.

Man hatte ihr gesagt, es würde schmerzhaft sein, aber das war es nicht. Es war eine Sensation, die sie von Kopf bis Fuß spürte, immer mehr, immer intensiver. Endlich war sie mit dem Menschen vereint, den sie am meisten liebte.

»Gefällt es dir?«, fragte er, und sein heißer Atem streifte ihr Gesicht.

»Ja«, sagte sie atemlos. »Mach weiter.«

Sie hatte keine Worte für das, was sie empfand. So glücklich war sie noch nie gewesen und gab sich ganz dem Moment hin. Ihre Haut, ihr Herz, ihr ganzer Körper war voll dabei. Es war etwas ganz Neues, und nur mit Franz konnte sie es haben.

Jede Bewegung eine neue Sensation. Lippen fühlten sich anders an als Finger. Und erst Zungen. Wenn Franz seine Zunge benutzte, musste Elisabeth um Atem ringen, ebenso überrascht wie erregt. Er ließ sich Zeit, während sie, die Finger in die seidenen Bettlaken gekrallt, immer mehr eins mit ihm wurde.

Stundenlang erkundeten sie einander, drückten sich aneinander, ineinander, und als Franz auf eine ganz neue Art stöhnte und ihre Hüften fester umfasste, brach sich auch bei ihr ein ganz neues Gefühl Bahn.

»Wie geht es dir?«, fragte er, als er kurz darauf neben ihr lag, Körper an Körper geschmiegt, und ihr Herzschlag sich langsam normalisierte.

Sie ließ alles noch einmal an sich vorüberziehen und staunte noch immer. »Ich bin glücklich«, sagte sie. Dann fügte sie hinzu: »Sicher.« Und kurz darauf: »Du bist, worauf ich mein Leben lang gewartet habe.«

Er flocht seine Finger um ihre. »Mir geht es genauso, nur dass ich es nicht gewusst habe.«

Das war jeden Kampf wert, der bei Hofe womöglich nötig war. *Sie* waren es wert.

NEUNUNDFÜNFZIG

Franz hatte nicht mehr an die wahre Liebe geglaubt, aber sie hatte ihn gefunden. Er konnte wieder lachen und fand sein Herz wieder, wie auch die verborgensten Teile seiner selbst. Er wusste wieder, wie er gesehen werden wollte.

Sie waren Seite an Seite eingeschlafen. Vorher hatten sie miteinander geredet, über die Eisenbahn und neue Straßen, große und kleine Träume, Frieden, Reisen, Ausritte. Elisabeth wollte Ungarn kennenlernen und er mit ihr hinfahren.

Jetzt war es so weit. Ihr Hochzeitstag.

In einer frisch gestärkten Uniform stand er vor der Kirche, neben ihm ein Priester mit einem Dackelgesicht. Franz fragte sich, ob die Tatsache, dass sie von einem dackelgesichtigen Priester vermählt worden waren, Elisabeth später zum Lachen bringen würde. Schutzpatron der fallen gelassenen Fleischknochen.

Elisabeth hatte den Palast in der gläsernen Kutsche verlassen. Sie kam sich vor wie eine Prinzessin in einer Schneekugel. Das einzige Mal, dass er sie noch mehr strahlen gesehen hatte, war in der Nacht zuvor, als sie hinterher nebeneinander lagen. *Hinterher*. Ihre Augen waren wie Sterne, ihr Lachen die ungezügelte Lebensfreude eines Wildbachs.

Heute war sie schöner denn je. Ihre Augen glitzerten vergnügt, die Lippen waren rot angemalt, die Haare um eine silberne Krone gewunden. Als sie ihn sah, hob sie die Hand und berührte die Fensterscheibe. Auch er hob die Hand und berührte die Fensterscheibe von außen, bis die Kutsche an ihm vorbeigefahren war.

Erst zu Beginn der Zeremonie sah er sie wieder und hielt den Atem an. Die kunstvolle Perlenstickerei ihres weißen Kleids umschmeichelte ihre Brust und ließ viel von ihren Schultern sehen. Blumen aus kleinen Perlen bedeckten einen Teil ihres Halses und zogen sich an ihrem Rücken hinab. Franz spürte seinen Herzschlag. Er sah die Frau an, die zu ihm gehörte. Seine Seelenverwandte. Seinen Lieblingsmenschen. Und er hatte nicht einmal nach ihr gesucht. Sie war frei, wunderschön, und sie war *sein*.

Der Priester begann zu sprechen. »Der Kaiser kämpft für uns und unser geliebtes Kaiserreich. Er zeigt uns den Weg, mit Stärke und Weisheit.«

Franz schwor sich, für Elisabeth zu kämpfen.

»Der Kaiser schützt uns und unser Reich vor dunklen Mächten, die es zersetzen wollen.«

Franz schwor sich, Elisabeth zu schützen.

»Er schützt uns vor der Revolution, die unsere Zukunft zerstören will.«

In der ersten Reihe standen seine Mutter und Max und schauten zu, wie Elisabeth zwischen den Reihen auf den Altar zuschritt. Seine Mutter sah besorgt aus, Max wütend. Aber ihre Gefühle berührten ihn nicht. Nicht heute. Max würde sein Gemüt später mithilfe einer Hofdame kühlen, und seine Mutter würde lernen, seinem Urteil zu trauen, da war er sich sicher. Der Hof würde lernen, Elisabeth zu lieben. Und falls nötig würde er einschreiten. Er würde für Elisabeth kämpfen, selbst wenn er es mit dem ganzen Hof, der ganzen Welt aufnehmen musste.

»Und nun hat ihm der allmächtige Gott eine Braut gesandt: Elisabeth.«

Der Name war wie ein Segensspruch und sprühte vor Feuer. Sie kam immer näher, zwinkerte ihm zu und stieg die Stufen zum Altar hinauf.

»Sie wird ihm eine Insel inmitten des Sturms sein.«

Sie war die Insel, auf der er wohnen würde. Sie war auch der Sturm, ein Sturm, in dem er liebend gern ertrinken würde.

»In ihrem Schoß soll unser gottgesandter Kaiser Schutz finden.«

Franz musste unwillkürlich grinsen, und Elisabeth sah den Priester wütend an.

»Diese Verbindung zwischen Franz und Elisabeth wird uns beschützen und leuchten bis in alle Ewigkeit.«

Franz nahm Elisabeths Hand und steckte ihr den Ring an. Sie steckte ihm seinen an. Eine zärtliche Berührung nach der anderen. Ein Versprechen, das sich beide gaben.

»Durch die Gnade Gottes erkläre ich Euch zu Mann und Frau.«

Vor Glück hätte Franz lachen mögen. Sie hatten es geschafft. Sie gehörten einander. Und was Gott zusammengefügt hatte, durfte ein Mensch nicht trennen, wie der Priester gesagt hatte. Kein Mensch, keine Mutter, kein Bruder, kein Reich. Nein, Franz gehörte ganz ihr.

SECHZIG

Durch die Gnade Gottes erkläre ich Euch zu Mann und Frau.«

Mann und Frau. Elisabeth schossen Tränen in die Augen, als Franz die Hände nach ihr ausstreckte und sie zärtlich küsste. Seine Lippen waren ihr schon so vertraut, sein Geruch immer noch betäubend. Undenkbar, dass sie ihn gestern beinahe aufgegeben hätte. Inzwischen konnte sie es sich nicht mehr vorstellen.

Als sie einen Schritt von ihm zurücktrat, sah sie Helene, die mit Tränen in den Augen in der ersten Reihe applaudierte. Sie freute sich für Elisabeth, freute sich wirklich. Elisabeth genoss diesen Anblick. Um sie herum so viel Glück. Franz strahlte, in Helenes Augen lag Liebe. Spatz klatschte wie wild. Ihre Mutter wippte auf und ab und lächelte überlegen. Immerhin hatte sie jetzt eine Kaiserin zur Tochter. Ihr Vater schaute eher reserviert drein, aber Elisabeth wusste, dass er sich mit der Zeit an ihre Ehe gewöhnen und sie gutheißen würde. Franz brauchte ihm nur eine gute Zigarre anzubieten und ihm seine Eisenbahnpläne zu schildern. Er würde begeistert sein.

Zusammen verließen Franz und Elisabeth die Kirche, Hand in Hand.

»Elisabeth!«, rief die Menge. »Wir lieben dich, Elisabeth!« Es ging ihr zu Herzen.

Die Sonne schien und wärmte sie. Dieses Mal bestiegen sie dieselbe Kutsche. Es war Zeit, heimzukehren.

Heimkehren. Jetzt war der Palast ihr Zuhause. *Nein*, dachte Elisabeth, *eigentlich nicht der Palast, sondern Franz.* Wo immer er war, würde sie zu Hause sein. Ob hier oder in Bayern. Zur Not auch auf dem Mond.

Als sie im Palast ankamen, begann das Fest gerade. Kronleuchter mit tausend Kerzen strahlten. Auf der Terrasse wurde Champagner gereicht. Champignontörtchen wurden auf Tabletts herumgetragen.

»Was passiert jetzt?«, fragte Elisabeth Franz leise, als fünf Paare die Tanzfläche betraten und sich formvollendet voreinander verbeugten.

»Der Hof tanzt uns zu Ehren. Wir tanzen erst, wenn das Fest zu Ende geht.«

Elisabeth kicherte. »Hat man dir nicht gesagt, dass unser Tanz gestrichen wurde, damit du dich nicht blamierst?«

Franz lachte. »So schlecht tanze ich doch gar nicht.«

»Wir haben nicht genug geübt, weil wir ein bisschen … abgelenkt waren.«

»Stimmt. Du bist nichts als Ablenkung.« Er küsste sie hinterm Ohr, und sie fühlte sich wieder wie elektrisiert.

Spatz machte auf sich aufmerksam, indem sie Elisabeth am Rock zupfte.

»Ich komme gleich wieder«, sagte sie zu Franz und ließ sich von der kleinen Schwester auf die Terrasse ziehen.

Draußen in der kühlen Abenddämmerung kniete Elisabeth sich hin und küsste Spatz auf die Stirn. Sie trug ein dunkles, meerblaues Kleid mit Goldstickerei und sah einfach bezaubernd aus. Beinahe musste Elisabeth über sich selbst lachen. Sie war erst zwei Tage am Hof, und schon interessierte sie sich für die Machart von Kleidern.

Spatz beugte sich zu ihr vor, machte große Augen und sagte leise: »Du siehst aus wie eine Märchenprinzessin.«

Elisabeth schüttelte den Kopf. »Eine Märchen*kaiserin*.«

Spatz' Augen wurden noch größer.

»Aber du siehst aus wie eine Märchenprinzessin.« Elisabeth zupfte Spatz' Kleid zurecht. »Oder vielleicht eine Wassernymphe.«

»Ich bin eine Meeresgöttin«, sagte Spatz ganz ernst und drehte sich, um ihren Rock fliegen zu lassen.

Elisabeth lachte. Das war sie wirklich.

Spatz schaute zum Ballsaal zurück, richtete ihre Augen auf Franz. Dann sah sie Elisabeth an und zog die Stirn kraus. »Macht er …?«

»Macht er was, Schwesterchen?«

»Macht er deine Seele satt?«

Elisabeth dachte an den Tag vor wenigen Monaten zurück. Sie hatte der Schwester gesagt, sie wolle einen Mann, der ihre Seele satt machte. Dann war sie aus dem Fenster geklettert und vor einem Mann weggeritten, der das nie und nimmer getan hätte. Wie sehr sich ihr Leben seither verändert hatte!

Die Antwort war einfach, auch wenn der Weg dahin schwierig war.

»Ja, das tut er wirklich.«

Spatz kicherte und umarmte Elisabeth.

Elisabeth zog die kleine Schwester an sich und küsste sie auf den Kopf. »Ich wünsche dir, dass du das eines Tages auch findest. Jemanden, der deine Seele satt macht. Denk immer dran, dass du dich nicht mit weniger zufriedengeben musst.«

Das war ihre Hoffnung, ihr Segen. Sie wollte ihr eigenes Glück auf die kleine Schwester übertragen, es ihr mit Küssen einimpfen. Ein schwer errungenes Glück, das sie sich immer wieder zurückerobern musste, wie sie wohl wusste. Sie mochte immer noch nicht gelernt haben, welche Gabel sie wann benutzen musste, welche Regeln sie brechen oder umgehen musste und vor welche neuen Herausforderungen der Hof sie stellen würde. Aber sie wusste, dass sie sich allen stellen würde. Mit Leib und Seele, aus vollem Herzen. Das war es wert.

Franz war es wert. Sie selbst war es wert. Habsburg war es wert.

Die Liebe war es wert. Und jeder, der davon inspiriert wurde.

DANKSAGUNG

Fangen wir an mit Veronica Park, meine Agentin, mit allen Wassern gewaschen und selbst Autorin. Du hast an meine Arbeit geglaubt, bevor es sonst jemand tat, und hast gekämpft, um mich so weit zu bringen. Niemanden hätte ich lieber an meiner Seite. Danke!

Dann meine Lektorin, Caolinn Douglas: Seit dem ersten Telefonat wusste ich, dass es Spaß machen würde, mit dir zu arbeiten. Danke für deine klugen Ratschläge, Änderungen in letzter Minute und dass ich mich immer auf einen freundschaftlichen Umgang verlassen konnte (vor allem, als ich dich praktisch täglich mit Fragen zum Lektorat genervt habe).

Meine Vertrauten – Cheerleader, Witzemacher, Freunde. Dieses Buch unterlag strengster Geheimhaltung, aber ich habe mich über alles gefreut, was ihr beitragen konntet – Feiern nach soundso vielen Wörtern, vollkommen absurde Vermutungen darüber, woran ich wohl gerade schreibe (tut mir leid, Sami, dass es kein Buch über die Roosevelts war). Vor allem danke ich Chandra Fisher (Stichwortgeberin für die Sex-Szene), Scream Town (fürs Nicht-Schreien), A.Z. Louise (Protokollantin für die Anzahl von Wörtern), David De la Rosa (seinetwegen bin ich nicht verrückt geworden),

Lani Frank (Bürozellengenossin am anderen Ende der Welt, auf die ich mich bei allem verlassen konnte, was irgendwie mit Grammatik zusammenhängt), Sarah Rans, Daniela Petrova, Elizabeth Brookbank, Zoe Wallbrook, Jessica Lewis, A.Y. Chao, Gladys Quin, Emily Varga, Sami Ellis, Amanda Erotik-Coach Helander, Kate Dylan, Angel di Zhang, Varishnavi Patel, Natasha Hanova und alle bei *No Drama Zone*.

Natürlich wäre dieses Projekt ohne Netflix nicht möglich gewesen. Mein besonderer Dank gilt Joe Lawson, Cindy Chang und allen im Team von Zando: Molly Stern, Tiff Liao, Emily Bell, Andrew Rein, Nathalie Ramirez, Chloe Texier-Rose, Sierra Stovall, Sarah Schneider und Evan Gaffney.

Und danke, RJ, dass ich deine Chaos verbreitende große Schwester sein durfte – wie Helene und Elisabeth. Ich wünsche dir eine Liebe, die deine Seele satt macht.